T0243186

La distancia entre tú y yo

Marina Gessner

La distancia entre tú y yo

Traducción de Victoria Simó

ALFAGUARA

Papel certificado por el Forest Stewardship Council®

Título original: *The Distance from Me to You*

Primera edición: mayo de 2022

Publicado por acuerdo con G. P. Putnam's Sons, un sello de Penguin Young Readers Group,
una división de Penguin Random House LLC.

Printed in Spain – Impreso en España

ISBN: 978-84-18915-42-0
Depósito legal: B-5.352-2022

Compuesto en Punktokomo, S. L.
Impreso en Black Print CPI Ibérica, S. L.
Sant Andreu de la Barca (Barcelona)

AL 1 5 4 2 A

Para Athena Woodward

Que tus caminos sean tortuosos, sinuosos, solitarios
y peligrosos, y que te conduzcan a las vistas más espectaculares.
Que tus montañas asciendan hasta las nubes y más allá.

EDWARD ABBEY

Capítulo 1

McKenna no se lo podía creer. Tal vez tuviera problemas de oído. O quizá estuviera sufriendo alucinaciones. Cualquiera de las dos opciones —sordera o enajenación— le parecía preferible a creer las palabras que salían de los labios de su mejor amiga.

—Lo siento —dijo Courtney. Se echó a llorar y apoyó la cabeza en la mesa.

McKenna sabía que era el momento de alargar la mano, acariciarle la cabeza y pronunciar unas palabras de consuelo. Pero no podía. Todavía no. No solo porque Courtney había vuelto con Jay, sino también porque la estaba dejando colgada.

McKenna y Courtney llevaban planeando su viaje más de un año —una travesía de tres mil quinientos kilómetros por el Sendero de los Apalaches— y en teoría se marchaban en menos de una semana. Habían postergado el ingreso en la universidad. Habían invertido los ahorros de toda su vida en equipos de acampada y guías de viaje (o al menos McKenna lo había hecho, porque el padre de Courtney había sufragado el material de su amiga). Y aún más difícil, habían convencido a sus padres para que accediesen al plan: recorrer solas el Sendero de los Apalaches, desde Maine hasta Georgia.

Y de un día para otro Courtney había cambiado de idea. Por la razón más cutre del mundo: un chico. Y no cualquier chico, sino el mismo al que llevaba cuatro meses poniendo de vuelta y media. A decir verdad, McKenna estaba tan harta de hablar de él que no podía ni pronunciar su nombre.

A su alrededor, en el centro estudiantil del Whitworth College, bullían las conversaciones y el tintineo de los cubiertos. Los padres de McKenna eran profesores de la facultad y ella llevaba almorzando en esa misma cafetería desde antes de tener uso de razón. Conocía tan bien las mesas que la rodeaban como el salón de su casa. Hacía un día radiante de principios de junio, el sol entraba a raudales por los ventanales del atrio y McKenna sabía que Courtney tenía que estar sintiendo la misma necesidad que ella de escapar de los lugares que habían visto un millón de veces, de salir al aire libre y vivir bajo el sol.

—Pero, Courtney —dijo McKenna con las manos firmemente pegadas al regazo—. ¿Jay?

—Ya lo sé —musitó su amiga, todavía con la cara enterrada entre los brazos.

Ese viaje, ese plan, era el sueño de McKenna desde antes de lo que podía recordar. Y ahora, tan cerca del día previsto para la partida, Courtney se lo cargaba de un plumazo.

—Courtney —repitió McKenna. Aunque no la hubiera dejado colgada, la noticia sería terrible. No podía soportar la idea de que Jay le rompiera el corazón a su amiga. Otra vez.

—No lo digas —la cortó Courtney, que por fin se incorporó—. Ya lo sé, lo sé todo. Y le perdono. Lo amo, McKenna.

¿Qué podía responder a eso?

—Lo siento —volvió a decir Courtney con un tono de voz más tranquilo tras su declaración de amor—. Sé que te hacía mucha ilusión.

—Pensaba que a ti también.

—Y me hace. O sea, me hacía. Pero ahora mismo no puedo separarme de él tanto tiempo. ¿Lo entiendes?

McKenna no lo entendía, en absoluto. Aun con los ojos enrojecidos y la cara congestionada, Courtney estaba preciosa. Era la última persona del mundo que debería renunciar a sus planes por un chico, y menos por Jay. Courtney tenía una brillante melena rubia que McKenna, la única morena de su familia, envidiaba. Ambas pertenecían al equipo de atletismo, pero Courtney era la estrella, capaz de correr mil seiscientos metros en menos de seis minutos. Y si bien ambas iban a clases de equitación, era Courtney la que solía llevarse los galardones cuando concursaban. Y lo que es más importante, Courtney era una amiga leal. En fin, que valía más que mil Jays, más que diez mil Jays, o más que un millón.

—Courtney —dijo McKenna haciendo esfuerzos para no alzar la voz—, Jay seguirá aquí cuando volvamos. Puedes escribirle mensajes o llamarlo desde el camino, enviarle postales. Solo serán unos pocos meses.

—Unos pocos, no. Cinco meses, puede que seis. La relación es frágil ahora, McKenna. Acabamos de retomarla. No puedo echarme al monte y dejarlo. No en este momento.

Hablaba como si tuviera ensayados los argumentos, como si hubiera previsto lo que diría su amiga.

Seguramente intuía que Jay se pasaría los seis meses liándose con otras chicas, pensó McKenna.

—Te separarás de él igualmente si vas a Wesleyan —señaló. Jay se había matriculado en Whitworth, allí en Abelard, la más aburrida y predecible de todas las opciones. ¿Qué sentido tenía estudiar en la universidad si no pensabas abandonar tu pueblo natal?

—Wesleyan está a menos de una hora de distancia —arguyó Courtney—. Y, de todas formas, no empezaré hasta el año que viene. He aplazado el ingreso, ¿recuerdas?

—Lo aplazaste para hacer el viaje —replicó McKenna, que por fin se concedió permiso para dar rienda suelta a su irritación—. No para salir con Jay.

—Ya lo sé —reconoció Courtney.

—Bueno, ¿y qué vas a hacer entonces el próximo año? ¿Pasar de tu universidad favorita por un chico? ¿Quedarte aquí y asistir a Whitworth?

McKenna miró de reojo las mesas de alrededor con expresión elocuente. Asistir a Whitworth sería como ir a clase en su propia casa.

—Jay no es un chico cualquiera. Y una acampada tampoco es la universidad.

—¿Una acampada? —¿Cómo podía reducir su plan a esas dos palabras, convertirlo en algo tan trivial? McKenna inspiró hondo para armarse de paciencia y dijo—: Quizá pasar separados una temporada fortalezca la relación. Como Brendan y yo…

—Lo tuyo con Brendan no se puede comparar a lo mío con Jay.

Bueno, eso era verdad. Brendan nunca engañaría a McKenna. Sencillamente, no era de esa clase de personas, no era un ligón empedernido, sino un chico tierno, sincero y serio. Llevaban juntos tres meses y Brendan tenía previsto marcharse a Harvard en otoño. ¿Se le ocurriría a McKenna tratar de impedir que fuera a la universidad de sus sueños para que pudieran estar juntos? Pues claro que no; como tampoco a él se le pasaría por la cabeza impedirle que recorriera el Sendero de los Apalaches. La suya era una relación madura y se apoyaban mutuamente. Se lo dijo a Courtney con esas mismas palabras y su amiga puso los ojos en blanco.

—McKenna —respondió—, lo vuestro es tan romántico como un mapa de ruta.

Ella separó los palillos, que se desprendieron con un chasquido. El sushi permanecía intacto entre las dos. McKenna empujó el rollito de atún especiado, pero no lo cogió. Si ser romántica implicaba renunciar a tus sueños por un chico que no te merecía, no le interesaba.

—Hay distintas maneras de ser romántico —replicó—. Quizá para ti el romanticismo sea una cena a la luz de las velas. Pero para mí… —Dejó la frase en suspenso, temerosa de echarse a llorar si lo decía en voz alta.

Para McKenna, el romanticismo era una noche bajo las estrellas. No necesitaba tener a un chico con ella para que fuera romántica. Solo necesitaba aire puro, la fragancia de los pinos. Ningún sonido, salvo los grillos, el canto de las ranas y el viento entre los árboles.

Courtney tocó la mano de McKenna.

—Ya sé lo mucho que significaba este viaje para ti —le dijo—. Y lo siento. No sé cuántas veces tengo que repetirlo para que entiendas cuánto lo lamento.

Un centenar de argumentos todavía se arremolinaban en la mente de McKenna. Al margen de Jay, podía recordarle a Courtney los impresos para solicitar el diploma que acreditaba que habías completado el sendero, los cuales habían colgado en sus corchos junto a las insignias del club excursionista del colegio privado Ridgefield. También habían pedido sus pasaportes del Sendero de los Apalaches, unos libritos verdes en cuyas páginas les irían estampando sellos de los hostales y puntos emblemáticos, para dejar constancia de los lugares por los que habían pasado. Tenían planeado el itinerario de modo que pudieran llevar consigo a Norton, el enorme y amenazador pastor mestizo de Courtney, por lo que habían escogido los campamentos que admitían perros. Habían pasado horas enteras estudiando mapas y guías. Habían subido al pico de la Bear Mountain con las mochilas llenas para entrenarse cargando un gran peso a la espalda. Estaban listas para partir.

Sin embargo, en lugar de recordarle a Courtney todo eso, McKenna guardó silencio, porque algo en el tono de voz de su amiga le decía que, por más que suplicase, su respuesta no cambiaría.

—Bueno —dijo, y por fin se llevó el rollito de atún a la boca—, si tú no vienes, iré sola.

Courtney agrandó los ojos. A continuación se echó a reír.

—No, va en serio —insistió McKenna. Se irguió en el asiento. Repetirlo afianzaría su decisión—. Iré sola.

—No puedes pasar seis meses en los bosques sola —objetó Courtney.

—¿Por qué no?

«Seis meses en los bosques sola». Hacía un momento McKenna estaba hundida. De golpe y porrazo una emoción burbujeante se acumulaba bajo cada centímetro de su piel.

—Pues —alegó Courtney—, para empezar, porque no es seguro.

—No hago este viaje para sentirme segura.

Pronunció las últimas palabras con repugnancia. «Seguro» era hacer lo que se esperaba de ti. «Seguro» era seguir las reglas, sacar buenas notas, ir a la universidad. «Seguro», dicho de otro modo, era todo lo que McKenna había hecho cada minuto de su vida.

—En serio, McKenna —prosiguió Courtney, arrugando la cara con expresión preocupada—. No puedes hacerlo sola.

Por supuesto que Courtney no creía que pudiera hacerlo sola; nadie lo creería. Pero las imágenes ya cobraban forma en la mente de McKenna: todos esos kilómetros de maravillosa soledad, su cuerpo cada vez más en forma, su mente cada vez más abierta. Había leído montones de libros como parte de la preparación para el viaje: guías de la naturaleza salvaje, memorias, novelas. Uno de sus favoritos era el de una mujer que recorrió sola el sendero del Macizo del Pacífico sin llevar siquiera una tarjeta de débito y antes de los iPhones y el GPS. Si ella pudo hacerlo, ¿por qué no McKenna?

—Tus padres no te dejarán —señaló Courtney.

McKenna dejó los palillos sobre la mesa.

—Por eso no se lo diremos —respondió.

McKenna recorría las instalaciones del campus con paso saltarín a pesar de las botas de montaña, que llevaba sin complejos, aunque todo el mundo a su alrededor calzara chanclas o zapatillas de lona. Hacía dos meses que se ponía las botas a diario, con la intención de que se hubieran adaptado perfectamente a sus pies cuando iniciara la travesía. Estaba tan acostumbrada al pesado calzado que se apartó con agilidad de un salto cuando un *skater* estuvo a punto de atropellar al alumno que caminaba a su lado con la nariz hundida en el móvil. McKenna puso los ojos en blanco. En ese día perfecto en que la brisa transportaba el aroma sutil de la madreselva y el sol brillaba radiante, casi todos los estudiantes iban por el campus con los ojos pegados al teléfono.

En casa, entre el montón de material de lectura sobre senderismo que McKenna había acumulado, abundaban los libros de Thoreau y evocó una de sus citas favoritas. De hecho, la había usado como epígrafe de su redacción para la solicitud de ingreso en la universidad: «Tenemos que aprender a despertar y a mantenernos despiertos no mediante ayudas mecánicas, sino a través de una expectativa infinita del alba que no nos abandone durante el sueño más profundo».

McKenna veía gente a diario que había renunciado a la vida real en favor de Instagram y Facebook. De haber salido todo según lo previsto, ni siquiera se habría llevado el teléfono. Ahora que se marchaba sola, sin embargo, sabía que sería una locura renunciar a ese recurso vital. Pero McKenna estaba decidida a guardarlo en la mochila y usarlo únicamente en caso de emergencia. No llamaría ni enviaría mensajes, ni a sus padres ni a Brendan, ni tampoco a su hermana pequeña, Lucy.

Eso sería más complicado, claro, ahora que se marchaba sola.

«Sola». Sabía que la palabra debería asustarla, pero en vez de eso le arrancó una sonrisa. Después de convencer a Courtney de que la decisión estaba tomada, las dos habían discurrido los detalles del plan. Para empezar, Whitworth sería zona vedada, porque no podían arriesgarse a que Courtney se topara con los padres de McKenna mientras se suponía que estaba con ella en el camino. Courtney le dijo que se llevase a Norton, pero McKenna decidió no hacerlo. Quería minimizar las razones para que los padres de su amiga se pusieran en contacto con los suyos. Tenía que parecer que todo discurría según el plan original, al que los padres de McKenna habían accedido a regañadientes.

Desbloqueó la portezuela del coche, que emitió un pitido electrónico. Pronto se libraría de esa clase de ruidos;

nada salvo pájaros, insectos y el susurro de las hojas. Qué maravilla.

No veía el momento.

Su novio, Brendan, se mostró apenas una pizca más entusiasta respecto al plan en solitario de lo que se habrían mostrado sus padres de haberlo sabido.

—No es como un parque de atracciones, donde todo el peligro es de pega —le advirtió—. Estarás en plena naturaleza. Habrá osos y gatos monteses. Y tíos llamados Cletus que esconden alambiques en el bosque.

—Leones, tigres y panteras, ¡Dios mío! —se burló McKenna.

Iban en coche, de camino al cine, después de comer hamburguesas en el Abelard Diner. Durante la última semana que pasaría en la civilización, McKenna estaba decidida a concederse todos los lujos que pudiera: baños calientes, atracones de tele y, sobre todo, de comida. A pesar de la desmesurada cena, tenía intención de comprarse un cubo de palomitas chorreantes de sucedáneo de mantequilla.

—Lo digo en serio, McKenna —insistió él.

Aun en la penumbra del coche, notaba que su novio la miraba con expresión muy preocupada. Brendan no era el típico chico guapo, como Jay. No era mucho más alto que McKenna y tenía el cabello oscuro y revuelto. Pero a ella le encantaba su cara, esos ojos castaños, los hoyuelos en las mejillas y la inmensa inteligencia que proyectaba. Brendan era muy sensato. Solo dos alumnos del colegio Ridgefield habían sido admitidos en Harvard ese año, y él era uno de ellos. Tenía todo el futuro planeado. Se graduaría en Harvard, haría un posgrado en la Facultad de Derecho y cabildearía en Washington D. C. hasta abrir su propio bufete. Sin duda había una esposa y 2,3 hijos en alguna parte de estos planes, pero McKenna y él nunca habían hablado de eso. No era de los que se casan con su novia del instituto. Hay que ser realistas.

En ese momento, mientras Brendan le recitaba la lista de razones por las que no debería recorrer el sendero en solitario, McKenna se recordaba que solo intentaba desanimarla porque se preocupaba por ella.

—Si la gente lo llama «naturaleza salvaje» es por algo —le dijo—. Nadie va a velar por ti. No es ninguna broma. Una persona puede morir de mil maneras distintas ahí fuera.

—No si esa persona sabe lo que hace —fue la respuesta de McKenna.

—Hay accidentes constantemente. No digo que no estés preparada, pero en el caso de una chica…

—¿Por qué «en el caso de una chica»?

Nada de lo que pudiera haberle dicho habría reforzado más su decisión de seguir adelante con el plan. Brendan debería haber sido más listo. Su madre lo había criado sola y además era una de las mejores cirujanas de Connecticut.

—McKenna —empezó a decir él sin apartar apenas los ojos de la carretera—, no hace falta que te lo deletree.

—Mira —replicó ella—, tampoco es que la facultad sea el sitio más seguro del mundo. Estadísticamente, estaré más segura en el sendero que en Reed. Sin coches. Sin barriles de cerveza. Sin universitarios que te violen en las citas.

Pasaron por debajo de un semáforo y McKenna vio que Brendan estaba frunciendo el ceño.

—Soy lista —prosiguió—. No voy a correr riesgos innecesarios. Acamparé en las zonas designadas, no me apartaré del sendero. No plantaré la tienda en las inmediaciones de un cruce de carreteras. Sé lo que hago, Brendan.

Él le tomó la mano.

—Pero ojalá me dejaras llamarte —dijo—. Va a ser muy raro eso de no hablar contigo.

—Tú piensa en lo mucho que te alegrarás de verme en las vacaciones de Navidad —respondió McKenna—, cuando toda esa ausencia haya centuplicado tu ardor. —Él la miró dubitativo, pero McKenna siguió insistiendo—: Entonces, ¿me ayudarás? ¿No les dirás nada a mis padres?

—No les diré nada a tus padres —accedió Brendan—. Pero eso no significa que me parezca buena idea.

Ella le tomó la mano y se la besó. Puede que no estuviera del todo de acuerdo, pero McKenna sabía que no haría nada para detenerla. De momento era lo único que necesitaba.

Al día siguiente, McKenna volvió a casa tras dar por concluida su última jornada laboral de ese verano. Llevaba tres años sirviendo mesas en el Yankee Clipper, un bar restaurante de desayunos y menús de mediodía. Durante el año escolar solamente trabajaba los fines de semana, pero en vacaciones hacía turnos de seis horas diarias, y ese verano había conservado el empleo hasta tres días antes de la gran partida. No muchos alumnos de Ridgefield tenían trabajillos como ese. Los padres de la mayoría eran abogados de renombre, inversores de renombre o cirujanos de renombre. Los Burney podían permitirse un colegio privado como Ridgefield gracias al programa de intercambio de matrículas de Whitworth. Como la facultad pagaría la matrícula de McKenna en cualquier universidad participante, sus padres no habían tenido que ahorrar para sus estudios, así que habían invertido en Ridgefield. No porque los Burney fueran pobres; ni por asomo. Su madre ganaba dinero extra haciendo consultorías para un estudio de arquitectura, su padre escribía un blog para una revista política de ámbito nacional. (*Solo datos objetivos*, por Jerry Burney) y ambos ganaban salarios decentes como profesores fijos. McKenna era consciente de la suerte que tenía. No envidiaba a sus compañeras de clase, o no demasiado, por sus viajes a Europa o sus bolsos Marc Jacobs. Para empezar, le gustaba trabajar. Y no concedía demasiada importancia a los bienes materiales. Había subrayado y marcado hasta tal punto el antiguo y ajado ejemplar de *Walden* que tenía en casa que las páginas estaban hinchadas y deformadas de tanto pasarlas. Igual que Thoreau, sabía que las posesiones solo eran «bonitos juguetes». A McKenna le interesaban las cosas profundas que la vida podía ofrecer.

Salía a caminar casi todas las tardes para ponerse en forma y ese día su padre intentaría llegar a casa a tiempo para acompañarla. Él fue la persona que la inspiró originalmente a recorrer el Sendero de los Apalaches. Le había contado mil veces que su mejor amigo, Krosky, y él atravesaron la ruta del Noroeste del Pacífico después de graduarse en el instituto. Esa fue en parte la razón de que accediera a la idea, claro. ¿Cómo iba a negarse si llevaba toda la vida diciéndole que fue la experiencia más alucinante de su existencia?

—¿Papá? —gritó McKenna, abriendo la puerta principal.

Su hermana, Lucy, estaría en el campamento diurno, pero a las tres y media tanto su padre como su madre ya deberían estar de vuelta; una de las ventajas de ser profesor era que tenías los veranos libres. Tiempo de sobra para pasar con tu hija mayor antes de que emprenda un largo viaje.

—¿Mamá? —llamó McKenna al tiempo que subía las escaleras.

Ya había adivinado que nadie respondería. Su madre seguramente estaría aún en el estudio de arquitectura dando su opinión sobre algún plano nuevo.

Su padre debía de haberse entretenido en su despacho charlando con algún alumno de ciencias políticas. Incluso en verano mantenía las horas de despacho para recibir a sus entusiastas alumnos, y a menudo los invitaba en tropel a cenar en su casa. En ocasiones, McKenna deseaba que su padre no fuera más que un profesor ayudante con tiempo de sobra para salir a caminar por la montaña.

Empujó la puerta de su dormitorio y se desplomó en la cama, donde se quedó mirando al techo. Oyó un tintineo y, apoyándose sobre un codo, vio a Buddy, el artrítico labrador color chocolate, entrar en la habitación con parsimonia. El perro se encaminó hacia McKenna, le lamió la cara y plantó las dos patas delanteras en la cama. Ya solo podía subirse si ella lo ayudaba.

—No se lo digas a nadie —le susurró—, pero voy a hacer el Sendero de los Apalaches yo sola. —Le acarició la cabeza—. Te echaré de menos, Buddy.

Esa misma noche, después de recorrer en solitario el sendero de Flat Rock Brook, McKenna encontró a su padre abriendo una cerveza en la cocina.

—Hola, peque —le dijo—. ¿Has estado caminando por ahí?

—Sí —respondió—. ¿Recuerdas que me dijiste que quizá me acompañarías?

Una sombra nubló el rostro de su padre, que se repuso al instante.

—Lo siento mucho —fue su respuesta—. Un nuevo alumno del máster ha pasado por mi despacho y no he podido escaquearme.

A McKenna le dio rabia que no reconociera lo que le había notado en la cara: había olvidado por completo su promesa.

—No pasa nada —respondió a la vez que se servía un vaso de agua fría.

—Esta mañana he hablado con Al Hill —le dijo su padre—. Está organizando la investigación y está muy emocionado de contar con tu ayuda.

Como parte del trato para que la dejaran hacer la travesía, McKenna había accedido a trabajar para un amigo de su padre indexando su investigación sobre las aves de Cornell. El dinero que McKenna ganaba en el Yankee Clipper había sufragado todo el equipo del viaje. Sin embargo, mientras estuviera en el camino usaría la tarjeta de crédito de sus padres y ese trabajo sería una manera de compensarlos, al menos en parte. Además, le parecía muy emocionante eso de trabajar con uno de los ornitólogos más importantes de los Estados Unidos.

—Genial —dijo—. ¿Cenarás en casa?

—No, tu madre y yo cenaremos con un nuevo profesor. Podrás preparar algo para Lucy y para ti, ¿no?

—Ya te digo —fue la respuesta de McKenna, que le dedicó una pequeña sonrisa, como si nada de lo que su padre había hecho (o no había hecho) le hubiera molestado nunca.

Capítulo 2

La noche antes de la fecha prevista para la partida, Buddy yacía desparramado en el suelo con aire desdichado. Sobre la cama de McKenna, estaba desperdigado todo el material que tenía previsto guardar en la mochila. También estaba Lucy, que examinaba el equipo sentada con las delgaduchas piernas de cría de diez años cruzadas sobre los almohadones.

—No creo que quepa —opinó.

Un par de semanas atrás, Lucy se había cortado esa melena larga y rubia que tenía y McKenna todavía se estaba acostumbrando a su nueva imagen. Era un corte escalado y desigual que le daba aún más aspecto de niña rebelde que cuando llevaba el pelo por media espalda.

—Cabrá —gritó McKenna desde el baño, donde se estaba lavando la cara. Durante los meses siguientes no contaría con nada, salvo jabón natural a la menta Dr. Bronner, así que estaba haciendo cuanto podía por disfrutar del agua caliente y sacar partido al espejo.

Su madre asomó la cabeza por la puerta del dormitorio.

—Papá ha invitado a un par de alumnos a cenar —anunció.

—Mamá —protestó McKenna mientras salía todavía con la cara enjabonada—. Es mi última noche en casa. Esperaba que estuviéramos solos.

—Lo siento, cariño, uno es su nuevo becario. Va a colaborar en la investigación de tu padre y era la única noche que teníamos disponible.

McKenna volvió a entrar en el cuarto de baño. Mientras se enjuagaba la cara, renunció a sus últimas esperanzas de tener a su familia para ella sola y poder despedirse como Dios manda. En parte, mejor, pensó mientras echaba mano de una toalla. La presencia de invitados reducía las posibilidades de que se le escapara algún comentario relativo a su intención de hacer la travesía en solitario, puesto que no tendría la más mínima oportunidad de meter baza.

Su madre se plantó en la entrada del baño.

—Ya sé que te lo digo con poco margen de tiempo, pero ¿quieres invitar a Courtney?

—No —respondió McKenna—. Sus padres le han organizado una cena especial de despedida con sus platos favoritos. Solo para la familia.

—Bueno —dijo su madre con un matiz de disculpa en la voz—. Yo he preparado enchiladas.

—Gracias, mamá.

Cuando la madre de las chicas se marchó, Lucy cogió la gigantesca garrafa plegable.

—Esto te ocupará la mitad de la mochila cuando lo llenes de agua —observó—. ¿Cuánto crees que pesará?

La llenaron hasta el borde en el baño de la habitación y descubrieron que Lucy tenía razón. Pesaba tanto que McKenna apenas podía extraerla del lavamanos agarrándola por el asa.

—No creo que sea buena idea —concluyó Lucy.

Según la guía para «senderistas de largo recorrido» de McKenna, había tantos refugios a lo largo del Sendero de los Apalaches y estaban tan próximos entre sí que algunas personas ni siquiera se molestaban en llevar consigo una tienda. A ella no le hacía gracia esa idea; prefería la opción de acampar por su cuenta a compartir literas con extraños. No obstante, por lo general, allí donde había refugios había fuentes de agua potable. Y en caso de que no las hubiera, McKenna llevaba también un filtro portátil, además de una inmensa provisión de comprimidos de yodo por si el filtro se rompía.

—Pasando de la garrafa entonces —decidió—. Con las cantimploras pequeñas tendré bastante.

Lucy cogió las dos botellas de litro y las introdujo en los bolsillos exteriores de la mochila.

—Muy práctico —dijo a la vez que se apartaba un mechón de los ojos.

—Muy práctico —asintió McKenna.

Sonó el timbre y la voz entusiasta del padre de las chicas flotó hasta el primer piso. Estaba listo para ser el centro de atención.

Lucy suspiró y dijo:

—Te voy a echar mucho de menos.

McKenna se sentó en la cama. Se moría por contarle a su hermana que Courtney no la acompañaría, que se proponía hacer la travesía en solitario. Pero no podía correr riesgos y, de todos modos, no sería justo pedirle a una niña de diez años que guardara un secreto como ese. Las dos eran chicas obedientes y Lucy tendía a preocuparse más que ella.

—Oye —dijo—. Podrías hacer esta misma travesía cuando te gradúes. A lo mejor podríamos hacerla juntas.

—¿Lo dices en serio? —preguntó Lucy agrandando sus ojos azules.

—Claro que sí —respondió McKenna—. Para entonces me sabré todos los trucos.

Lucy echó mano del llavero que descansaba junto al cazo y el hornillo plegables de McKenna y tocó el silbato. El llavero también llevaba prendido un pequeño aerosol de pimienta.

—¿Este es uno de los trucos? —preguntó—. ¿Para ahuyentar a los asesinos?

—Bueno, lo llevo por si hay osos —dijo McKenna—. Pero supongo que también funcionará con los asesinos.

Lucy asintió. McKenna pensó que parecía estar conteniendo las lágrimas.

—No me pasará nada —la tranquilizó—. Y estaré de vuelta antes de que te des cuenta.

—Ya lo sé —respondió Lucy a toda prisa—. Es que te voy a echar de menos. Nada más.

McKenna atrajo a su hermana hacia sí levantando sus treinta kilos de peso. Lucy se le antojó ligera como una pluma y dos veces más huesuda.

La voz de su madre ascendió escaleras arriba para pedirles que bajaran a saludar a los invitados, pero McKenna hizo caso omiso, al menos durante un instante. Esperaba que sus padres se acordaran de estar muy pendientes de Lucy durante su ausencia. Podías sentirte muy sola en esa casa con todo el mundo tan ocupado y siempre de camino a otra parte.

El nuevo ayudante de su padre, un tipo flaco que tenía una hija de dos años, no se podía creer que los padres de McKenna le hubieran dado permiso para hacer la travesía acompañada tan solo de una amiga. Si supiera..., pensó la chica sonriendo para sus adentros.

—El verano que cumplí dieciocho años recorrí la ruta del Noroeste del Pacífico —comentó el padre—. Eso sí que es territorio salvaje. Apenas vimos un alma en todo el verano. Nos comimos hasta las piedras. Krosky y yo perdimos más de veinticinco kilos entre los dos.

Los dos estudiantes de doctorado asintieron. McKenna había conocido a millones de ellos, todos pendientes de cada palabra que brotaba de la boca de su padre.

—Comparado con esa ruta, el Sendero de los Apalaches será como recorrer el aparcamiento del supermercado.

McKenna frunció el ceño y pinchó con saña una hoja de lechuga.

—A lo mejor deberíamos poner rumbo al oeste mañana —dijo—. Hacer la ruta del Noroeste del Pacífico en vez de la otra.

—No, no, no —intervino su madre—. En el Sendero de los Apalaches hay naturaleza de sobra. —Se volvió hacia el becario de su padre—. McKenna siempre ha sido así. Ni se te ocurra desafiarla o plantearle un reto. Es valiente como ella sola, ya lo era de niña. Jamás ha tenido ni una sola pesadilla. Vio todos los episodios de *Buffy, cazavampiros* cuando tenía diez años.

Al otro lado de la mesa, Lucy, que sufría pesadillas recurrentes y no soportaba las películas de miedo, se revolvió incómoda en la silla. McKenna puso los ojos en blanco mientras su madre tomaba otro sorbo de vino y se enzarzaba a contar historias que todos habían oído más de cien veces sobre su infancia.

Mientras su madre seguía hablando, McKenna sonrió a Lucy con la intención de transmitirle que no le hacía ninguna falta ser tan valiente como ella. Por otra parte, tenía que reconocerlo, ahora que se acercaba el momento de irse le sentaba bien oír relatos sobre su intrepidez y abundancia de recursos.

No le cabía la menor duda: se las apañaría de maravilla en el sendero.

Al día siguiente, McKenna esperaba a Courtney y a Brendan en el patio de la entrada, acompañada de sus padres y de Lucy. El plan original era que Brendan llevara a las chicas hasta Maine y las dejara en el Baxter State Park y tenían que fingir que nada había cambiado.

—¿Seguro que lo llevas todo? —le preguntó su padre—. ¿Has usado tu lista de verificación para preparar la mochila?

Ella asintió sin mirarlo a los ojos. No tenía que hacer nada más que subir al coche y alejarse. Tan pronto como lo hiciera, lo habría conseguido. Sería libre.

—Oye —dijo entonces su madre—. Estaba pensando que podrías enviarnos un mensaje cada mañana. Solo para informarnos de que todo va bien. Ya sabes: «Buenos días, estoy viva». Algo así. ¿Antes de las nueve?

—Mamá —dijo McKenna—, tengo pensado usar el teléfono solo en caso de emergencia. No quiero enviar mensajes a diario ni consultarlo para mirar la hora. Y, por favor, recuerda no llamarme, porque no contestaré y no comprobaré los mensajes. Quiero que esta experiencia sea auténtica.

—Lo entiendo —intervino su padre en el tono hiperrazonable que por lo general precedía a una objeción—. Pero tú debes comprender que tu madre estará preocupada. —Su mujer le pidió solidaridad con la mirada y él añadió—: Y yo también lo estaré. ¿Qué tal dos veces a la semana? Pongamos los miércoles y los viernes sobre las diez de la mañana.

—No quiero tener que mirar la hora. ¿No dices siempre que esa fue una de las mejores partes del camino, no saber nunca qué hora era? —arguyó McKenna.

—Al anochecer entonces —accedió su madre—. Envíanos un mensaje los miércoles y los viernes antes del ocaso y nos dices dónde estás. Solo como medida de precaución, ¿vale?, para que alguien sepa por dónde andas.

Lo dijo en un tono tan implorante que McKenna sintió remordimientos.

—Vale —consintió.

Y entonces, por fin, ahí estaba el monovolumen de la madre de Brendan, doblando la esquina. McKenna se puso de puntillas e hizo gestos frenéticos, como si fueran a pasar de largo si no les daba el alto.

Su padre recogió la mochila.

—Jolín —exclamó, echándosela al hombro—. ¿Podrás cargar con esto?

—Papá —protestó McKenna a la vez que intentaba arrebatarle la mochila. Lo último que quería era que viera el maletero vacío en lugar de ocupado con las cosas de Courtney.

—No, no —insistió él. Se dirigió a la portezuela trasera del vehículo y la abrió mientras McKenna luchaba para contener un infarto. Pero ahí estaba la mochila de su amiga, que abultaba casi tanto como la suya. Cualquier resto de rencor que McKenna albergase aún contra ella se esfumó en un instante de puro amor.

—¿Todo listo? —le preguntó su madre a Courtney.

—Todo listo —respondió esta. Su voz sonó aguda y nerviosa.

McKenna abrazó a su padre y a Lucy. Su madre la estrechó entre sus brazos un instante demasiado largo y le susurró al oído:

—Sé prudente ahí fuera. Lleva cuidado.

—Lo seré, mamá —dijo McKenna, y le plantó un beso en la mejilla.

A continuación subió al asiento trasero y no se volvió a mirar a sus padres, que se quedaron en la entrada diciendo adiós con la mano.

A McKenna le habría sorprendido saber el rato que permanecieron sus padres allí plantados una vez que el monovolumen se hubo alejado.

—No me lo puedo creer —dijo su madre cuando el vehículo se perdió a lo lejos—. No me puedo creer que la dejemos hacer esto.

—No te preocupes —respondió el padre—. No aguantarán ni una semana.

La mujer asintió, todavía haciendo gestos de adiós, aferrada a la imagen de su hija hasta que el monovolumen dobló la esquina.

—Espero que tengas razón —suspiró. Se abrazó y se frotó los brazos como si tuviera frío, aunque el termómetro marcaba treinta grados—. De verdad que sí.

Capítulo 3

En el asiento trasero, McKenna se inclinó hacia delante para apoyar una mano en el hombro de Courtney y otra en el de Brendan.

—Casi me da algo cuando mi padre ha abierto el maletero. Ha sido muy inteligente por tu parte dejar ahí la mochila. Gracias.

—Ya, bueno, yo también tengo padre —dijo Courtney.

McKenna se recostó en el asiento mientras Brendan enfilaba por Broad Avenue. Exhaló un largo suspiro de alivio. A lo largo de la última semana, y especialmente la noche pasada, le había costado dormir de tanto que le preocupaba que sus padres suspendieran su viaje en solitario. Así que apenas había tenido ocasión de pensar en la travesía en sí misma. Ahora por fin estaba en camino, y acompañada de Courtney, que había escogido un atuendo convincente con botas de montaña incluidas, casi tenía la sensación de que iban a emprender la caminata juntas como habían planeado en un comienzo. Pero entonces Brendan se desvió hacia el aparcamiento de Flat Rock Brook, donde Jay estaba esperando, y McKenna tuvo que afrontar la realidad. Su amiga se quedaba allí, en Abelard.

Se le revolvió el estómago, que tenía lleno de gases nerviosos, y se recordó que la ansiedad y la euforia eran primas hermanas. Tú decidías qué nombre dar a la emoción.

Tardaron siete horas en recorrer el trayecto desde Abelard, en el estado de Connecticut, al condado de Piscataquis, en Maine. Mientras avanzaban, McKenna tenía los ojos clavados en el bosque que bordeaba la autopista, pensando cuánto tiempo tardaría en recorrer a pie la misma distancia. Para cuando el sendero regresara por Connecticut, aún no llevaría recorrido ni la mitad del camino.

Mientras circulaban por la ruta costera del sur de Maine, McKenna bajó la ventanilla para que entrara la brisa marina.

—Ah —dijo Brendan—. Se me había olvidado decírtelo. He reservado habitación en un hotel.

—¿Ah, sí? —El cabello de McKenna escapó de la coleta y revoloteó por delante de su cara.

Nunca habían comentado cómo discurriría la despedida. McKenna había dado por sentado que pasarían la noche juntos, pero había pensado que dormirían en sacos en la parte trasera del monovolumen. El padre de Brendan era el jefe de neurología en un hospital de New Haven y tenía seis hijos de dos matrimonios distintos. Había dinero en su familia, pero también muchos frentes abiertos. No era propio de Brendan derrochar en un hotel.

—He pensado que preferirías dormir en una cama una noche más antes de emprender la caminata —comentó.

—Me parece genial —fue la respuesta de McKenna. En los tres meses que llevaban juntos, nunca habían compartido cama y ambos eran vírgenes todavía, aunque eso había estado a punto de cambiar un par de veces.

Cuando llegaron al Katahdin Inn & Suites, McKenna dejó que fuera Brendan el que sacara la mochila del monovolumen.

—¡Hala! —exclamó—. ¿Seguro que podrás cargar con esto?

—Podré —le aseguró ella, procurando no ponerse a la defensiva.

Se registraron en la recepción y se encaminaron al dormitorio. Allí estaba, una cama doble con una colcha de poliéster dorada y verde. McKenna nunca había pasado la noche con un chico.

Brendan alargó la mano para cerrarla sobre la suya.

—¿Tienes hambre? —preguntó.

—Mucha —respondió ella.

El restaurante River Driver estaba repleto de gente con aspecto de llevar mucho tiempo viviendo al aire libre y diversos grados de roña en la ropa y en la piel. Algunos todavía tenían el pelo húmedo después de la que debía de haber sido su primera ducha en varios días o incluso semanas. Otros parecían haber circulado directamente del sendero a la mesa. McKenna se preguntó si habría algún senderista de largo recorrido a punto de iniciar el trayecto hacia el sur. Debían de ser pocos, porque los de largo recorrido constituían un pequeño porcentaje de los senderistas que transitaban la ruta de los Apalaches, y la mayoría de los que se dirigían a Georgia habrían arrancado, con mucho criterio, a principios de junio. Brendan pidió un filete y McKenna eligió pasta con verduras asadas.

—Carbohidratos a tope —observó él cuando llegó el plato de pasta, aunque ella lo había pedido ante todo porque pasaría un tiempo antes de que volviera a comer verduras frescas. Llevaba consigo un hornillo, pero la cocina no era lo suyo. En principio, habían decidido que Courtney se encargaría de cocinar. Sin embargo, como finalmente comería sola, McKenna había pensado que sobreviviría a base de raciones mínimas de excursión y luego se hincharía a comer cuando llegara a un pueblo. Además de platos liofilizados y diversos tipos de fideos secos, llevaba consigo una abundante provisión de cecina de pavo, fruta seca y barritas de cereales.

Hacia la mitad de la cena el camarero pasó para preguntar si estaba todo a su gusto.

—Estupendo —respondió Brendan—. ¿Me podría traer una Molson?

—Claro. ¿Me puede enseñar el documento de identidad?

—Ah. —Brendan rebuscó un momento por los bolsillos—. Me parece que me lo he dejado en la habitación.

—Lo siento, amigo —dijo el camarero antes de retirarse.

McKenna lo miró con recelo. Brendan solía rechazar la cerveza, incluso en las fiestas. Volvió a preguntarse si tenía pensado algo trascendente para esa noche.

El chico se encogió de hombros, avergonzado lo justo como para resultar adorable. Lo vio devolver la atención al filete, con el flequillo oscuro sobre la frente y las mejillas ruborizadas por la negativa del camarero. Era tan tierno y considerado por su parte haberla llevado hasta allí, quedarse con ella, guardarle el secreto... Realmente era el novio perfecto. Tal vez esa debiera ser la gran noche, tanto si Brendan lo tenía previsto como si no. McKenna estaba a punto de cumplir dieciocho años. Puede que hubiera llegado el momento.

Alargó la mano por encima de la mesa para tocarle el brazo.

—Me alegro mucho de que estés aquí conmigo —le dijo.

Brendan alzó la vista.

—Yo también. —Señaló con un gesto la pasta que quedaba en el plato—. Será mejor que te acabes eso. Podría ser la última comida caliente que te pongan delante en una buena temporada.

En ese momento dos universitarios pertenecientes al grupo de los recién llegados del sendero se sentaron en su reservado, uno al lado de McKenna y otro junto a Brendan. Antes de que ella pudiera abrir la boca, el que tenía más cerca mostró una petaca plateada.

—Hemos oído la respuesta del camarero —dijo sonriendo entre una barbita de muchos días. Emanaba el tufillo característico de los senderistas, una mezcla de sudor acumulado y humo de fogata, pero los chicos parecían tan simpáticos que McKenna no pudo sino sonreír. Acercó la petaca a su vaso y ella se sorprendió asintiendo.

—¿Es ron?—preguntó demasiado tarde, después de que hubiera añadido a su refresco un chorro generoso.

—*Bourbon* —respondió él al tiempo que hacía lo propio con la bebida de Brendan—. Soy Stewart y este es Jackson. Acabamos de llegar de Georgia.

—¿En serio? —exclamó McKenna—. ¿Sois senderistas de largo recorrido? ¿Y acabáis de terminar?

—Sí —fue la respuesta de Jackson—. Arrancamos en febrero. Acampada de invierno pura y dura.

—Hala —se sorprendió ella—. Felicidades. Y no habéis tardado mucho.

Brendan tomó un sorbo de su bebida. A juzgar por su expresión, agradecía el alcohol, pero también estaba deseando que sus nuevos amigos se largaran.

—Ah, eso no es nada —dijo Stewart—. El récord son cuarenta y seis días.

—¡Sí, ya lo sé! —exclamó McKenna—. Jennifer Pharr Davis. He leído su libro.

Volvió la vista hacia Brendan con expresión victoriosa mientras intentaba recordar si le había contado que la plusmarca del Sendero de los Apalaches pertenecía a una mujer.

—Aunque ella viajaba con un equipo que le ofrecía asistencia al final de cada tramo —añadió Stewart—, así que no tenía que cargar gran cosa. No como nosotros.

—Ni como yo —dijo McKenna—. Yo empiezo mañana el sendero de principio a fin.

—Sí. Los dos —añadió Brendan a toda prisa. McKenna estuvo a punto de lanzarle una mirada indignada, pero luego comprendió que seguramente había hecho bien en intervenir. No tenía sentido anunciar a los cuatro vientos que se disponía a emprender la travesía en solitario.

—Hala. —Jackson lanzó un silbido quedo y admirado—. Rumbo al sur. Qué fuerte. Espero que vayáis bien equipados para los últimos tramos. Hace frío en esas montañas meridionales, te lo decimos por experiencia.

—Voy preparada —asintió McKenna—. Bueno, vamos.

—El monte Katahdin es el trecho más duro de toda la ruta. Será mejor que no abuséis de esto —sugirió Stewart a la vez que añadía un chorrito ínfimo de *bourbon* a cada uno de los vasos—. Consideradlo la primera dosis de la magia del camino.

—¿La magia del camino? —preguntó Brendan.

McKenna respondió antes de que Stewart o Jackson pudieran hacerlo.

—Son detalles que los senderistas tienen unos con otros, pequeñas sorpresas y favores que se hacen a lo largo del trayecto.

—Menos mal que vas con ella —le dijo Stewart a Brendan rodeando los hombros de McKenna con gesto fraternal—. Ha empollado por los dos.

Tras eso, Jackson y él se enzarzaron a contar historias sobre residentes de la zona que llevaban comidas caseras a los refugios y sobre botellas de Coca-Cola frías esperando en los arroyos.

McKenna sonrió a Brendan por encima del vaso. «¿Lo ves? —intentaba decirle con los ojos—. No estaré sola en absoluto». Habría gente a cada paso cuidando de ella y haciéndole compañía. La magia del camino.

Para cuando regresaron a la habitación, McKenna tenía la barriga tan llena que tuvo que desabrocharse los *shorts* antes de desplomarse en la cama. Notaba el latido sordo del *bourbon* en la zona de la frente. La noche anterior apenas había dormido nada y ese mismo día, en el coche, estaba demasiado emocionada y nerviosa como para cerrar los ojos siquiera. En ese momento, la pesada cena, la falta de sueño y el alcohol empezaban a pasarle factura. Se ordenó seguir despierta, pero el ruido del agua corriente cuando Brendan abrió el grifo del baño le provocó el mismo efecto que un somnífero.

—Eh.

McKenna despertó sobresaltada. Inclinado sobre ella, Brendan le agitaba los hombros con suavidad.

—¿No quieres lavarte los dientes? —le preguntó. Tenía la mirada levemente implorante, la voz una pizca pastosa.

La expresión de su novio, rebosante de preguntas, acabó de confirmarle lo que había planeado a modo de despedida. Bueno, qué narices. McKenna no era ninguna mojigata. Siempre y cuando hubiera traído protección, claro; algo que a McKenna no se le había ocurrido incluir junto con la brújula, la pala y la cuerda de acampada. Se levantó de la cama y echó mano del neceser.

Después de cepillarse los dientes, se lavó la cara y observó su reflejo en el espejo: las pecas que le salpicaban la nariz, los ojos azules. Buscó alguna traza de inocencia que fuera a echar en falta la próxima vez que se mirara, pero no la encontró.

Cuando salió del baño, Brendan ya estaba en la cama. Se había desnudado de cintura para arriba, aunque, conociéndolo, seguro que llevaba algo puesto debajo de la colcha. McKenna había incluido un par de chándales para dormir en su equipaje, lo menos adecuado del mundo para la ocasión. Cuando otra ola de cansancio la inundó, decidió dejar los pijamas en la mochila.

Se tiró en la cama junto a Brendan, encima de las mantas, con la cabeza recostada en la mullida almohada del hotel. Él se apoyó sobre un codo y la miró.

—McKenna —empezó—, he estado pensando. Vamos a pasar mucho tiempo separados. Y te quiero, ya lo sabes. Y aquí estamos. Así que estaba pensando…

—Lo sé —dijo ella—. Lo he notado.

—¿Te parece bien? Porque si no…

—Sí —fue su respuesta—. Me parece muy bien. Pero no hablemos de ello.

Esperó un momento y, como él no la besaba, arrastró la cara del chico hacia la suya y le acercó los labios. Brendan besaba muy bien, con suavidad y ternura, y pasaron un rato compartiendo caricias. Por fin, él desplazó la mano del cuello de McKenna a su cintura y la cerró sobre la orilla de la camiseta.

—¿Te parece bien? —volvió a preguntar él al tiempo que estiraba la prenda con tiento. Era más una pregunta que un gesto decidido, como si nunca antes le hubiera quitado la camiseta. Debían de ser los nervios por lo que se disponían a hacer lo que le empujaba a preguntar una y otra vez.

—Sí —repitió McKenna, que se incorporó para ayudarlo a deslizar la prenda por encima de su cabeza. Ambos desnudos a medias, se besaron un ratito más hasta que Brendan desplazó las manos a los botones del pantalón corto.

—¿Te parece bien?

—Sí, me parece bien, me parece muy bien, no hace falta que me lo preguntes.

McKenna agradecía la delicadeza que implicaba la pregunta. También le gustaba el saborcillo a *bourbon* en la boca de Brendan cuando la besaba. Y durante un rato su respiración se tornó adecuadamente agitada; sus suspiros, estremecidos e implicados. Al mismo tiempo notaba la barriga tan abotagada que se sintió un tanto incómoda cuando él se tendió sobre ella y, para colmo, le daba vueltas la cabeza por la falta de sueño. La pregunta repetitiva —«¿te parece bien?, ¿te parece bien?»— acabó resultando más adormecedora que seductora.

Como si la voz de Brendan procediera de otra habitación, McKenna apenas si oyó el último «¿te parece bien?». No pudo permanecer despierta ni un segundo más y respondió con un suave ronquido. Con los últimos restos de conciencia, lo oyó despegarse de ella y dejar caer la cabeza sobre la almohada con ademán frustrado. Quiso disculparse, pero no lo consiguió. Ya estaba durmiendo como un tronco.

Capítulo 4

Lo primero que vio McKenna cuando abrió los ojos fue el techo blanco de la habitación del hotel. Sintió un levísimo cosquilleo en las mejillas al recordar la noche anterior y notar el regustillo del *bourbon* en la lengua, pero todo se desvaneció en cuanto se acordó: ese era el día en el que comenzaría la travesía. Abandonó la cama de un salto. Lao Tse dijo: «Un viaje de mil leguas empieza con el primer paso». Bueno, también un viaje de tres mil quinientos kilómetros, y McKenna estaba deseando darlo.

En ese instante cayó en la cuenta de que estaba completamente desnuda. Recogió la camiseta del suelo y se la enfundó.

La luz todavía no empezaba a filtrarse a través de las cortinas. Se volvió a mirar la cama. Pobre Brendan. Aún seguía durmiendo y McKenna comprendió que acababa de privarse de la oportunidad de despertar en los brazos de un chico, de compensarlo por lo sucedido la noche anterior.

Lo meditó un momento. Al fin y al cabo, Brendan no sabía que se había levantado de la cama de un salto. Podía despojarse la camiseta y volver a acurrucarse debajo de las sábanas, despertarlo con un beso y ver cómo avanzaban las cosas a partir de ahí.

Al otro lado de la ventana, los pájaros ya se habían arrancado a la barahúnda que precede al alba, mil cantos distintos fundidos en uno solo. Cualquier deseo que le inspirara Brendan quedó eclipsado por el ansia de comenzar la aventura.

Tal vez fuera absurdo ducharse antes de iniciar una extenuante caminata por el trecho más difícil de la ruta. Sin embargo, a saber cuándo tendría ocasión de pasar un buen rato bajo un chorro de agua caliente y salir de un cuarto de baño inundado de vapor oliendo a champú y a jabón de hotel con aroma de lilas.

Y cuando por fin salió... Qué violento. Sentado al borde de la cama, Brendan se subía los vaqueros. McKenna apartó los ojos y luego pensó que el gesto no hacía sino poner el foco en lo que no había sucedido la noche anterior.

Señaló la mochila.

—Voy a coger mis cosas —dijo.

—Claro. Sí. Cómo no.

Arrastró la mochila al interior del baño antes de optar por enfundarse la camiseta y el pantalón corto del día anterior. Lo mismo que habría considerado ropa sucia en la vida normal seguramente sería lo más limpio que llevaría en todo el camino. Dejaría sus prendas favoritas —la camiseta rosa de Johnny Cash y la faldita pantalón— para más adelante. Se trenzó el pelo mojado, cerró la mochila y llenó las dos cantimploras en el grifo del baño.

McKenna bajó los ojos al pasar junto a Brendan, que estaba esperando al otro lado de la puerta. Al entrar, el chico cerró con un «clic» que sugería que deseaba privacidad, y una oleada de rabia la invadió. Por más cariño que le tuviera y por mucho que le agradeciese que hubiera conducido un largo trecho para llevarla hasta allí —y, pensándolo bien, que la hubiera invitado a cenar sin que ella le diera las gracias siquiera—, no tenía previsto empezar la jornada preocupada por los sentimientos de los demás. Ese día marcaba el inicio de su independencia total, de centrarse en su propio bienestar por egoísta que fuera. Iba a necesitar todas sus energías para el primer ascenso y la primera noche a solas en el camino.

Pese a todo, cuando Brendan salió del baño peinado como lo haría un niño y con una expresión infinitamente incómoda, McKenna se sintió apenada y culpable.

—Oye —empezó a decir—, en cuanto a lo de ayer…

Brendan le posó las manos en los hombros para hacerla callar. Cuando le acercó la frente hasta pegarla a la suya, parecía aliviado de que ella por fin hubiera mencionado el asunto.

—No —dijo—. No hace falta que digas nada. Lo entiendo. No estabas preparada. No debería haberte presionado.

—No me presionaste —protestó McKenna. Podría haber añadido que sí estaba preparada o al menos creía estarlo. No obstante, como la versión de Brendan la eximía de culpa y además le permitía a él salvaguardar su orgullo, se limitó a responder—: Gracias por ser comprensivo.

Él la besó.

—¿Desayunamos?

A decir verdad, todavía seguía empachada de la noche anterior y se moría por ponerse en marcha. Pero ahí estaba Brendan, mirándola con ojos de cachorro como si necesitase algún gesto por su parte, como si le pidiese algún tipo de acercamiento. Además, sabía que en la cafetería Apalachian Trail, que era famosa por sus enormes, baratos y fabulosos desayunos, podían estamparle el primer sello de su pasaporte, el del monte Katahdin.

—Claro —aceptó—. Algo ligero.

Después de desayunar, Brendan la llevó en coche al campamento Abol del Baxter State Park. La fresca mañana de Nueva Inglaterra empezaba a dar paso a un calor bochornoso. Tendría que acostumbrarse a salir más temprano. Ya notaba una sensación creciente de tener una meta que cumplir, el ansia de ir dejando kilómetros atrás.

Brendan abrió la portezuela trasera del monovolumen y, tambaleándose ligeramente a causa del peso, extrajo la mochila de McKenna. A continuación, alzó la vista al cielo.

—Deberíamos haber mirado la previsión del tiempo —comentó a la vez que echaba mano del teléfono que llevaba en el bolsillo.

—No, no lo mires —le pidió McKenna tocándole la muñeca—. Da igual. Voy a caminar a diario, llueva o haga sol.

—¿No quieres saberlo? ¿Por si te tienes que poner el chubasquero o lo que sea?

McKenna miró al cielo a su vez y luego a la carretera, por donde pasaba un todoterreno ocupado por una familia. Una niña pegó la cara a la ventanilla para mirarlos. McKenna sonrió y la saludó con la mano. El parque estaba atestado de veraneantes. Se preguntó cuántos llevarían consigo sus dispositivos electrónicos y verían Netflix por la noche en lugar de contemplar las estrellas, cuántos consultaban el tiempo.com en vez de observar el cielo.

—Habrá un montón de sitios sin cobertura a lo largo de la ruta —le dijo a Brendan—. Lo último que quiero es depender del móvil. Además, tengo que ahorrar batería para casos de emergencia.

Brendan asintió y hundió las manos en los bolsillos. Pasadas ocho semanas, estaría de camino a Harvard. McKenna intentó imaginar qué implicaría eso. Nuevos amigos, nuevas ideas, montones de novedades, incluidas chicas nuevas. Vivió uno de esos raros instantes en que te asalta una revelación: la próxima vez que se vieran, serían personas distintas.

—Buena suerte en la universidad —le deseó McKenna—. Te irá de maravilla, lo sé.

—Gracias —respondió Brendan—. Ten cuidado ahí fuera, ¿vale?

—Sabes que lo tendré.

Se besaron. McKenna intentó deleitarse en el abrazo igual que se había deleitado en la última comida caliente y en la ducha. Pero, por encima de todo, estaba ansiosa por emprender la marcha.

—¿Quieres que me quede hasta que eches a andar? —le preguntó él.

Ella reprimió el impulso de poner los ojos en blanco. Eso no era como esperar en el coche a que ella cerrara la puerta de casa, sana y salva al otro lado. Ese umbral conducía a tierras salvajes, a las montañas. Allí no había portales en los que refugiarse. Con cada segundo que pasaba, crecía el ansia de McKenna por desembarazarse de su vieja vida y embarcarse en la nueva.

El primer paso de la travesía se le antojaba trascendente de un modo extraño, además de íntimo. Thoreau había ascendido el Katahdin en 1846 y seguro que nadie le dijo adiós con la mano desde un monovolumen cuando se puso en marcha.

—Todo irá bien —prometió McKenna.

Brendan volvió a besarla. Luego montó en el coche de su madre y se alejó.

McKenna se quedó mirando la nube de polvo que proyectaban las ruedas hasta que ya no hubo nada, solo ella plantada en la curva y el inicio del sendero al alcance de la vista.

Tres mil quinientos kilómetros. Solo tenía que cargarse la mochila a la espalda y dar el primer paso. Cerró la mano en torno a una de las correas para echarse el enorme fardo a los hombros. McKenna ya sabía lo que era caminar con todo ese peso; había practicado. No importaba que la mochila estuviera llena a rebosar, que transportara suficiente comida para alimentarse hasta el primer puesto de abastecimiento, además de la tienda de campaña, el saco de dormir, la brújula, todos los artículos indispensables de su lista y unos cuantos libros. Había pagado un dineral por ella y estaba ergonómicamente diseñada para que pudieras andar con comodidad por más peso que llevaras dentro.

Cuando pisó por fin el sendero, la emoción prestó brío a sus andares, a pesar de que las gruesas correas se le clavaban en los hombros. Había planificado la ruta, se había entrenado. Se había preparado todo lo que había podido, mental y físicamente.

Estaba lista.

Capítulo 5

Arrogancia. Esa fue la palabra que acudió al pensamiento de McKenna transcurridas unas cuantas horas de aquel primer día en el camino. ¿Por qué narices había escogido la ruta más escarpada para remontar el Katahdin? Durante cosa de una hora, la senda Abol no le había parecido nada del otro mundo, tan solo un desnivel que ascendía gradualmente por un camino muy transitable a través del bosque, bajo la maravillosa bóveda de los árboles y acompañado de un arroyo cantarín. Una parte de esa corriente se conocía como el arroyo de Thoreau, así que se detuvo un rato en la orilla para disfrutar de un pequeño instante de comunión con la naturaleza. No podía arrodillarse para lavarse la cara porque la mochila pesaba demasiado, pero en cuanto a la caminata en sí misma, era coser y cantar.

Y entonces transcurrió la primera hora y McKenna recordó que, si bien Thoreau había descrito en términos poéticos su vida en plena naturaleza, uno de sus biógrafos como mínimo afirmó que el ascenso al Katahdin lo había colocado al borde de la histeria. McKenna no había perdido los nervios del todo, todavía no, aunque estaba mucho más cansada de lo que había imaginado. Aunque Courtney y ella se habían entrenado con unas cuantas excursiones de un par de días, la mayoría de sus caminatas, realizadas a la vuelta del trabajo en las inmediaciones de su hogar, no habían durado más de dos horas. En el camino, cuando llevabas dos horas andando apenas acababas de empezar.

Llevaba recorridos menos de dos kilómetros cuando el desnivel del sendero, que hasta entonces había sido sinuoso y gradual, se tornó empinado. Muy empinado. McKenna tenía que detenerse a tomar aliento y a beber agua mucho más a menudo de lo que había previsto. Tenía pensado caminar ocho kilómetros ese día; según su guía, los campamentos se llenaban de gente en verano, así que había hecho una reserva en el Katahdin Stream. Era un plan modesto, en su opinión, aunque sabía que se enfrentaría a una cuesta escarpada. Pero… ¡era joven! ¡Estaba en forma! Puede que no fuera una deportista consumada, pero sí una corredora aceptable y tenía más insignias por montañas coronadas en Connecticut que ningún otro miembro del club excursionista del colegio. Escogiendo la ruta más complicada para comenzar el trayecto, se demostraría a sí misma que era capaz de llevar a cabo la hercúlea misión que se había propuesto.

No había muchos más senderistas en el sendero y los que vio la adelantaron con rapidez. En la Great Outdoor Provision Co., la tienda de artículos de excursión y acampada, el chico que la había ayudado a escoger el equipo dedicó un buen rato a detallarle a McKenna qué debía incluir en la mochila y a qué debía renunciar. Ella sabía que el peso tenía importancia, pero ¿qué cambiaría llevar cuatro camisetas en vez de dos y sus dos sudaderas favoritas, además de tres pantalones cortos y esa faldita pantalón Patagonia tan mona?

—Deberías llevarte un Kindle en vez de libros —le aconsejó el dependiente cuando ella le mostró su lista—. Puedes ir cargando la batería por el camino.

McKenna asintió por no llevarle la contraria, pero se dijo que llevar un Kindle sería un sacrilegio. En ese momento, a medida que la senda Abol se tornaba más empinada por momentos, se acordó del ejemplar de *Walden*, las dos novelas nuevas, la guía de aves cantoras que había querido hojear varias veces sin atreverse a hacerlo, porque eso habría requerido dejar la mochila en el suelo y volver a levantarla. Y ella que se creía tan lista por haber cogido solamente libros de bolsillo... Cuando era niña y salía de excursión con su padre, siempre buscaban la cadencia del camino, ese momento genial en que los pies y los brazos se coordinan a la perfección y cada paso abarca la misma distancia. Ahora bien, ¿cómo ibas a adaptarte a la cadencia del camino si, cuando llevabas tres horas andando, apenas te aguantabas de pie?

Por fin, cerca del mediodía (o eso suponía McKenna, ya que los rayos de sol caían en perpendicular y brillaban con una fuerza despiadada), comprendió que debía pararse a descansar. Escogió un pequeño saliente con una tentadora roca plana y se descolgó la mochila. El fardo aterrizó en el suelo con un trompazo que le sonó como una fuerte amonestación por haber sobreestimado sus posibilidades. Bebió un largo trago de agua y pensó que, de haber recorrido la distancia que tenía prevista en sus peores cálculos, ahora mismo estaría admirando unas vistas imponentes en lugar de un bosque frondoso.

Una mosca le revoloteó por la cabeza y, tan pronto como la ahuyentó, otra se precipitó a su cuello. Cuando abrió la mochila para extraer la loción repelente de insectos, la ropa brotó a raudales, prueba del trabajo inexperto que había hecho en el hotel por la mañana. Tomo nota mental de que, a partir de ese momento, guardaría lo que pudiera necesitar durante el día en la parte superior y en los bolsillos exteriores.

Se comió dos barritas de cereales y una manzana, y bebió más agua. Cuando estuvo lista para reanudar el camino, se cargó la mochila a la espalda y al instante trastabilló hacia delante y se desolló la espinilla. El dolor del profundo rasguño la impulsó hacia arriba otra vez. Veía la sangre resbalar hacia el pie pero, llevando el pesado fardo a cuestas, no podía agacharse para inspeccionar la herida, de modo que decidió hacer de tripas corazón y seguir adelante.

E hizo de tripas corazón, desde luego que sí, porque el camino se tornaba cada vez más empinado y rocoso. El sudor le resbalaba por la frente y le caía a los ojos. Tenía la espalda empapada. En lo alto, el cielo empezaba a nublarse a medida que grandes nubarrones de lluvia oscurecían el fuerte sol, algo que le habría supuesto un alivio si McKenna se hubiera acordado de proteger la mochila con la funda impermeable. Cuando un trueno estalló a lo lejos, no tuvo más remedio que parar para extraer la funda, que por supuesto había guardado al fondo, volver a embutirlo todo en el interior y cargarse de nuevo el bulto a la espalda.

Avanzó con dificultad bajo una lluvia ligera. No le importaba mojarse siempre y cuando la mochila permaneciese seca. Todas las prendas que McKenna se había llevado para el viaje, incluida la ropa interior, eran de secado rápido, salvo sus dos camisetas favoritas, una de las cuales llevaba puesta. Se empapó en un periquete y el frío se le adhirió a la piel.

La lluvia le impedía calcular la hora y empezó a preocuparse por si no alcanzaba el campamento antes del anochecer. Pronto llegó a una escarpada pared de roca que tendría que escalar, literalmente, buscando puntos de apoyo para los pies y las manos. Se estrujó los sesos intentando recordar la descripción del sendero que incluía la guía. Puede que la dificultad del tramo significase que estaba cerca del final.

McKenna se recostó contra las rocas. En una excursión diurna con algo ligero a cuestas, la escalada podría haber sido factible. Complicada, pero factible. En esas circunstancias, el peso de la mochila la hacía recular peligrosamente mientras ella se esforzaba por no perder el equilibrio. Adelantó un pie con tiento y luego otro. La llovizna lo tornaba todo mucho más resbaladizo. Perdió agarre cuando una roca cubierta de musgo se desprendió y se arañó las dos piernas al resbalar antes de conseguir sujetarse.

Una oleada de adrenalina la inundó. Se sentía fuerte, decidida y ansiosa por alcanzar su objetivo. Por otro lado, le faltaba estabilidad y la caída por la vertiente oriental de la montaña era abrupta y peligrosa. Recordó lo que Brendan le había dicho en Abelard: «No es ninguna broma. Una persona puede morir de mil maneras distintas ahí fuera».

Ahuyentó la voz de su cabeza y aprovechó una segunda descarga de adrenalina para impulsarse hacia arriba en precario equilibrio. Bastaría con que diera un traspié en la dirección equivocada. No tendría donde agarrarse si resbalaba por ese lado, solo una quebrada implacable. «Una persona puede morir de mil maneras distintas».

—Podría morir —dijo McKenna en voz alta.

Las palabras la sobresaltaron. A pesar de todas las advertencias recibidas a lo largo de esos últimos meses de planificación, la idea no había calado en su mente con todo el peso de la realidad: lo que estaba haciendo era peligroso. Podía morir. E igual que no sentía ningún deseo de perder la vida antes de cumplir los dieciocho, aún menos quería morir el primer día de travesía. Eso la convertiría en la senderista de largo recorrido más patética de la historia.

Quizá si la mochila no pesara tanto... O si ese fuera el último día de camino y no el primero... Tal vez si no estuviera lloviendo...

McKenna tuvo que reconocerlo. Estaba derrotada.

Un sentimiento se apoderó de ella. Un chorro de empeño que le brotaba de muy adentro. Lo que más deseaba en el mundo era dejarse llevar por esa energía y seguir escalando, terminar lo que había empezado.

No obstante, si lo hacía, se arriesgaba a caer rodando montaña abajo. Así que, con mucho tiento, salvó de espaldas el breve trecho de roca que había logrado escalar y tomó la decisión, de momento, de dar media vuelta.

Mientras descendía por el sendero Abol de regreso al Baxter State Park, empezó a llover con ganas. McKenna no sabía si considerarlo una señal de que había tomado la decisión correcta o de que se había comportado como una auténtica miedica. Al menos la lluvia le limpiaría los rasguños.

Solo tardó unos minutos de caminata en recordarlo: andar cuesta abajo por un sendero calificado como de «máxima exigencia», cargada con una mochila demasiado pesada, es todavía más duro que hacerlo cuesta arriba. Para cuando llegó al primer trecho del sendero, la lluvia había amainado, pero los hombros y la espalda le dolían hasta extremos que no esperaba experimentar antes de cumplir los cuarenta, o al menos hasta que llevara una buena parte del camino recorrido. Le escocían los arañazos de las piernas y había apurado hasta la última gota de agua. La idea de seguir otra hora más le llenaba los ojos de lágrimas. Lo único que le apetecía era tirar la mochila, tumbarse en el suelo y renunciar. Se alejó dos pasos del camino y, recostándose contra un árbol, alzó la vista hacia esa luz sesgada posterior a la lluvia que se colaba a través de la frondosa bóveda septentrional.

Algo agitó la maleza tras ella. No podía ser una persona, porque no procedía del camino, sino del sentido contrario. Pasos pesados, ramas que se rompían. Algo grande.

McKenna revisó frenética los distintos animales que podían frecuentar la zona y el desánimo la condujo a la posibilidad más aterradora de todas: un oso.

«¿En serio? ¿El primer día?».

Esas únicas palabras, «el primer día», la espabilaron una pizca. Era el primer día. No había tirado la toalla. Encontraría la manera de recorrer lo que le quedaba de camino hasta el Baxter State Park.

Atisbó retazos del animal. Era un alce. Más grande de lo que McKenna habría imaginado jamás y el doble de hermoso. Con toda probabilidad, una hembra, porque no tenía cuernos. Sus ojos eran enormes, oscuros y del todo indiferentes a su presencia. Inclinó la cabeza para arrancar unas cuantas hojas y masticó a conciencia bajo la atenta mirada de la chica.

—Hola —le dijo McKenna cuando se hubo recuperado de la impresión. Le habría gustado alargar la mano para tocarlo, pero sabía que no debía hacerlo. En vez de eso, repitió—: Hola, alce.

El animal no respondió, pero ella se sintió igualmente reconfortada.

En el Baxter State Park, McKenna se paseó por el campamento en busca de una parcela libre. Como advertía la guía, incluso en los días laborables el parque estaba lleno a rebosar. Ella, como es natural, no había reservado plaza, puesto que no tenía pensado acampar allí. Solo podía esperar que la lluvia de las horas pasadas y los nubarrones que se acumulaban en el cielo ahuyentasen a unos cuantos campistas.

No tuvo suerte en su primera inspección, pero sí encontró un banco de pícnic vacío bajo un techado y se libró de la mochila con algo que habría sido alegría de no haber estado tan terriblemente agotada. Antes de hacer nada, se tumbó en el banco y cerró los ojos, demasiado cansada para despojarse siquiera de la ropa mojada. Pasada cosa de media hora, se sentó, abrió la mochila y extrajo el botiquín para desinfectarse las heridas. Los rasguños no tenían tan mal aspecto como le hacía temer el intenso escozor; al margen del primer corte, los demás podían considerarse arañazos sin importancia. Solamente usó una tirita.

El sol estaba tan bajo que el aire del norte de Nueva Inglaterra producía sensación de frío y McKenna se estremeció. Dejó la mochila en la mesa de pícnic mientras recorría el aparcamiento hacia los servicios públicos para cambiarse las prendas mojadas por una muda seca. La mochila contenía doscientos dólares en metálico, su iPhone y equipo de acampada por valor de mil dólares que había tardado años en ahorrar. Pero no se sentía capaz de cargar con todo al baño. Y por duro que hubiera sido su primer día en el sendero, todavía no se había tornado tan poco civilizada como para desnudarse en mitad de un campamento lleno de gente.

Por fortuna, sus pertenencias seguían allí cuando regresó, donde las había dejado. En el exterior del refugio estaba lloviendo otra vez. McKenna vació la mochila y extendió el contenido sobre la mesa. Necesitaría toda la comida que había llevado consigo para superar las llamadas «100 millas salvajes», la primera sección del Sendero de los Apalaches en dirección sur, ciento sesenta kilómetros sin pueblos en las inmediaciones. Separó una camiseta y la dejó con la que había llevado ese día, además de dos pantalones cortos y las dos sudaderas. No soportaba separarse de esa faldita pantalón tan mona; decidió ponérsela al día siguiente. Se enfundó el forro polar, demasiado abrigado para esa noche, pero la reconfortaba saber que todavía conservaba algo cálido. Había gastado una suma considerable en dos pantalones Gramicci; separó uno y lo dejó en el montón de ropa descartada junto con cuatro de los siete libros. Se quedó *Walden* y su guía de aves cantoras, además de una novela que todavía no había empezado y un pequeño diario que llevaba para documentar el viaje.

Después de volver a guardar lo que tenía pensado conservar, sopesó la mochila. Todavía pesaba, pero los artículos que había desechado la habían aligerado bastante.

Pasó un coche traqueteando hacia la salida del campamento, un grupo de campistas que huía del mal tiempo. Pero McKenna estaba demasiado cansada para salir a buscar la parcela que acababan de abandonar. En vez de eso, se zampó toda una bolsa de cecina de pavo natural Trader Joe's y extendió el saco de dormir debajo de la mesa de pícnic. Al día siguiente dejaría la bolsa de plástico con los artículos descartados y un cartel diciendo: PARA QUIEN LO QUIERA.

Le dolía todo el cuerpo. El sendero la había puesto en su sitio, pero el sonido de la lluvia sobre el tejado de zinc era bonito y al menos allí no se mojaba. Sabía desde antes de empezar aquella aventura que Maine y Nuevo Hampshire eran los tramos más duros del camino y la del Katahdin la ascensión más complicada. Tal vez hubiera fracasado ese día, pero lo había hecho en la subida más escarpada del tramo más duro de los tres mil quinientos kilómetros. Eso significaba que cualquier cosa que viniera a continuación no sería tan ardua como ese primer intento. Al día siguiente tomaría el sendero del Chimney Pond, que, según prometía su guía, era la ruta más sencilla.

A partir de ese momento, sería lo bastante lista como para respetar el camino.

Capítulo 6

Sam Tilghman estaba parado en el jardín delantero de su hermano, en Farmington, un pueblo del estado de Maine. O, al menos, esperaba que fuera el jardín de su hermano. Hundió la mano en el bolsillo de los vaqueros y cotejó las cifras anotadas en una hoja de papel con los torcidos números metálicos que alguien había clavado a la barandilla del porche. Sam los había copiado del ordenador de la biblioteca pública, junto con el número de teléfono, aunque no había llamado para avisar de su llegada. En primer lugar, ¿cuándo fue la última vez que alguien vio una cabina? En segundo, llamar después de dos años le parecía peor, más violento, que presentarse por las buenas. De ese modo, si Mike no quería verlo, tendría que decírselo a la cara.

La casa tenía cierto encanto, algo que sorprendió a Sam y por alguna razón lo entristeció. ¿Por qué sería? Puede que solo estuviera cansado. No solo cansado del día anterior, sino de los últimos tres meses, desde que se había escapado de casa de su padre y había echado a andar. Tenía gracia, porque seguro que su hermano se había mudado a ese pueblo pensando en marcharse lo más lejos posible de Seedling, en Virginia Occidental. Pero resultó que estaba a un paseo, siempre y cuando siguieras el Sendero de los Apalaches y tuvieras un montón de tiempo que matar. Nada como que te persigan tus propios demonios para seguir adelante.

No había coches en la entrada ni movimiento en el interior de la casa por lo que Sam alcanzaba a ver, aparte de las cortinas que ondeaban al otro lado de una ventana abierta en la primera planta. Presintió que si subía las escaleras del porche y giraba el pomo, encontraría la puerta abierta. Podría servirse un vaso de agua del grifo (menudo lujazo) y comer algunas sobras. Cuando Mike llegara a casa, él estaría roncando en el sofá o quizá viendo la tele. ¿Acaso los familiares no se pueden tomar ese tipo de confianzas? ¿Entrar sin llamar y ponerse cómodos?

Sam retrocedió un par de pasos, observó el entorno e intentó imaginar a su hermano allí. Había un triciclo volcado al final de las escaleras del porche y atisbó una casita de plástico en el jardín trasero, que estaba sucia como un demonio, pero se las arreglaba para conservar un aire alegre a pesar de todo. Sam ni siquiera sabía que Mike se hubiera casado y mucho menos que tuviera hijos. ¿Cómo se pueden tener hijos en edad de montar en triciclo en dos años? Debían de ser los niños de su esposa, o de su novia. ¿Qué le diría si era ella la primera en llegar? Por lo que sabía, Mike ni siquiera le había dicho que tenía un hermano.

Rodeó la casa dirigiéndose a la parte trasera y se descolgó la mochila. Sentaba bien liberar los hombros del peso, aunque a esas alturas ya estaba acostumbrado. Alguien había plantado un huerto con filas de gruesas lechugas alojadas entre tallos de maíz en crecimiento. También había un porche trasero, donde asomaba una mesa con su sombrilla y un gato atigrado disfrutando de la sombra. Mike y él tuvieron un gato una vez, cuando eran niños, hasta que su padre lo pateó con tanta fuerza que se marchó para no volver. Era una versión de la misma historia que habían protagonizado todas sus mascotas. Pero se notaba que nadie había pateado nunca a ese gato. Observó a Sam con pasivo desinterés, sin el menor atisbo de miedo.

Al fondo de la caótica pendiente que creaban el patio y el jardín había un soto con un sendero transitado que invitó a Sam a investigar. En esta época del año, en Virginia Occidental el clima sería cálido, pesado, húmedo. «Como vivir en el interior de una boca», decía siempre Mike. Pero allí, en Maine, a la caída de la tarde, el ambiente era más llevadero gracias a la brisa lánguida que soplaba de tanto en tanto.

Sam arrancó una mazorca de maíz y enfiló por el sendero, donde la sombra de los pinos, robles y arces prestaban todavía más frescura al ambiente. Quitó las hojas de la mazorca y mordió los granos agridulces, a falta de un par de semanas para su madurez. Pasado un ratito, oyó el borboteo de un arroyo. Era curioso que el aspecto civilizado del hogar de su hermano le hubiera procurado tanto alivio; en ese momento sentía un tipo de alivio distinto, la familiaridad de la senda de tierra, de medio metro de ancho; la maleza y los bosques a los lados; los retazos de luz que se filtraban entre unos árboles cada vez más altos. Había pasado tanto tiempo en el camino que tenía la sensación de que todos esos años viviendo en una casa, en el mundo corriente, no fueron reales. Los bosques le parecían más normales de lo que nunca se le antojó su casa. Quizá incluso más seguros, aunque no fuera seguridad exactamente lo que Sam andaba buscando.

Cuando llegó al arroyo, descubrió que era más grande de lo que esperaba, rápido y caudaloso. Se despojó de la camiseta y se arrodilló para lavarse la cara y las axilas. Para terminar, se mojó el pelo. No era una gran mejora, pero algo es algo. Con un poco de suerte, Mike lo dejaría entrar para ducharse y comer algo caliente. Puede que tuviera lavadora y secadora, y pudiera hacer la colada. Mike se había marchado de casa cuando tenía dieciocho años y Sam quince. En aquel entonces, Sam ya era más fuerte y más alto que su hermano, pero había perdido una buena cantidad de peso en el sendero, así que quizá podría ponerse algo de Mike.

Mientras se quitaba la mugrienta camiseta, avistó una botella verde de vino atascada en el musgo de la orilla. La extrajo de entre la maleza, retiró el corcho y encontró una nota en el interior. Empezaba diciendo:

> «A la persona que encuentre esta nota: saludos. Formas parte de un experimento sobre dinámica de fluidos y también sobre la poesía de los arroyos».

La nota decía que habían lanzado la botella a una corriente de Avon, en el estado de Maine. Pedía a quienquiera que la encontrase que enviase la respuesta a una serie de preguntas: dónde y cuándo habían hallado la botella y en qué circunstancias, además de su nombre, dirección y cualquier información que le apeteciese compartir.

El hallazgo puso a Sam de buen humor, no sabía por qué. Lo consideró una buena señal. Avon estaba a poco más de treinta kilómetros al norte de donde él se encontraba, pero la nota pedía que respondieran, aunque apareciera a cien metros corriente abajo. Era una bonita misión, una manera simpática de retornar a la civilización. Tal vez los hijos de Mike lo ayudaran. A los niños les divertían esas cosas, ¿no? Si Sam demostraba ser un buen tío, Mike y su esposa/novia quizá lo invitaran a quedarse una temporada. Podría sentar la cabeza, buscar trabajo, ganar algo de dinero. Quizá incluso se apuntase a un curso de esos para acceder a la universidad.

Se guardó la nota en el bolsillo trasero y llevó la botella a la casa, donde podría tirarla en el cubo de reciclaje de Mike y sentarse en la escalera de entrada a esperar la llegada de alguien. Ya iba siendo hora de que se concentrase en el futuro, en lugar de hacerlo en el pasado.

El pasado de Sam terminó una mañana de marzo, dos meses antes de concluir la secundaria.

Todo empezó con un dolor súbito e insoportable, junto con un chisporroteo. Su padre tenía la costumbre de usarlo a él de cenicero cuando había bebido demasiado, pero el hecho de que lo hiciera mientras dormía —cuando su padre ni siquiera podía fingir que su hijo se lo había buscado— hizo que se le cruzaran los cables. Se levantó y estampó a su padre contra la pared.

El hombre lo miró fijamente con ojos vidriosos. La rabia inundó a Sam, junto con una sensación nueva y súbita de su propia fuerza. Lo levantó del suelo y volvió a estamparlo contra la pared. El tufo agrio del whisky y el mal aliento flotaron hacia su mentón. ¿Cómo era posible que no se hubiera dado cuenta? En algún momento había sobrepasado en altura a su padre. Entre sus garras, el hombre se le antojaba pequeño y blando. Mientras que Sam se sentía lúcido. Se sentía fuerte.

«Podría matarte —pensó—. Podría matarte ahora mismo con las manos desnudas y nadie me lo reprocharía».

Aunque Sam no había pronunciado las palabras en voz alta, notó que su padre las había oído y sabía que eran ciertas. Nadie se lo reprocharía, ni siquiera él mismo se lo reprocharía si pensaba en todos los años que su padre llevaba golpeándolos a Mike y a él. A su madre. A pesar de todo, lo soltó y el hombre, tambaleándose, salió de la habitación a trompicones con un eructo rancio. Sam oyó un golpe sordo, seguramente su padre desplomándose de bruces en el sofá.

No recordaba haber tomado la decisión. Sacó su vieja mochila del fondo del armario junto con un par de cantimploras y su saco de dormir —uno bueno que su abuela le había regalado un año antes de morir—, además de la anticuada tienda de lona de Mike. De camino a la puerta, se detuvo a mirar a su padre, que yacía inconsciente en el sofá.

—No me marcho porque no quiera matarte —le dijo Sam—. Me marcho porque no quiero ser un asesino.

Nada, salvo un ronquido amortiguado. «Que te vaya bien», pensó Sam. Cruzó la puerta principal y siguió andando toda la noche hasta llegar al Sendero de los Apalaches. Una vez allí, continuó rumbo al norte.

Sam llevaba un rato acomodado en la mecedora del porche delantero cuando una mujer al volante de una cochambrosa camioneta aparcó en la entrada. Sam avistó dos cabecitas pelirrojas en el asiento trasero. Cuando la mujer bajó del vehículo, su aspecto lo sorprendió. Era muy delgada, no llevaba maquillaje y tenía el cabello recogido en una trenza. Guapa, aunque parecía cansada. Tenía un aspecto muy adulto, el mismo con el que imaginaba a Mike después de dos años. La última vez que lo vio, su hermano no era mucho mayor de lo que era Sam en ese momento.

La mujer les dijo algo a las niñas antes de echar a andar con aire fatigado hacia la casa. Por un momento, Sam pensó que tal vez supiera quién era él. Puede que su padre hubiera despertado aquella mañana de marzo presa de los remordimientos y se hubiera puesto frenético al descubrir que se había marchado. Tal vez hubiera hecho lo que haría un padre normal, como llamar a alguna persona con la que Sam pudiera haber contactado. Solo se había dejado ver en los pueblecitos que había a lo largo del sendero. Por lo que él sabía, su foto podría estar inundando Facebook y Twitter. Tal vez hubieran pegado carteles con su retrato. Solo tenía diecisiete años, oficialmente era un niño desaparecido.

—Hola —dijo la mujer con inseguridad. Se detuvo al pie de su propio porche, como si necesitara permiso para acercarse más.

—Hola —respondió Sam, temeroso una vez más de haberse equivocado de dirección—. Soy Sam. El hermano de Mike.

Ella titubeó un instante, como tratando de recordar si alguna vez le habían mencionado ese nombre.

—Ah —dijo por fin—. Vale. Sam. ¿Qué tal? Soy Marianne.

—¿Qué tal? —saludó él, y se levantó. Ella subió las escaleras del porche y le tendió la mano. El chico notó que se disponía a abrazarlo, pero que al final decidió no hacerlo, y no se lo reprochaba. El lavado de manos en el arroyo era lo más parecido a una ducha o a una colada que había podido permitirse en más de una semana.

Hundió las manos en los bolsillos, esperando que Marianne dijera algo como: «Gracias a Dios que estás bien» o «¡Estábamos muy preocupados por ti!».

Sin embargo, se limitó a decir:

—Vaya, qué sorpresa.

Por lo general, Sam se sentía cómodo en presencia de mujeres. Les inspiraba simpatía desde el primer momento. Pero en lugar de sonreír con languidez o desplegar sus encantos, se sorprendió preguntando:

—Entonces, ¿mi padre ha llamado? ¿Me habéis estado buscando?

Ella lo miró perpleja. A continuación se encogió de hombros y corrigió su expresión para adoptar un talante amable que a él le gustó. Era lista. En un instante había comprendido que Sam quería saber si alguien había preguntado por él.

—No —dijo Marianne—. No, no ha llamado. Pero me alegro mucho de verte igualmente.

Las dos niñas pelirrojas no eran de Mike, ni tampoco la casa. Marianne había vivido allí con su exmarido. No le dio muchos detalles sobre el paradero del hombre, pero se mostró amistosa y afectuosa por lo demás. Le ofreció a Sam un chándal limpio y una camiseta de Mike y le mostró el cuarto de baño y la lavadora.

Marianne no quiso que la ayudara con la cena, de modo que Sam se sentó a la mesa de la cocina con la niña mayor, Susannah, a contestar las preguntas de la botella. Marianne le contó mientras tanto que trabajaba en una guardería, de modo que se llevaba a Susannah y a Millie al trabajo a diario. Mike tenía un empleo en el supermercado Save-A-Lot, embolsando compras.

—Pronto será cajero —añadió.

Para cuando Mike llegó a casa, la ropa de Sam daba vueltas en la secadora. Notó en su expresión que Marianne ya lo había llamado para avisarlo. Parecía tenso, como si ver a su hermano pequeño del que llevaba tanto tiempo separado no le hiciera demasiada ilusión. También lo vio medio abotargado y mayor para tener… ¿Cuántos años debía de tener Mike? ¿Veinte? ¿Veintiuno?

—Hola —dijo—. Mira lo que ha traído el viento.

Sam se levantó para estrecharle la mano y encorvó un poco los hombros para no sacarle tanta altura. No fue una deferencia, sino estrategia pura y dura. Mike tendía a ser competitivo y, en esos momentos, Sam quería estar seguro de que no se sintiera amenazado. Necesitaba que se comportara como un hermano mayor.

Mike le propinó una palmada en el hombro y se lo estrechó con suavidad.

—¿Qué echan en el agua de Seedling? —preguntó—. ¿Hormonas de crecimiento?

Marianne soltó una risa al tiempo que añadía cebollas troceadas a una gran sartén. Chisporrotearon al entrar en contacto con el aceite y Sam aspiró el aroma. En ocasiones, últimamente, su cuerpo olvidaba lo que era tener hambre. Pero hacía demasiado tiempo que no olía los efluvios de una comida casera.

Mike echó mano de dos cervezas de la nevera.

—Salgamos —le dijo a Sam—. Así me pones al día.

En la mesa de la cocina, Susannah levantó el bolígrafo que habían estado usando con una expresión suplicante en sus inmensos ojos azules.

—Terminaremos cuando vuelva —le prometió Sam.

Las cosas habían empezado bien. Mike le enseñó el jardín y le hizo preguntas sobre los dos años que llevaban sin verse.

—Típico —comentó cuando Sam le contó lo del cigarrillo.

Mike se levantó la camiseta para mostrarle un par de cicatrices y le recordó el día que su padre le rompió la muñeca arrastrándolo a la cocina para que fregara los platos de la cena. Cuando la muñeca se le hinchó, su padre hizo un trato con los dos chicos, dijo que solo llevaría a Mike a urgencias si prometían decir que se había caído patinando en línea.

—Nunca cambiará —afirmó el hermano mayor, y apuró los últimos restos de la cerveza.

A Mike le interesaba saber cómo había llegado Sam hasta allí.

—¿Caminando? —preguntó con incredulidad.

Sam le contó que en parte había sobrevivido gracias a la comida que crecía en el camino, como bayas, setas y flores silvestres variadas. Había podido pescar y de tanto en tanto se quedaba trabajando en algún pueblo un par de días, ofreciéndose a cortar el césped o a pintar una valla para poder comprar provisiones. También había encontrado a mucha gente en el camino dispuesta a compartir la comida alrededor de una fogata.

—Chicas —adivinó Mike con una sonrisa de medio lado—. Ya veo. Algunas cosas nunca cambian.

—Marianne parece guay —dijo Sam para cambiar de tema, y al instante comprendió que había cometido un error.

Una sombra de irritación casi imperceptible cruzó el rostro de su hermano, como si no le gustara que nadie hiciera cumplidos a su chica.

—No está mal. Las niñas son un incordio, pero tengo alojamiento gratis.

Sam no respondió. Aceptó la segunda cerveza que Mike le tendió, aunque apenas había probado la primera. Se recordó que su hermano era la única persona en el mundo que podía ofrecerle una casa donde alojarse. Pensó en la chica con la que salía antes de marcharse, Starla, y que no se había puesto en contacto con ella por miedo a que le dijera a su padre dónde estaba. Pero podría haberlo hecho sin problemas. Su padre no lo estaba buscando.

A lo largo de los últimos meses en el camino, Sam no se había concedido permiso para pensar en Starla ni en ninguno de sus compañeros de clase. No se los había imaginado graduándose en su ausencia ni entrando a trabajar en las minas, ni cambiando la media jornada por jornada completa en el empleo que ya tuvieran. Algunos se casarían. Los más listos, como Starla, irían a la Universidad de Virginia Occidental. Conociéndola, seguramente ya estaría haciendo el equipaje para largarse.

Marianne asomó la cabeza y dijo:

—La cena está lista, chicos.

—Muy bien —asintió Mike, que arrastró la silla del porche haciendo mucho ruido—. A ver qué mejunje salado ha preparado esta noche.

Marianne ya había regresado a la cocina para servirles a las niñas sus platos de pollo con coles de Bruselas. Sam esperaba que no hubiera oído a su hermano.

Mike cogió otra cerveza y se dispuso a tenderle una a su hermano, pero él rehusó con un gesto.

—Estoy servido —le dijo. El otro se encogió de hombros y se la ofreció a Marianne.

—¿Otra vez esto? —preguntó Mike a la vez que pinchaba una col de Bruselas.

Marianne se sentó con expresión compungida.

—Lo siento —se disculpó—. Es una de las pocas verduras que se comen las niñas.

Sam tomó un bocado a toda prisa para poder decir:

—Hala, está riquísimo. Gracias.

Pretendía ser amable, es verdad, pero la comida estaba de verdad deliciosa. Por lo general, no le entusiasmaban las coles de Bruselas. Sin embargo, esas estaban tiernas y crujientes al mismo tiempo. Saladas, es verdad, aunque en el buen sentido.

Su hermano puso los ojos en blanco.

—Sam tiene un don para meterse a las señoras en el bolsillo —comentó. Seguramente pretendía hacerle un cumplido, pero no lo parecía. Mike le propinó un empujón raro en la cabeza. Sam se fijó en que las niñas pegaban los cuerpos entre sí.

—¿Qué te parece, Marianne? ¿Crees que mi hermano es guapo?

Incómoda, Marianne soltó una risita y probó la comida. Estaba claro que no había una respuesta apropiada a esa pregunta.

Mike torció la cabeza y se estiró el lóbulo de la oreja.

—¿Tienes problemas de oído? —insistió—. ¿Te parece guapo mi hermano? ¿Este tiarrón rubio de aquí?

Sam la vio en el semblante de Marianne, la misma expresión que adoptaba su madre de estar sopesando y calculando. De estar buscando estrategias para tranquilizar a una persona intratable.

Entonces intervino Millie.

—Yo creo que se parece al príncipe Eric.

—El príncipe Eric es moreno —señaló Susannah.

—Menos en eso.

Mike miraba fijamente ante sí, probablemente tratando de recordar en qué película aparecía el príncipe Eric. Sam tampoco tenía ni idea.

—Gracias —dijo con la que se le antojaba la primera sonrisa sincera que esbozaba en mucho tiempo—. Es el cumplido más bonito que me han hecho nunca.

Las niñas le devolvieron la sonrisa, pero Sam comprendió al instante que todos habían cometido un error. De hecho, habían cruzado esa línea a partir de la cual no podían hacer nada, salvo meter la pata. Mike se levantó enfadado a buscar otra cerveza y hundió la mano en la nevera con tanta rabia como si estuviera echando mano a un arma.

Después de cenar, abandonó la cocina mientras Sam intentaba ayudar con los platos sucios.

—¿Sabes qué? —dijo Marianne—. En realidad, me ayudarías más si las entretuvieras.

Señaló a las niñas con la barbilla y Sam entendió a qué se refería: mantenlas alejadas de Mike. Cogió en brazos a Millie y la llevó a la mesa, donde siguieron respondiendo las preguntas de la botella.

—Vale —dijo—. Ya hemos escrito que la encontramos en el Temple Stream. Se llama así el arroyo, ¿no?

—Eso dice aquí —respondió Susannah señalando lo que Sam había escrito hacía un rato—. Veo una «T».

—«T» —dijo Sam—. Como la primera letra de mi apellido.

—Pero no del nuestro —observó Susannah—. Mike no es nuestro padre.

Marianne se quedó parada un momento delante del fregadero y luego aumentó la intensidad del agua corriente. Sam sabía que lo hacía para amortiguar las voces, con la intención de que Mike no oyera la conversación. Con un poco de suerte, ya se habría tambaleado hasta el piso superior y se habría quedado frito. Lo único bueno de los borrachos irascibles era que al final caían redondos y nada podía despertarlos. Estaba acostumbrado a la sensación de contener el aliento, como si caminaras sobre cristal, hasta ese suspiro de alivio.

—Tengo que enviarle mi dirección —continuó Sam—. ¿Pensáis que esa persona responderá?

—A lo mejor viene a visitarnos —dijo Susannah—. Como tú.

La niña le recitó la dirección a Sam mientras él la escribía. Mike apareció en la entrada de la cocina y se apoyó en el quicio de la puerta.

—¿Qué significa eso? —intervino Mike—. ¿Ahora vives aquí?

Millie repitió las palabras en un tono distinto.

—¿Ahora vives aquí? —preguntó emocionada—. Pensaba que solo estabas de visita.

—Solo está de visita —replicó Mike. Les arrebató la hoja de papel que tenían sobre la mesa, la arrugó y la tiró hacia la basura. Millie rompió a llorar cuando aterrizó en el suelo. A Sam le entristeció observar la celeridad con que Susannah se levantaba y se llevaba a su hermana de la cocina por la otra puerta. Esperó a que hubieran llegado al final de la escalera para hablar.

—Lo siento —dijo por fin—. Es que todo me recuerda tanto a mi casa que me he confundido por un momento, supongo.

—¿Qué carajo significa eso?

—¿Tú qué crees que significa? ¿Quieres otra cerveza, Mike? ¿O mejor te pongo un chupito? Podrás asustar a esas niñas mucho más deprisa si empiezas a beber en serio.

Su hermano se inclinó hacia la mesa y apuntó a la cara de Sam con un dedo gordinflón.

—Será mejor que te calles —le espetó—. Cierra el pico.

El chorro constante del grifo se apagó.

—Mike. —Marianne lo dijo en tono tranquilo.

—¡¡¡Y lo mismo te digo a ti!!! —Habló en un tono tan alto que sus palabras anteriores parecieron susurros en comparación—. ¡¡¡No te metas en esto!!!

—Es su casa —replicó Sam con una voz muy queda.

Se estaba acordando de la sensación de tener a su padre entre las manos, toda esa carne blanda que le habría resultado tan fácil aporrear. Y llevaba varios meses caminando treinta kilómetros al día, a veces más. Había recorrido montañas a lo largo de miles de kilómetros. Mientras tanto, Mike empaquetaba comestibles, bebía cerveza, se debilitaba. Sam era más alto, más joven. Le resultaría tan fácil levantarse, agarrarlo del cuello de la camisa y darle su merecido...

Arriba, estaba seguro, las niñas temblaban de miedo. Se las imaginó con las orejitas pegadas a la tarima del suelo.

—Menos mal que no fumas —dijo Sam señalando con un gesto la fila de cicatrices redondas que Mike tenía en el brazo. El otro bajó la vista y se meció sobre los pies; había perdido el punto de apoyo al dar un paso hacia Marianne.

—Da igual —dijo, y se dispuso a irse. Entonces dio media vuelta para señalar de nuevo a Sam—. Por la mañana te largas.

—Eso pensaba hacer —replicó él.

Mike asintió como si diera una misión por cumplida y salió de la cocina.

Marianne se acercó a la mesa y se sentó enfrente de Sam. Ambos guardaron silencio mientras Mike subía las escaleras, conteniendo el aliento por si la tomaba con las niñas. Pero solo oyeron un portazo. La casa al completo exhaló un suspiro de alivio. El borracho había caído redondo. Al menos durante esa noche.

—¿Por qué lo dejas vivir aquí? —preguntó Sam.

Ella parecía agotada, pero había dulzura en sus ojos. Mirando su pelo, adivinabas que debió de tener un tono rojizo y brillante en otro tiempo, como sus hijas, pero el color había cambiado y ahora era castaño claro. Sam se preguntó si se habría criado con un padre como Mike. Cuando era niño, pensaba en su padre como dos personas distintas: papá de día y papá de noche. Intentó recordar qué edad tenía antes de que no pudiera mirar a uno sin ver al otro.

—Es tu casa —señaló—. ¿Por qué no lo echas?

—No siempre se comporta así —alegó Marianne—. Creo que le ha afectado mucho eso de volver a verte después de tanto tiempo y...

Sam levantó la mano. No podía soportarlo, eso de oírla poner excusas.

—Puede —dijo—. Es posible que no siempre sea así. Pero sabes muy bien que, al mismo tiempo, siempre será así.

Marianne asintió con los ojos inundados de lágrimas. Una parte de Sam quería alargar la mano, tomar la de ella. Consolarla. Pero otra parte era consciente de que, si bien ella sabía que tenía razón y aun habiendo dos niñas pequeñas escuchando arriba, nada de lo que él dijera o hiciera cambiaría nada.

Horas más tarde, Sam yacía en el sofá bajo la colcha que Marianne le había prestado. Era la primera superficie blanda en la que dormía desde hacía meses, de modo que en teoría debería haberse quedado frito a la primera de cambio. Sin embargo, llevaba tanto rato con los ojos abiertos, mirando al techo, que se había acostumbrado a la oscuridad. Aunque solo había tomado un sorbo de la primera cerveza, tenía el sabor pegado al paladar. Le provocaba náuseas, como si eso guardara alguna relación con la conducta de Mike.

Su hermano no se había comportado tan mal como su padre. Claro que su padre tampoco se había comportado siempre de forma tan horrible. Cuando Mike y Sam eran niños —más o menos de la misma edad que Millie y Susannah—, el ambiente en su casa era parecido al de esa noche.

El vaivén constante de cervezas llevaba despacio a su padre a un estado cada vez más irritable; las cosas que decía, en particular a su madre, buscaban provocar una reacción que le permitía enfadarse para poder culpar de sus salidas de tono a todos los demás.

Sam sabía que había muchas posibilidades de que Mike no recordara siquiera haberle dicho que se fuera. Si quisiera, podría quedarse. Fuera como fuese, su hermano despertaría odiándose a sí mismo y deshaciéndose en disculpas.

Apartó la colcha a un lado y se levantó. Habría terminado de fregar los platos, pero no quería despertar a nadie. En vez de eso, extrajo el papel arrugado de la basura y lo alisó. Buscó una hoja de papel en blanco y un boli, junto con un sobre y un sello, y lo copió todo con cuidado.

¿Quién eres? Tu nombre, dirección y número de teléfono son opcionales. Sam Tilghman. No tengo dirección ni número de teléfono.

Con la máxima exactitud posible, indica dónde has encontrado esta botella. En Temple Stream, cerca de la casa de la novia de mi hermano, en Farmington, Maine, enredada en unos juncos de la orilla, en un pequeño remanso.

¿Qué día? Un día de junio. He perdido la noción del tiempo últimamente.

¿En qué circunstancias? Es decir, ¿qué hacías cuando te has topado con la botella? Me estaba tomando un descanso de mi decisión de olvidarme del mundo. Ha resultado un error.

Añade los comentarios o la información que quieras. Sencillamente, gracias por esto. Ahora no puedo dejar de pensar en la poesía de las corrientes. Es un buen tema de reflexión. Mejor que ninguno que se me pudiera ocurrir.

Sam introdujo la carta en el sobre. Fuera, el día empezaba a clarear entre una cacofonía de pájaros cuyos cantos competían en intensidad. Por enésima vez deseó poder distinguir el canto de las distintas aves. Qué raro que pudieras estar sentado en una casa, en una cocina con agua corriente y una nevera repleta de comida y escuchar los mismos sonidos que escucharías en el corazón del bosque, sin nada salvo una tienda de lona cutre entre el mundo y tú.

«Maldita sea», pensó Sam. La vida era mucho más fácil en el camino. En el camino nunca te veías envuelto en desdichados incidentes que te hacían estallar la cabeza y te estrujaban el corazón.

Pensó en dejar una nota para Marianne y las chicas, pero eso podría cabrear a Mike. Así que cogió su mochila, llena de ropa limpia, y se encaminó hacia la puerta. Dejó el sobre en el buzón de un vecino con la banderita amarilla hacia arriba. Cuando un coche traqueteó por la carretera hacia él, Sam le mostró el pulgar, pero el vehículo pasó de largo. No le sorprendió. Si conseguía que lo acercaran un poco más al sendero, genial. Si no, caminaría. Caminaría el tiempo y la distancia que hiciera falta para volver al Sendero de los Apalaches, y entonces pondría rumbo al sur hasta llegar a Georgia.

Lo que haría cuando llegara allí todavía no lo había pensado. Tal vez diera la vuelta y echara a andar hacia el norte otra vez. Se pasaría la vida entera subiendo y bajando por la costa este, ajeno al discurrir del mundo. Sería como el loco ese, Walden, el vagabundo que obsesionaba a los senderistas de largo recorrido.

Otro coche pasó zumbando por su lado y Sam se limitó a seguir andando. La luz del sol inundó la mañana. El canto de los pájaros se apagó.

Un pie delante del otro. Hay maneras peores de ver pasar la vida.

Capítulo 7

Llevaba recorridos algo más de cien kilómetros, sesenta y cinco de las llamadas «100 millas salvajes», cuando McKenna se quedó parada delante de un camino forestal mientras se planteaba muy en serio abandonar el sendero.

Decir que las cosas empezaban a ser más fáciles desde aquel primer día en el Katahdin sería verdad, pero también engañoso. Porque las cosas ni por asomo se parecían a nada que pudiera ser calificado de «fácil».

Por ejemplo, en ese momento se acumulaban nubes de tormenta en el cielo de la tarde. No había podido enviar un mensaje a sus padres la noche anterior como les había prometido, ni por la mañana, porque no tenía cobertura. Sus piernas estaban sembradas de picaduras de mosquitos y tábanos a pesar de la dosis diaria y pródiga de repelente de insectos que se aplicaba; tan pródiga que no creía que el pequeño frasco le durase hasta el hito de los algo más de ciento ochenta y cuatro kilómetros, del que partía la carretera asfaltada que la llevaría al pueblo de Monson para comprar provisiones. En el Baxter State Park, la mañana de su segundo intento de escalar el Katahdin (y primero con éxito), McKenna había usado el móvil para tomar una foto del famoso cartel:

HAY 100 MILLAS EN DIRECCIÓN SUR HASTA EL PUEBLO SIGUIENTE, MONSON. NO ES POSIBLE CONSEGUIR PROVISIONES NI AYUDA HASTA MONSON. NO INTENTE RECORRER ESTE TRECHO A MENOS QUE LLEVE PROVISIONES PARA 10 DÍAS COMO MÍNIMO Y VAYA BIEN EQUIPADO. ESTE ES EL TRAMO DE TIERRAS SALVAJES MÁS LARGO DE TODO EL SENDERO DE LOS APALACHES Y ES DIFÍCIL. NO LO SUBESTIME.
¡BUEN CAMINO!

CONSERVACIÓN DEL SENDERO
DE LOS APALACHES

Estrictamente hablando, sin duda Monson era su mejor apuesta. Pero McKenna sabía que si se desviaba cosa de ochenta kilómetros encontraría pistas forestales nuevas, no oficiales, que llevaban a pueblos pequeños. Sin embargo, la guía le advertía que no abandonara el sendero. Algunos de esos senderos se perdían en mitad de la nada o, lo que era peor, se bifurcaban antes de perderse en mitad de la nada y te resultaba imposible encontrar el camino de vuelta cuando caías en la cuenta de que habías llegado a una vía muerta.

De todos modos, dejó la mochila en el suelo y buscó el teléfono, el chubasquero y la guía antes de sentarse a pensar. Conectó el móvil y descubrió que aún le quedaba la mitad de la batería; lo encendía únicamente cada dos días y solo unos minutos cada vez. A juzgar por lo que veía en el mapa de su guía, juraría que esa carretera llevaba a un pueblo, pero no estaba segura del todo. No había ningún poste indicador, solo bonitos racimos de plantas fantasmas con las flores blancas inclinadas como si se avecinara lluvia.

Conectó la aplicación de la brújula por si fuera más fácil de usar que la de verdad, un aparato que de momento solo la había sumido en un paroxismo de confusión. La brújula del iPhone, en cambio, únicamente requería un par de giros para que se calibrara sola. La pista forestal se dirigía al este, un rumbo que, si sus cálculos no fallaban, la sacaría de las montañas y los bosques para llevarla a algo parecido a la civilización, tal vez un pueblecito con una tienda que tuviera bocadillos y algún frasco de loción de calamina. ¿Quizá incluso pizza?

Una gruesa gota de lluvia aterrizó en su pantalla con un ¡chof! McKenna se llevó el teléfono al pecho con ademán protector y lo secó contra su camiseta técnica. A continuación, lo introdujo en la bolsa estanca de su mochila, se puso el chubasquero, tapó la mochila con el protector de lluvia, que solo le estaba resultando útil a medias, y volvió a cargársela en los hombros. Por más tentadora que fuera la idea de una porción de pizza caliente y una Coca-Cola, no podía correr el riesgo de perderse. Le quedaban provisiones para tres días más, que en principio bastarían para llegar a Monson sana y salva. Lo único que podía fastidiarle el plan en ese punto sería desviarse del camino e internarse en una posible zona peligrosa.

Ocho días en el camino. Diez tormentas, una con granizo incluido. Se suponía que la temporada de los tábanos empezaba a declinar, pero nadie se había molestado en explicárselo a los insectos. La piel que más les gustaba era la situada en la zona que discurría del cuello a los hombros e incontables veces McKenna se sorprendió matando uno en mitad de un doloroso picotazo.

Si bien las noches eran frescas, durante el día hacía un calor abrasador y el sudor ya manchaba todas y cada una de sus prendas de ropa. Aparte de lavarse la cara y los brazos con agua, no se había duchado desde el Katahdin Inn &

Suites. Y sentía molestias por todo el cuerpo, en particular en los hombros, donde las tiras de su mochila supuestamente ergonómica se le clavaban durante toda la jornada, día tras día.

«¿Todavía me estoy divirtiendo?», se preguntaba McKenna.

Pero la respuesta siempre era la misma, sin la menor duda: «Sí. A pesar de las duras circunstancias y la extenuante falta de comodidades, y en ocasiones justo por ellas, me estoy divirtiendo». Se lo estaba pasando en grande.

Cosa de tres kilómetros después de «La pista forestal no tomada», McKenna se arrodilló junto al que supuso que debía de ser el ramal este del río Pleasant. Cuando aún estaba en casa, había leído el blog de un experto senderista de largo recorrido que, según decía, nunca se molestaba en purificar el agua de los arroyos de Maine. Sin embargo, una infección de un parásito como la *Giardia* podía arruinar todo el viaje, y ese era otro de los riesgos que McKenna no estaba dispuesta a correr, por más que el agua tuviera un aspecto fresco y puro.

Usó el filtro para purificar con cuidado el contenido de dos cantimploras. Luego pasó un ratito buscando por ahí un palo fuerte que pudiera usar de bastón. Albergaba esperanzas de dar con uno que le gustara lo suficiente como para quedárselo, pero todavía no lo había logrado; el último palo que le había inspirado seguridad se había roto en mitad de un vado y la corriente casi las había arrastrado a ella y a su mochila. De momento eso de vadear los ríos era la parte del camino que más miedo le inspiraba. Cuando el bastón se partió, perdió pie en las rocas del fondo y algo muy parecido al pánico se apoderó de ella. Saber que el pánico era el peor enemigo de un senderista solo había servido para asustarla más. A decir verdad, no acababa de tener claro cómo había conseguido erguirse otra vez y alcanzar la orilla opuesta.

En ese momento acababa de encontrar otro bastón decente: una rama de abedul retorcida que estaba mojada a medias. Seguramente, alguien que caminaba en sentido opuesto la había utilizado y descartado ese mismo día. Repasó mentalmente las personas con las que se había cruzado que caminaban hacia el norte. Coincidía a diario con unos cuantos senderistas como poco y todavía no había encontrado ningún terreno de acampada desierto. Todos se mostraban amistosos con ella, además de muy preocupados por el hecho de que hiciera el camino en solitario. Sin embargo, en pleno verano había tantos caminantes que no podía sentirse sola; de verdad que no. Aun en ese momento, en plena naturaleza salvaje y no habiendo seres humanos a la vista, estaba segura de que si tuviera algún problema y gritara, acudiría gente corriendo desde ambos frentes.

Cuando se apoyó en el bastón para probarlo, le pareció lo bastante firme, pero también flexible como para que no se partiese. Así que sustituyó las botas de montaña por las sandalias Keen, más adecuadas para el agua, aflojó las tiras de la mochila y volvió a cargársela a la espalda dejando la cincha de la cintura desabrochada. A continuación, hundió el bastón en el agua y procedió a vadear la corriente. El agua le llegaba a medio muslo y ella clavó el palo con firmeza, recordando que había cruzado un río mucho más rápido que ese.

«Un pie detrás del otro —se dijo—, igual que en el camino». Solo tenía que ser un poco más cuidadosa.

Casi había alcanzado la margen opuesta cuando la suela de goma de su sandalia izquierda resbaló sobre una piedra plana cubierta de musgo. McKenna se precipitó hacia delante y cayó sobre la rodilla derecha contra una roca tan aguda que se preguntó si no sería una punta de flecha.

—¡Ay! —se quejó en voz alta a la vez que se le saltaban las lágrimas. Estaba tan cerca de la orilla que pudo alargar las manos para agarrarse a la cornisa seca y sacar las piernas con cuidado. Los milagros existen, porque consiguió que no se le mojara la mochila; no con el agua del río, cuando menos. Quedaba por ver si la llovizna constante había calado hasta el interior.

Sana y salva en la orilla, McKenna se despojó de la mochila para inspeccionar los daños. La roca le había levantado un colgajo de piel triangular de la rodilla, bajo el cual se acumulaba la sangre. Se lo palpó con sumo cuidado e hizo una mueca de dolor. Si estuviera en casa, seguramente su madre la llevaría a que le pusieran puntos en la herida. Allí tendría que conformarse con un vendaje tipo mariposa y seguramente una cicatriz de por vida.

—Ay —volvió a gritar mientras extraía el botiquín. Se tomó un ibuprofeno antes de proceder a la cura. Desde allí alcanzaba a ver el refugio East Branch. Sin embargo, herida o no, estaba decidida a recorrer al menos tres kilómetros más antes de dar la caminata por terminada.

Cada vez que algo interfería en el tramo que McKenna tenía previsto recorrer ese día, la invadía una ola de adrenalina que aumentaba su decisión de seguir avanzando. En su antigua vida, una interrupción como esa tal vez la habría dejado fuera de combate un par de días. Allí, en el camino, no podía perder tiempo por una herida. Mientras volvía a ponerse en pie, se cercioró de que sí, todavía se estaba divirtiendo, y una parte de la diversión era eso: hacerse daño, cuidar de sí misma y seguir avanzando a pesar de todo.

Casi había oscurecido cuando cojeó hacia la cabaña de Logan Brook. Encontró un grupo de *boy scouts* recogidos en el refugio, pendientes de la tormenta inminente. Justo cuando McKenna dejaba la mochila en el suelo polvoriento, una granizada empezó a bombardear la cochambrosa techumbre que los guarnecía.

—Justo a tiempo —dijo un hombre con edad de ser padre, seguramente el jefe de la unidad *scout*.

McKenna asintió, contenta de que el granizo no estuviera cayendo directamente sobre su cabeza. Se mantuvo apartada del grupo —tanto como le permitía el pequeño refugio— y miró el mal tiempo con tristeza. Había varias zonas para montar tiendas, pero no podía ni plantearse la posibilidad de instalar la suya mientras estuviera granizando con tanta fuerza. Aunque tenía la ropa empapada, no sabía cómo se suponía que debía cambiarse delante de diez chicos de catorce años y un hombre adulto.

—¿Has dejado a alguien atrás? —le preguntó el jefe *scout*.

A esas alturas, McKenna ya estaba acostumbrada a esa pregunta. Había mantenido la misma conversación a diario, en distintas versiones, durante más de una semana.

—No —dijo—. Camino sola.

—¿Recorres el sendero en solitario?

—Sí.

Por lo general, otras preguntas seguían a la primera, como si sus padres lo sabían o si necesitaba ayuda. ¿Hasta donde se proponía llegar? ¿Estaba segura de que podría conseguirlo por su cuenta? McKenna siempre había aparentado menos edad de la que tenía, algo que nunca le había molestado tanto como en el camino, cuando se topaba con adultos atentos —hombres, principalmente— que de inmediato la etiquetaban de damisela en apuros.

—Soy Dan —se presentó el jefe del grupo. Recitó los nombres de los niños, que McKenna no habría podido memorizar ni en un millón de años.

Los saludó con un gesto de la mano.

—McKenna —dijo.

—Te has hecho un corte muy feo.

Se miró la rodilla. La sangre se filtraba a través de la gasa con la que había protegido el vendaje de mariposa. La herida le provocaba un dolor agudo y latiente. Como no podía despojarse de la ropa mojada, decidió cambiar el vendaje. Ahora que se había detenido, con un poco de suerte aguantaría lo suficiente para que se formara algo de costra.

—Me he caído cruzando el río —explicó.

—Has hecho un camino muy largo para recorrerlo con un corte en la rodilla —observó Dan.

A McKenna le habría gustado que el hombre adoptara un tono menos compasivo. Era un problema sin importancia. Lo tenía todo controlado.

—Estoy bien —respondió, y le sonrió. No quería ser grosera, pero tampoco invitarlo a convertirse en su padre adoptivo durante la noche. Si había dejado a su propio padre en casa, era por algo.

Echó un vistazo por la cabaña buscando una litera que no tuviera un saco de dormir encima. Al no ver ninguna, arrastró la mochila a un banco y se sentó a lo largo con las piernas ante sí. Arrancó la gasa con cuidado y levantó la rodilla para inspeccionar la herida. El granizo seguía torpedeando el techado y tuvo la sensación de que todos se encontraban dentro de algún instrumento de percusión infantil. Era reconfortante de un modo extraño.

—¿Necesitas ayuda con eso? —gritó Dan. Por lo visto, no tenía bastante con cuidar de diez niños.

—No, gracias —respondió McKenna también a gritos, mientras colocaba con cuidado nuevos cierres de mariposa alrededor de la herida. Ya puedo.

Se tomó otro ibuprofeno, aplicó al corte abundante crema antiséptica y protegió la herida con una gasa limpia. El apósito tenía un aspecto tan perfecto, tan profesional, que le entraron ganas de echar mano del teléfono para hacerle una foto. Claro que, si la colgaba en Facebook o Instagram, la gente mostraría la reacción equivocada: preocuparse por el corte en lugar de admirar lo bien que se había ocupado de él.

Al cabo de unos minutos la granizada cesó tan abruptamente como había comenzado. McKenna reunió sus cosas para instalar la tienda.

—Eh —le dijo Dan cuando ella se dirigía a la salida del refugio caminando con dificultad—. Vuelve luego y cena con nosotros. Tenemos estofado de carne y pan de maíz.

Esa era la clase de ayuda que no le molestaba. Ni podía rechazar.

—Gracias —fue la respuesta de McKenna—. Desde luego que sí.

La tarde siguiente, todavía con la rodilla resentida, McKenna decidió parar un poco más temprano de lo que tenía previsto en el campamento de Chairback Pond, en lugar de caminar los casi cinco kilómetros que faltaban para llegar al refugio siguiente. Como caía una lluvia suave —no constante, pero sí suficiente para empaparlo todo—, tenía toda la zona para ella. Mientras desplegaba la tienda se recordó que aún era temprano, por lo que podría llegar más gente. Sin embargo, de momento, el campamento estaba vacío. Se las arregló para plantar la tienda, ponerse prendas más cálidas y recoger agua. Pasaron un par de senderistas que la saludaron mientras seguían su camino, seguramente con la intención de dormir a salvo de la lluvia en el refugio. Para cuando las nubes escamparon y llegó el ocaso, McKenna había puesto fideos a hervir en el hornillo y estaba casi segura de algo: tras nueve días en el sendero, por primera vez iba a pasar la noche completamente sola.

Tan pronto como su mente formuló el pensamiento, un búho ululó en un árbol situado a un par de metros. McKenna se estremeció. Era un sonido hermoso, grave y misterioso, y le recordó que nunca estaba sola allí en el bosque. Las zonas boscosas ocultaban todo tipo de animales: ciervos, alces, osos, linces, martas pescadoras. Varias noches había oído los ladridos y aullidos de los coyotes. Había un debate en curso entre senderistas y naturalistas sobre si los pumas habían regresado a las montañas orientales. A McKenna le reventaba reconocer que esperaba que los negacionistas tuvieran la razón en esa discusión en concreto. Por más que amara a los animales, dudaba mucho que su aerosol de pimienta la protegiera de uno de aquellos leones de montaña.

El búho ululó de nuevo y, durante un segundo, McKenna se planteó si recoger sus cosas y comer en el interior de la tienda. En vez de eso volvió la vista hacia el cielo. Las nubes se habían dispersado lo suficiente como para que asomara el manto estrellado que se desparramaba en lo alto. Los días de lluvia habían incrementado el olor a mantillo del bosque, pero apenas era una nota de fondo. En aquella zona dominaba la fragancia de los pinos. La aspiró. Guardó el gorro de lana en la mochila, que yacía seca y resguardada en la tienda. Notaba las orejas enrojecidas del frío. ¿Cómo podía hacer tanto calor durante el día y tanto frío por la noche? En esas montañas de Maine tenía la sensación en ocasiones de recorrer las cuatro estaciones en el transcurso de un solo día.

Sorbió los últimos restos del ramen, se ajustó la linterna frontal y recogió la comida para colgarla de un árbol a varios metros de la tienda. La idea era que, si aparecía un oso buscando comida, la emprendería con los suministros distantes antes que registrar la tienda. Los ataques de oso no eran frecuentes, pero ocurrían. Mientras guardaba el hornillo percibió el peso escaso de la pequeña bombona de propano; tendría suerte si le arrancaba una cena más antes de tener que rellenarla en Monson.

Una vez en la tienda, despegó la gasa de la rodilla. La herida todavía le dolía, aunque menos que la noche anterior. Los vendajes estaban bien sujetos, no rezumaba sangre y la piel de alrededor había adquirido un tono rosado, no enrojecido. No había señales de infección. Pegó con cuidado un pedazo de gasa limpia, se enfundó un jersey de lana y se deslizó al interior del saco de dormir. Ya había rellenado de ropa la bolsa de tela para usarla como almohada. Por lo general, a esa hora de la noche en un campamento lleno de gente, estaría buscando un libro para leer un rato hasta que el ruido se apagase. Pero esa noche estaba demasiado agotada de caminar con una herida en la rodilla. Además, la ausencia total de sonido humano producía una sensación extraña y un poquitín escalofriante. Bueno, algo más que un poquitín, siendo sincera consigo misma.

A la porra el miedo. A la porra el dolor y el cansancio. Estaba demostrando que podía con todo. Al día siguiente por la mañana, con las primeras luces, haría la mochila y caminaría dieciséis kilómetros, puede que más, en función del estado de su rodilla. Al otro día, estaba segura, podría tomar otra foto: la del cartel que advertía a los senderistas procedentes del sur que se adentraban en las 100 millas de territorio salvaje. Esos caminantes terminarían el sendero con el tramo más duro. McKenna había empezado por ahí y ya casi estaba llegando al final. Lo había conseguido.

Se durmió sonriendo, con la linterna frontal todavía encendida y proyectando un pequeño círculo de luz, durante toda la noche, en el lateral de la tienda. Con un poco de suerte podría comprar más pilas en Monson.

Capítulo 8

Pasados diez días, McKenna descansaba en la escalera que había a la entrada del supermercado de Andover, en Maine, acompañada de Linda, una exmarine que había empezado el camino en Georgia en el mes de marzo. Linda tenía treinta y tantos; había llegado de Afganistán cuatro años atrás y se había matriculado en la Universidad de Texas. La travesía era el regalo de fin de carrera que se había permitido y, como le dijo a McKenna, estaba muy contenta de que solo le quedase un estado antes de que le firmasen el certificado en el Baxter State Park. McKenna no cabía en sí de la emoción por haber conocido a otra mujer que iba sola. Mientras Linda le mostraba los diversos sellos de su pasaporte, ella admiró sus poderosos bíceps cubiertos de tatuajes. La mujer llevaba una pañoleta alrededor de su pelo canoso y cortado a cepillo, y McKenna quiso saber si le preguntaban tan a menudo como a ella si no le daba miedo hacer el camino en solitario.

—Seguramente no tanto como a ti —respondió Linda, echándole a McKenna un repaso rápido—. Pero sí más de lo que piensas. A la gente no le gusta que las mujeres hagan cosas así por su cuenta, por muy fuertes que parezcan. La gente se angustió menos cuando me marché al frente que cuando les dije que haría la travesía sola. Esto no cuadra con la imagen que tienen del mundo. Los pone nerviosos.

Linda intentó enseñarle a McKenna a usar la brújula, una Cammenga que le había costado setenta dólares en Connecticut y que no sabría usar ni en caso de vida o muerte, literalmente.

—Da igual hacia dónde apunte, siempre señala al norte. Y luego empieza como a temblar. Dos mañanas he salido andando en sentido contrario. Es más fácil usar la del teléfono.

—Sí, deberían usar marcas de colores distintos para la gente que va hacia el sur y la que va hacia el norte —asintió Linda.

Los árboles del Sendero de los Apalaches estaban marcados con pintura blanca cada pocos centenares de metros para informar a los senderistas de que iban por el buen camino, el mismo color en ambas direcciones. En principio, orientarse parecía sencillísimo: norte o sur. Sin embargo, cuando te despertabas en una montaña neblinosa después de una noche de frío e incomodidad, era muy fácil que volvieras tus ojos legañosos en el sentido contrario al que debías avanzar.

Esa mañana, en cambio, McKenna había descansado bien. De maravilla. La noche anterior, por primera vez desde el inicio de la travesía, había dormido en la cama de la habitación que alquiló para ella sola en el Pine Ellis Lodging. No solo se había duchado y arrancado de su piel una cantidad de roña sorprendente desde la parada de Monson, sino que había lavado la ropa, comido pizza y bebido una Coca-Cola de un trago. En casa rara vez tomaba refrescos, pero allí, en el camino, la Coca-Cola en esas anticuadas botellitas de cristal se había convertido en su fantasía recurrente cuando empezaba a flaquear.

Y se había concedido un lujo sin precedentes. Su guía del sendero en sentido sur incluía el nombre y el teléfono de una masajista terapéutica. McKenna se planteó un instante qué pensarían sus padres si veían ese cargo en el extracto. Decidió que les alegraría descubrir un indicio de que estaba haciendo algo tan civilizado. Pensar en sus padres le recordó que les debía un mensaje de texto y echó mano del teléfono.

—Eh —protestó Linda dando unos golpecitos a la brújula con el dedo—. No estás mirando.

—Me parece que soy un caso perdido —dijo McKenna mientras escribía a toda prisa que estaba viva y casi había llegado a Nuevo Hampshire.

Linda se encogió de hombros.

—Yo no he traído el móvil —dijo—. Quería desconectar por completo, ¿sabes?

—Sí —respondió McKenna—. Yo también quería.

No añadió que renunciar al teléfono le había costado más de lo que esperaba. La noche anterior, estando en su habitación, había roto su decisión de no entrar en Facebook. Aunque había conseguido no publicar nada, estuvo ojeando un par de páginas. Todos sus amigos exhibían su obsesión con las universidades a las que pronto se mudarían. Brendan había llenado su página de publicaciones sobre Harvard. Mientras las leía en diagonal, McKenna notó un ramalazo de añoranza lo bastante intenso como para enviar su determinación a paseo y escribirle un mensaje. Que aún no le hubiera respondido implicaba que tendría que conectarse por la noche, si es que tenía cobertura en el campamento.

—Es una brújula muy buena —dijo Linda—. Usábamos unas muy parecidas en Afganistán.

—¿La quieres? —McKenna lo dijo sin pensar, tan a gusto y relajada se sentía.

Tan pronto como pronunció las palabras, comprendió hasta qué punto deseaba hacer eso, regalarle la brújula a Linda. De momento, la habían invitado a comer en el camino y le habían dado vales regalo para cafeterías en los pueblos de descanso. Un hombre de la edad de su padre le había cambiado el mediocre chubasquero que llevaba McKenna por uno excelente (era un senderista de largo recorrido que iba en sentido norte, casi había concluido y parecía encantado de echarle una mano en su travesía). El encuentro con Linda era la primera ocasión que se le presentaba de ofrecer su propia magia del camino.

—Ni hablar —dijo la exmarine—. Aún tienes trece estados por delante.

Al oírlo así expresado, una pequeña parte de la agradable sensación que la envolvía se alejó flotando con la brisa matutina. ¡Trece estados más por delante! Tantos como formaban parte del país en su origen. Se preguntó qué habrían pensado George Washington o Thomas Jefferson de que una chica de diecisiete años recorriera el país de punta a punta en solitario.

—Es que me parece que tengo un campo magnético en el cuerpo que la enloquece —dijo—. Nunca aprenderé a manejarla.

Linda se rio mientras se la devolvía.

—Quédatela —insistió—. Se te podría estropear el teléfono o podrías quedarte sin batería. Con las brújulas pasa lo mismo que con la reanimación cardiorrespiratoria. Aunque ahora te parezca que no serás capaz, cuando llegue el momento recordarás esta pequeña clase.

Si bien McKenna había prestado casi cero atención a la explicación, aceptó la brújula y la guardó en el bolsillo delantero de su mochila. El autobús lanzadera que llevaba a los senderistas de vuelta al camino se detuvo ante ellas y Linda y McKenna subieron a bordo.

—No te sientas mal si no llegas hasta Georgia —le aconsejó Linda—. No es nada fácil. En Harpers Ferry conocí a un senderista en sentido norte que se sentía fatal por haber abandonado, pero, no me jodas, había llegado a la mitad. Más de mil quinientos kilómetros. Es más de lo que camina la mayoría.

McKenna no daba crédito. Incluso Linda, su camarada guerrera, dudaba de ella.

—Ni hablar —replicó—. No pienso quedarme en Harpers Ferry. Voy a llegar hasta Georgia.

Linda asintió, pero McKenna notó que no se lo acababa de creer. Desde el comienzo de la travesía, la gente le decía y repetía que no se sintiera mal si fracasaba. Había empezado tarde, alegaban, sin añadir lo que obviamente pensaban en realidad: «Solo es una chica». A pesar de todo, McKenna no estaba preocupada ni dudaba de sus posibilidades. Desde aquel horrible primer día, había incrementado el trecho recorrido diariamente de manera constante. Del corte de la rodilla solo quedaba la costra y ya no le dolía. Si bien la mochila todavía le pesaba —en particular ese día, después de reabastecerse en Andover—, ya casi había atravesado Maine. ¡El estado más difícil! Había ascendido el Katahdin, el Avery Peak y la Old Blue Mountain. Además de la costra en la rodilla, tenía las piernas cubiertas de arañazos, pero también definidas con nuevos músculos. Su saco de dormir la mantendría caliente aun con temperaturas por debajo de cero y sus botas estaban perfectamente adaptadas y eran resistentes al agua. Aunque nevara en otoño cuando estuviera más al sur, estaba lista.

Además, le habían dado un masaje el día anterior y por la mañana había desayunado un helado. Por primera vez desde que se había puesto en camino, notaba meras molestias en lugar de sufrir dolores insoportables. Que le pusieran por delante una montaña que subir, un río que vadear, temperaturas gélidas en las que dormir. Podía superarlo y lo haría encantada.

Cuando bajaron de la lanzadera, McKenna se cargó la mochila a la espalda. Se acordó de Courtney y se preguntó cómo le irían las cosas con Jay. Si estuviera allí con ella, se ayudarían mutuamente a colgarse y descolgarse las mochilas igual que siempre habían estirado las botas de montar de la otra después de una clase de equitación.

De vuelta al camino, Linda y McKenna se desearon buena suerte y se despidieron con un abrazo. La duración de su amistad abarcaba poco más de una hora en total, pero a McKenna le apenó separarse de ella cuando se fueron cada una por su lado: Linda rumbo al norte para recorrer un estado más y McKenna en dirección sur para atravesar trece.

El equilibrio entre soledad y compañía había sido adecuado las últimas semanas: tan poca gente como para que rara vez tuviera que caminar acompañada y la suficiente como para poder vivir encuentros agradables y conversaciones amistosas, e incluso compartir comidas y parcelas durante la noche. Cuando más sola se sentía era justo antes de acostarse, cuando se enfundaba el saco agotada, sin ganas de dormir todavía, pero demasiado cansada para leer. No solo echaba de menos a Courtney, sino también a Brendan, a Lucy e incluso a Buddy, aunque había tantos campamentos y trechos del camino con carteles de «perros no» que casi mejor no haber llevado una mascota.

Los lujos del día anterior combinados con el hecho de salir de madrugada culminaron en su mejor marca hasta el momento, con más de treinta kilómetros recorridos. Casi era de noche cuando se internó en el extremo norte del Mahoosuc Notch. Su guía prometía que la profunda quebrada sería «el tramo más difícil o divertido del Sendero de los Apalaches». Por la descripción, le parecía preferible abordarlo estando fresca, así que decidió parar por ese día y plantar la tienda en la pequeña zona de acampada. Ya había un grupo de gente allí, casi todas chicas, y mientras McKenna buscaba un sitio para instalarse una de ellas se acercó.

—Soy Ashley —se presentó. Era alta y guapa, más o menos de su edad, y por el aspecto limpio y flamante de la chica, supo al instante que solo estaba haciendo una excursión de un par de días. Aunque McKenna había hecho la colada el día anterior y se había lavado el pelo, sabía que su atuendo tenía el aspecto raído y desgastado por el uso diario que distinguía a todos los senderistas de largo recorrido.

—¿Te apetece un poco de chili? —la invitó Ashley—. Hemos preparado muchísimo.

—Claro —dijo McKenna—. Me encantaría, gracias.

Pasar una noche sin tener que escoger entre cocinar con el hornillo de acampada o comer barritas de cereales con cecina le parecía el paraíso.

—¿Por qué no instalas la tienda con las nuestras? —le propuso Ashley—. Así no tendrás que volver dando tumbos cuando termine la fiesta.

McKenna plantó la tienda y se puso las sandalias Keen, mucho más cómodas que las pesadas botas. Ashley le contó que había viajado desde Concord, en el estado de Nuevo Hampshire, para pasar el fin de semana con unas amigas.

—No pensamos caminar mucho —comentó—. Solo pasar un par de días de acampada.

Todas eran alumnas de la Universidad de Nuevo Hampshire, pero estaban pasando el verano en casa de sus padres.

Habían encendido una gran fogata, algo que McKenna procuraba evitar. Las hogueras podían provocar incendios forestales, además de que generaban contaminación lumínica y polución. Se sentía más ecologista usando su pequeño fogón. Por otro lado, debía reconocer que el fuego creaba un ambiente festivo. Tres chicas más se sentaron en torno a las llamas —dos morenas y una pelirroja—, además de un chico. La pelirroja se levantó y le sirvió un cuenco de chili.

—Gracias —dijo McKenna. El calor del cuenco de plástico se le antojó una delicia entre las manos. Tomó asiento y una de las morenas le tendió una cuchara y una lata de cerveza.

—Maddie es una cocinera fabulosa —dijo la chica. McKenna creía haber oído que la llamaban Blair, pero no estaba segura.

A juzgar por el modo en que el único chico —que estaba sentado al otro lado de la fogata, enfrente de McKenna— rebañaba el plato, Blair decía la verdad. Dedujo que no formaba parte del grupo original; igual que ella, vestía prendas raídas y su camiseta, que algún día debió de ser blanca, exhibía una tonalidad grisácea. El pelo rubio, sin lavar, le llegaba hasta los hombros. El chico despegó la vista del cuenco un segundo para mirarla y McKenna hizo algo que no era nada propio de ella. Perdió el aliento de manera audible y al instante se puso colorada. Esperaba que las chicas —o peor, él— no la hubieran oído.

Era tan guapo que deslumbraba. Tenía los ojos de ese azul tan claro que te sobrecoge, como un *husky* siberiano, el rostro anguloso y los pómulos marcados. Las piernas, extendidas ante él, eran largas y musculadas hasta lo imposible, al igual que los brazos. Con razón, las chicas lo habían invitado a compartir la cena.

McKenna apartó la mirada y devolvió la atención a la comida, recordando que también la habían invitado a ella. Solo eran un grupo pasando un buen rato. Tomó un bocado de chili, que llevaba la cantidad justa de picante junto con un toque de canela. Estaba hecho a base de carne y tomate —sin alubias—, justo como a ella le gustaba.

—Hala —dijo McKenna. Bebió un trago de cerveza fría, el complemento perfecto—. Está de muerte.

Las chicas se rieron. El chico apenas le echó otra ojeada.

—Te lo he dicho —asintió Blair, y Maddie sonrió.

—¿Y qué? ¿Vas muy lejos? —le preguntó Maddie. El chico acababa de tenderle el cuenco vacío y ella se levantó para servirle otro plato.

—A Georgia —dijo McKenna.

—¡Qué fuerte! —exclamó Ashley—. ¿Tú sola?

McKenna ya estaba acostumbrada a la conversación a esas alturas: la sorpresa, seguida de las dudas y a continuación las preguntas.

—Sam también —dijo Ashley a la vez que señalaba al chico.

Él alzó la vista de nuevo al oír que lo mencionaban. Sonrió y agitó la cuchara a modo de saludo. Ella agitó la suya a su vez, pero también se preguntó si todas las personas con las que él se cruzaba se mostraban también preocupadas por el hecho de que viajara solo. Seguro que nadie lo freía a preguntas sobre sus planes y luego le aseguraban que haber llegado tan lejos ya era toda una hazaña.

—Ya lo hizo una vez —añadió Ashley. Estaba sentada a su lado y su voz contenía un extraño matiz de orgullo. Levantó la mano como para propinarle unas palmaditas en la rodilla y luego cambió de idea. McKenna supuso que ya llevaban un rato bebiendo antes de que ella llegara.

—¿En serio? —quiso saber—. ¿Ya has recorrido el sendero entero?

—Sí, lo terminé hace unas semanas —dijo Sam, que tomó otro bocado de chili. McKenna entendía perfectamente que las chicas le estuvieran dando cierta coba. Su voz estaba a la altura de su aspecto: profunda, con un toque ronco y el suficiente acento sureño como para sonar melodiosa.

—¿Hace unas semanas?

—Sí. Fui andando hasta Maine y di media vuelta. Me puse en marcha en sentido contrario.

—Como Forrest Gump al llegar a California —dijo Blair. Su tono de voz sugería que los encantos de Sam no la impresionaban tanto como a las demás. Tal vez, al igual que McKenna, desconfiara de los chicos demasiado guapos.

—O como Walden —añadió Ashley.

Estallaron en risas. No era la primera vez que alguien mencionaba a un hombre llamado Walden. McKenna ya sabía que cada cual contaba una historia distinta sobre ese tipo, pero casi todas coincidían en que había sufrido una tragedia y ahora se limitaba a recorrer el sendero arriba y abajo, sin equipaje, viviendo de los frutos que daba la tierra en cada estación y durmiendo al raso. Algunos afirmaban que era un fantasma. Tenía una cotorra argentina que viajaba con él, a veces posada en su hombro, otras volando a su lado. A menudo la gente dejaba una nota en los libros de registro que había a lo largo del camino cuando creían haberlo visto. Un senderista de largo recorrido veterano le dijo a McKenna que cuando te cruzabas con Walden no tenías la menor duda. Al instante sabías que era él.

—Walden no existe en realidad —afirmó Blair—. Es la típica leyenda que se cuenta alrededor de una hoguera.

Sam dejó el cuenco de chili, se acercó a la nevera de las chicas y echó mano de un refresco. Saltaba a la vista que se sentía como en casa, pensó McKenna. También advirtió que era el único que no bebía alcohol. Ashley se inclinó hacia Sam cuando él volvió a sentarse.

—¿Tú has visto a Walden? —le preguntó.

—Sí —dijo—. Lo he visto dos veces. Una vez en las Smoky Mountains, que es el tramo más misterioso del sendero, y otra cerca de Delaware Water Gap. Estaba comiendo pizza en Doughboy's y llevaba a ese pájaro loco sobre la cabeza, graznando y agitando las alas cada vez que alguien se acercaba.

McKenna no sabía gran cosa de Walden, pero gracias a su futuro jefe y amigo de su padre, Al Hill, había oído hablar de las cotorras argentinas. Años atrás, una remesa con destino a una tienda de animales había escapado al norte de Nueva Jersey. Con el tiempo esas aves tropicales poblaron los acantilados y anidaron en los árboles de las poblaciones que rodeaban el río Hudson. En teoría, la cotorra de Walden pertenecía a ese grupo, y era más o menos del tamaño de un periquito. Suponía que podía abrir las alas, aunque no resultaría demasiado amenazadora, y seguramente piaba más que graznar. Pero no dijo nada.

Ya había anochecido. McKenna iba todavía por la primera cerveza, pero el grupo estaba cada vez más alborotado. Las chicas chillaron cuando Sam les contó que la hija de Walden fue asesinada a los doce años en un campamento estival de las Smoky Mountains.

—Tenía el pelo largo, castaño —les dijo—. Enormes ojos azules. Pecas en la nariz. De hecho… —Se levantó para mirar a la fila de chicas sentadas en el tronco. McKenna tosió un poco cuando el humo de la fogata flotó hacia ella—. Era idéntica a ti —terminó inclinando la lata hacia McKenna—. Un poco más joven, claro.

—Claro —repitió ella. Se sonrojó de nuevo ante esa muestra de atención y esperó que no se notase a la luz de las llamas.

—Pues bien —prosiguió Sam. Ahora que estaba de pie ante ellas, su relato parecía más bien una actuación—. La hija de Walden fue asesinada. Y no solo asesinada, sino destripada. La encontraron una mañana junto al asta de la bandera, abierta en canal. Buscaron al asesino, pero no lo encontraron. Algunos piensan que fue un oso negro enloquecido, que la sacó a rastras de su cabaña. Sin embargo, Walden no se cree esa historia.

—¿Te lo contó él en persona? —preguntó Blair en tono sarcástico.

—Digamos que obtuve la información de alguien próximo a la fuente. Muy próximo.

La voz de Sam sonaba grave y convincente, pero albergaba asimismo una especie de guiño. McKenna tenía ganas de soltar una carcajada o, peor, una risita.

—Sea como sea —continuó él—, Walden se despidió del mundo después de ese día. Se lanzó al camino, abrumado por la pena, y nunca regresó a casa. Se limita a caminar arriba y abajo, del sur al norte y del norte al sur, sin preocuparse nunca del tiempo, sin llevar consigo lo suficiente para subsistir o protegerse de la lluvia. Cuesta entender cómo sigue vivo. Pero ¿sabéis qué lo mantiene en pie?

—¿Encontrar al asesino? —preguntó Maddie.

—No. Lo mantiene vivo el ansia de sangre.

—¿Es un justiciero?

—Sería de esperar —respondió Sam—. Pero la clase de dolor de la que estamos hablando no se atiene a la lógica. Quiere que otros sientan lo mismo que él. Así pues, mientras recorre el sendero arriba y abajo, se mantiene alerta. Piensa que encontrará a su hija, esa chica de ojos azules tan mona. Y muy de vez en cuando, aparece una persona que es idéntica a ella, caminando en solitario, y por un segundo el corazón loco de Walden brinca de alegría, hasta que comprende que no es ella, y entonces ¡bam!

Sam saltó hacia McKenna de forma tan repentina que ella se echó hacia atrás casi cayendo del tronco. Las demás estallaron en carcajadas.

—Todas aparecen igual —dijo Sam—. Abiertas en canal. Con las tripas fuera, a la vista de todo el mundo. Si es que los linces y los osos no las encuentran antes, claro.

McKenna rio con todos los demás. Advirtió que, cuando Sam había recuperado su asiento junto a Ashley, ella le había entrelazado el brazo, como si fuera de su propiedad. No tenía demasiada lógica que se mostrara posesiva ni tampoco que McKenna se sintiera halagada por el hecho de que Sam la hubiera escogido como víctima del asesinato de Walden. Quizá debería haberse asustado, pero tenía la sensación de que había sido un modo retorcido de ligar con ella.

Como para confirmar sus sospechas, los ojos de Sam se clavaron en ella, aunque Ashley seguía pegada a él.

«Gracias, pero no, gracias —pensó McKenna—. Salta a la vista que este chico trae problemas». Por una parte, quería aclararle que las historias de fantasmas nunca la habían asustado, pero, por otra parte, prefería no seguirle el juego.

—El chili estaba riquísimo, gracias —le dijo a Maddie—. Os lo agradezco mucho, pero ha sido un día muy largo, así que…

—¡Buenas noches! —respondió Ashley con demasiado entusiasmo.

McKenna se encaminó a su tienda. El alboroto de la fiesta, que continuaba en torno a la fogata, aumentó de volumen;

una parte de ella deseó haber montado la tienda un poco más lejos y la otra agradecía que su proximidad la mantuviera a salvo de asesinos psicópatas (al margen de Walden) y de osos (ni siquiera se molestó en colgar la bolsa de la comida, consciente de que el jaleo y las llamas los mantendrían alejados). Buscó el móvil y se acurrucó en el saco con la esperanza de encontrar un mensaje de Brendan. Estaba sentando un mal precedente, ya lo sabía. Para empezar, si se acostumbraba a escribirle, podría quedarse sin batería y no contaría con el móvil en caso de emergencia. No obstante, por alguna razón extraña, las atenciones de Sam solo habían servido para que echara de menos a su novio, un reflejo automático a que un extraño coquetease con ella, aunque fuera alguien tan encantador como ese guapísimo desconocido. No podía ligar con él. Tenía pareja.

Sin embargo, pronto deseó haber dejado el teléfono en la mochila, no haber tenido cobertura o —por encima de todo— no haber conocido a Brendan jamás en la vida. Su mensaje decía:

> ¡Hola, McKenna! Me hizo mucha ilusión ver tu mensaje. Me alegro de que estés perfectamente y de que tu travesía esté discurriendo tan bien. Yo estoy muy liado con los preparativos de la universidad, escribiendo a mis compañeros de cuarto y todo eso.
>
> Es genial que decidieras saltarte la regla y escribirme, porque necesitaba hablar contigo, pero quería respetar tu deseo. He estado pensando que la universidad es un nuevo capítulo en mi vida y, estando tú de viaje, tal vez sea un buen momento para darnos un descanso. Porque más o menos ya hemos tomado caminos distintos, ¿verdad? Por favor, no pienses que al hablar de «descanso» me refiero a que rompa-

mos, porque no es así. Estoy deseando verte en Navidad. Me refiero a que...

McKenna dejó de leer. No quería saber más, al menos no de momento. Brendan jamás lo formularía de ese modo, claro que no, pero el mensaje implícito estaba claro: «Me refiero a que me gustaría liarme con otras chicas en la universidad». ¿Y por qué iba a ser de otro modo? La última noche que pasaron juntos no fue memorable precisamente y además le había dicho que solo podría hablar con ella una vez al mes. De súbito, le pareció lo más idiota del mundo no haber pensado que Brendan querría romper en esas circunstancias.

Apagó el móvil y lo tiró a sus pies. El grupo de la fogata emanaba alegría: se oía la voz grave y ronca de Sam, seguida de explosiones de carcajadas. Sintió tentaciones de volver a salir, beberse unas cervezas y hacerle la competencia a Ashley.

El llanto se agolpó en la garganta de McKenna al pensar que Brendan estaba a punto de marcharse a Harvard. Puede que ya tuviera una chica en la cabeza. Tal vez se hubiera liado con alguien. Las lágrimas desbordaron sus ojos y se los apretó con el antebrazo, como si así pudiera contenerlas.

McKenna no había llorado en todo el viaje, ni siquiera aquel primer día en que no pudo ascender el Katahdin. Y no lloraría en ese momento, no por un chico, por más que hubiera sido su primer novio de verdad.

Al final, acabó cediendo al llanto. Solo unas pocas lágrimas, únicamente esa noche. Por la mañana guardaría sus cosas y echaría a andar. Lo suyo con Brendan había durado tres meses. Menos tiempo del que tenía por delante en el camino. Al día siguiente sin falta se arrancaría a ese chico —y el dolor por la pérdida— de la cabeza y del corazón.

Cuando McKenna salió gateando de la tienda antes de las primeras luces, ese momento de algarabía musical que precedía al alba y que había bautizado como «la hora de los pájaros», le sorprendió encontrar a Sam durmiendo junto al fuego, solo. Había dado por supuesto que habría acabado en la tienda de Ashley.

La noche anterior le había echado varios años más que ella, quizá veintipocos. Sin embargo, dormido parecía más joven, aun con la pelusilla que le cubría la mandíbula. Casi de su edad. Recordó el mensaje de Brendan con un pesar que trató de aplastar. «Aléjate del dolor», le decía la entrenadora cuando se torcía un tobillo o sufría un tirón muscular. La lesión que estaba sufriendo era más densa, un hematoma que se le extendía de pies a cabeza. Necesitaba alejarse del dolor.

Con el máximo sigilo, extrajo el equipo de la tienda y procedió a desmontar. Saltaba a la vista que Sam era un chico interesante. Sin embargo, no quería compañía en el trayecto. Teniendo en cuenta que llevaban la misma dirección, sin duda coincidirían más de una vez a lo largo de los meses siguientes, pero ese día quería sacarle ventaja.

—Vas muy cargada —observó una voz ronca.

McKenna alzó la vista y allí estaba él, plantado a su lado. Sam se pasó una mano por esas greñas demasiado largas para devolverlas a su lugar, la única rutina de belleza que necesitaba. De sopetón ella fue muy consciente de que no se había lavado los dientes y de los millones de cabellos que debían de haber escapado de su trenza.

—¿Mackenzie? —preguntó Sam—. Te llamabas así, ¿no?

—McKenna.

—Eso. McKenna.

El chico se arrodilló para examinar las cosas que ella había dejado en el suelo. McKenna cogió el teléfono para guardarlo en la bolsa estanca junto con la comida. Tenía pensado picar algo antes de partir, pero ahora que estaba levantada decidió que sería mejor ponerse en marcha cuanto antes.

A lo largo de las últimas semanas, había ideado un sistema muy concreto para hacer el equipaje, que consistía en colocar las cosas en el orden exacto en que iba a necesitarlas. Eso significaba que la tienda y el saco iban al fondo. El proceso requería sacar y repasar el resto del equipo, algo que la ayudaba a aclararse las ideas y concentrarse en el día que tenía por delante. Buena parte de las noches a lo largo del verano, había compartido campamento con otras personas, pero Sam era el primero en presenciar su ritual matutino. Presa de la timidez, empezó a guardar las cosas con más rapidez.

—¿Te gusta Johnny Cash? —le preguntó Sam, que había cogido la camiseta rosa de McKenna y la sostenía entre sus manos.

Ella se la arrebató y la introdujo en la mochila.

—No. Solo me gusta la camiseta.

—Hala —prosiguió él cogiendo el aerosol antiosos y el silbato—. Estás preparada para cualquier cosa.

Ella se los quitó y los tiró junto con la ropa (sentía demasiada vergüenza como para engancharlos en su sitio habitual, en el exterior de la mochila, donde pudiera alcanzarlos con facilidad).

—Ya, bueno —replicó McKenna—. Los necesito por si me cruzo con Walden, para poder defenderme antes de que me destripe.

—No te servirán de gran cosa ahí dentro —observó Sam.

A medida que él examinaba cada artículo, McKenna se lo arrebataba, de tal modo que su orden habitual se transformó en un fardo torcido y lleno de bultos. ¡Menos mal que había guardado los tampones antes de que él apareciera! Al tomar la navaja suiza para guardarla, decidió cortar la pulsera de cuerda que le había regalado Brendan. Sam la observó un segundo antes de reanudar la inspección de su equipo.

—Llevas muchos libros —señaló—. Es un peso innecesario.

—Necesito tener algo para leer —respondió ella—. Además, la guía me ha venido muy bien.

No le apetecía explicar por qué llevaba *Walden* ni su diario.

—Deberías quemarlos una vez que los hayas terminado —dijo Sam—. Así no tendrás que cargarlos hasta Georgia.

Dejó de cortar un momento para mirarlo. El chico no exhibía una expresión burlona ni desafiante. A McKenna no le habían inculcado creencias religiosas en la infancia, pero estaba convencida de que un rayo la fulminaría solo con plantearse la idea de quemar un libro.

—Los dejo en las cajas de material de regalo cuando los termino —explicó, ahora que por fin se había quitado la pulsera y la había tirado a su bolsa de basura—. Y luego cojo uno nuevo o me compro otro si no encuentro nada bueno.

Las estaciones que había a lo largo del camino incluían cajas con objetos que los senderistas dejaban para que otros los cogieran.

Sam hojeó la guía de aves cantoras. Lucy se la había regalado a McKenna el verano pasado para su cumpleaños; un grueso volumen en rústica con teclas junto a cada pájaro que reproducían el canto. Sam pulsó el botón que había junto al jilguero.

—¡Eh! —exclamó—. Lo conozco. Aunque nunca lo había relacionado con este pájaro. Cada vez que veo uno pienso que es un canario que se ha escapado.

—Son jilgueros —dijo McKenna.

—Eso dice aquí —confirmó Sam, sosteniendo el libro—. ¿Distingues lo que es antes de verlo, si oyes el canto?

Ella asintió.

—Ya hace tiempo que tengo la guía.

—Qué guay —dijo él—. Hay un pájaro que me está volviendo loco. Canta una nota larga y luego unas cuantas cortas. Al principio era bonito, pero lo he oído con demasiada frecuencia en todos y cada uno de los estados por los que he pasado. Si algo te saca de tus casillas, al menos deberías saber qué es.

—Por lo que dices, debe de ser un rascador zarcero.

Le arrebató el libro, pasó unas cuantas páginas y pulsó una tecla. Un zarcero respondió al sonido grabado desde un árbol cercano. Se rieron con ganas.

—Es ese —confirmó él.

—Te puedo prestar el libro, si quieres.

—¿En serio?

—Claro. Ya me lo devolverás cuando volvamos a encontrarnos. Si no te pesa demasiado.

Sam dudó y al momento sonrió.

—Claro —dijo—. Gracias. He subido hasta aquí desde Virginia Occidental escuchando los pájaros y preguntándome qué nombres tenían.

—¿No habías dicho que habías caminado desde Georgia?

McKenna esperaba que se agobiase al ser pillado en una mentira, pero no fue así. En vez de eso, adoptó una expresión guasona.

—Sí, bueno, no empecé a pensar en los pájaros hasta Virginia Occidental.

Ella guardó los últimos objetos en la mochila.

—¿Seguro que no quieres quedarte? —dijo Sam—. Me juego algo a que preparan un buen desayuno. Y la grieta no es fácil.

—No —respondió McKenna—. Hoy quiero avanzar un buen trecho.

—¿Necesitas ayuda con eso? —preguntó él señalando la mochila.

—No, gracias. Ya puedo.

Se cargó la enorme mochila a la espalda intentando reprimir el deseo de impresionarlo.

—Adiós —dijo él, mirándola con atención.

—Adiós —se despidió McKenna.

Apenas había recorrido unos cuantos pasos cuando él la llamó.

—Eh, Mackenzie.

Algo parecido a la risa se acumuló en su pecho, algo que reconoció como felicidad; por ser objeto de una broma, por el hecho de que un chico tan guapo coqueteara con ella. Tenía que ponerse en marcha, pero ya.

—¿Qué? —preguntó, haciendo lo posible por fingir impaciencia.

—No te preocupes por si te molesto en el camino. Te adelantaré dentro de una hora más o menos y tendrás toda la montaña para ti.

Su felicidad se esfumó. No estaba enfadada con Sam en concreto, sino con el hecho de que todas las personas con las que se cruzaba, hombres y mujeres por igual, expresaran dudas sobre ella; dudaran de su capacidad para recorrer el sendero de principio a fin, de andar a buen paso, de saber lo que necesitaba a lo largo del camino.

«Qué más da —pensó McKenna—. Que dudaran de ella. Ya verían».

No se molestó en decir adiós, ni siquiera en saludar con la mano. Dio media vuelta, se ajustó las correas y se encaminó a Mahoosuc Notch.

Capítulo 9

Tal como Sam esperaba, las universitarias prepararon un desayuno delicioso cuando se levantaron, incluidos huevos frescos fritos en mantequilla y café.

—¿Hoy vais a intentar el ascenso de la quebrada? —quiso saber Sam.

—¿Me estás vacilando? —Ashley le tendió el plato de huevos a medio terminar. Sam ya había engullido los suyos; a saber cuándo podría volver a disfrutar de un festín parecido—. Lo intenté una vez hace dos años y casi me rompo el tobillo. ¿Por qué no te quedas hoy con nosotras, hacemos una excursión cortita y pasamos otra noche aquí?

Su voz poseía ese tonillo que adoptaban algunas chicas cuando intentaban aparentar indiferencia, pero no lo lograban del todo. La noche anterior Sam se había liado un rato con Ashley después de que las otras trastabillaran de vuelta a sus tiendas. Para entonces ya se había dado cuenta de que la chica iba más que achispada y él era cada vez más consciente de que había gente alrededor. Así que cortó por lo sano alegando que no quería aprovecharse. Fue un modo de salir airoso al tiempo que ganaba puntos para que le dieran de comer por la mañana.

—Gracias —dijo él—. Me apetece, ya lo creo que sí, pero tengo que llegar al sur.

—Claro —replicó la chica alta. Sam creía recordar que su nombre empezaba por be. Notaba que él no le caía demasiado bien—. Será mejor que te des prisa o no llegarás al sur.

Tomó un sorbo de café en una taza de hojalata y la desafió con la mirada. ¿De qué lo acusaba, exactamente? ¿De ser un ligón? La noche anterior lo habían invitado a cenar y no se había dedicado a ligar; no mucho, al menos. Se preguntó si acaso pensaba que quería salir corriendo detrás de McKenna y luego, como ella no tenía motivos para sospecharlo, se preguntó si no sería él quien estaba pensando en salir corriendo detrás de McKenna. Del grupo de chicas de la noche anterior, fue con la que menos habló y, sin embargo, la única cuyo nombre recordaba a la perfección.

Estaba tan mona por la mañana, con el pelo revuelto y la mochila torcida… No sabía cómo se las ingeniaría para escalar los inmensos pozos de roca que conformaban la quebrada.

—Toma —le dijo B a la vez que empujaba su plato a medio terminar hacia Sam—. Ya puestos, acábate el mío también.

—Gracias —respondió él.

—Eh, mirad —señaló Ashley—. La chica. Su tienda no está. ¿Se ha marchado?

—Eso parece —dijo Sam.

—Era maja —observó B.

—Sí —convino otra—. Pero no creo que consiga llegar a Georgia.

La otra vez, cuando Sam recorrió el Sendero de los Apalaches en sentido contrario, cruzó el Mahoosuc Notch un día lluvioso, sin tener ni idea de lo que le esperaba. No comió nada, salvo setas y cebolletas silvestres crudas durante tres días. La quebrada era una grieta de más de un kilómetro y medio de largo en mitad de la sierra, repleta de enormes peñascos que te obligaban a arrastrarte por encima, entre dos rocas y a veces por debajo. Había sido de lejos el kilómetro y medio más largo de su travesía hacia el norte. Al menos en esta ocasión no llovía, tenía dos comidas copiosas en la barriga y, si bien no aguardaba con ilusión las profundas zanjas entre las rocas —muchas de las cuales había tenido que escalar ayudándose con las manos y las rodillas—, como mínimo no lo pillarían por sorpresa. No obstante, brillaba un sol abrasador. Era el precio que había pagado por desayunar y salir tarde. Los últimos tábanos de la temporada zumbaban en torno a su cabeza y ya sabía que no debía malgastar energía tratando de ahuyentarlos. En vez de eso, apretó los dientes y echó a andar.

La mochila de Sam era antigua, de lona verde igual que la roñosa tienda de Mike, y llevaba un marco externo. Apenas cabía nada más que el saco de dormir y la tienda, una muda de ropa y el gran jersey de lana que había encontrado en la caja de material de regalo que había en las afueras de Harpers Ferry, además de una bolsa de basura por si llovía, unas cuantas pañoletas y el cepillo y la pasta de dientes. Aunque viajaba ligero, le costaba guardar el equilibrio mientras avanzaba entre los peñascos y alrededor de los mismos, oyendo su propio aliento entrecortado.

Pensó en McKenna, en lo minúscula que parecía mientras se alejaba con esa enorme mochila roja llena a rebosar. ¿Cuánto pesaría esa cosa? Le había parecido gracioso ver todo lo que había desperdigado por el suelo, la expresión de su cara mientras guardaba los objetos, como si tuviera que marcar cada casilla de su lista de verificación. Como si todas esas cosas pudieran ayudarla a superar los retos que le deparaba el camino. Sam ya sabía muy bien que no era así. Esperaba que aguantara al menos unas semanas más, porque probablemente le vendría bien una o dos comidas. No del orden de las chicas de anoche, con una nevera llena de carne y bebidas frías, pero había notado su decente suministro de barritas energéticas y arroz y judías secas. Además, probablemente estaba reponiendo su suministro regularmente. Si se encontraba con ella en la ciudad, tal vez incluso le invitaría a comer o cenar.

Sam escalaba con esfuerzo un peñasco particularmente enorme. Alargó la mano buscando agarre y resbaló hacia atrás hasta aterrizar de espaldas en una profunda zanja haciéndose un buen arañazo en el tobillo. Maldita sea. Ya sabía que debería haberse puesto calcetines, pero los dos pares que tenía estaban tiesos de tan mugrientos. Las zapatillas deportivas que calzaba cuando se fue de la casa de su padre estaban también para el arrastre a esas alturas. Tendría que comprar cinta de tela en el próximo pueblo.

Se detuvo para inspeccionar la herida. Tardó un minuto en buscar una pañoleta para limpiar la sangre y atársela con fuerza al tobillo. Habría jurado que se cortó en el mismo sitio exacto con esa roca de camino a Maine. Si los cálculos no le fallaban, eso significaba que casi había superado la quebrada.

Procedente de algún lugar lejano —un árbol sobre los peñascos—, oyó el mismo canto agudo que había estado escuchando a lo largo de todo Maine. Gracias a McKenna, por fin sabía qué pájaro era. Aprovechando el descanso, sacó la guía que ella le había dado y la hojeó presionando las teclas. Nunca había visto un libro como ese. Qué detalle por parte de McKenna prestárselo. Le habría gustado saber cómo había salvado esa parte del sendero y si estaba a punto de alcanzarla. Si él las estaba pasando canutas, no quería ni imaginar las dificultades que habría tenido ella cargada con esa mochila gigantesca.

Ese mismo día, más temprano, la mochila le había complicado a McKenna el paso por la quebrada, desde luego que sí, pero había salido con el fresco de la mañana y, cuando el calor empezó a apretar en serio, casi había terminado de superarla. Las rocas eran aún más imponentes y difíciles de cruzar de lo que las fotos sugerían. Tenía que guardar un delicado equilibrio, usando los asideros y luego descolgándose la mochila para dejarla en el suelo. En cierto momento, la tiró por encima de dos rocas y, en lugar de trepar por ellas, intentó deslizarse por la grieta del centro, pero cuando ya había logrado pasar medio cuerpo, cayó en la cuenta de que no había sido una buena idea. Quizá había perdido algo de peso en las últimas semanas, pero no estaba tan delgada como para no poder quedar atascada. Pensó, por un momento, que en efecto estaba atascada y la adrenalina que le provocó la idea le permitió retroceder a toda prisa. A continuación, escaló agarrándose con tanta fuerza a la roca que acabó con las palmas de las manos desolladas.

Despacio, con sumo cuidado, McKenna salvó la quebrada. Fue con mucho el kilómetro y medio más largo de la travesía, sin contar aquel primer día desperdiciado. Cuando llegó al otro lado, se descargó la mochila. Cada centímetro de su camiseta técnica, que en teoría absorbía el sudor, estaba completamente empapada.

Rebuscó por el interior de la gran mochila la bolsa estanca que contenía el teléfono y la comida. La noche anterior se había zampado dos platos de aquel chili delicioso, pero habían pasado catorce horas desde entonces. Había quemado tantas calorías en la ardua escalada que el estómago ya había dejado atrás la fase de los gruñidos; su vacío era palpable y pronto expresaría su protesta en forma de calambres. Pero el teléfono atraía más a McKenna que un tentempié. Se dijo que solo miraba la hora, pero no pudo evitar echar un vistazo a las notificaciones de mensajes y correos. Lo embutió en el fondo de la mochila. «Los miércoles y los viernes», se dijo a sí misma. Le enviaría un mensaje a su madre y nada más. Se acabó mirar el teléfono. Ojalá se le hubiera ocurrido cambiar su iPhone por el viejo móvil tipo concha de Lucy. Así, al menos, no sentiría tentaciones de entrar en internet.

A su espalda, en la grieta, se dejó oír el tichí-tichí-tichí de una reinita hornera. A continuación, pasado un minuto, oyó el canto del cardenal, seguido de un jilguero y luego de un tordo sargento. Pronto comprendió que todo procedía de Sam, que estaba jugando con el libro que le había dado.

McKenna se quedó quieta. En parte, le apetecía esperarlo. Ni por asomo se había quitado de encima la depre de la ruptura, y se sentía sola.

Otra parte de ella más poderosa se rebeló al instante contra esa idea. Desenvolvió una barrita de cereales, lo guardó todo en la mochila y se la cargó a la espalda, todavía húmeda. Reanudó el camino a toda prisa.

Como sabía que la grieta sería difícil y agotadora, McKenna tenía previsto recorrer ocho kilómetros a lo sumo antes de acampar en el refugio de Full Goose. En vez de eso, paró lo justo para rellenar las cantimploras en el arroyo y añadió comprimidos de yodo en lugar de filtrarla. Tal vez no llegase al refugio Carlo Col, que estaba a otros diez kilómetros de distancia, antes del anochecer, pero usaría la linterna frontal y, si había sitio en la cabaña, dormiría en una de las tarimas y no se molestaría en plantar la tienda. Ahuyentó las dudas restantes y siguió andando. En primer lugar, quería aumentar la distancia que la separaba de Sam. En segundo, si acampaba en ese momento, sabía que corría el peligro de desmoronarse y llamar a Brendan.

Un pie detrás del otro. Una hora y luego otra.

Las correas de la mochila se le clavaban en los hombros y el sudor le resbalaba por la frente hasta los ojos. Para cuando el calor amainó —McKenna sabía que no faltaba mucho para el anochecer, pero había embutido el teléfono en el fondo de la mochila e ignoraba la hora exacta—, se había bebido las dos cantimploras de agua arenosa. No tenía claro cuánto camino quedaba aún por recorrer antes de llegar a Carlo Col, pero oía agua corriente, un arroyo caudaloso, a poca distancia del camino. Decidió por primera vez correr el riesgo de alejarse del sendero; no serían más de cien metros, a juzgar por el sonido, así que no estaría rompiendo su regla; en realidad, no. Se prometió que caminaría en línea recta y daría la vuelta si tardaba más de un par de minutos en llegar.

Su estreno fuera del camino se le antojó aterrador y luego de lo más emocionante. McKenna se rio de sus miedos. Encontró la corriente a veinte pasos en pendiente del sendero, seguramente el mismo arroyo que corría por detrás del refugio de Full Goose. Se arrodilló para llenar la primera cantimplora y, cuando levantó la vista, vio un oso negro agachado al otro lado del torrente, casi en la misma postura exacta que ella. McKenna creyó oír que el animal perdía el aliento, como si ella lo hubiera asustado.

Se le heló la sangre en las venas. A continuación la invadió un terror absoluto, abyecto.

Un oso. Tres veces más enorme que el ser humano más grande que hubiera visto jamás. Imponente, peludo e impenetrable, el animal la miraba directamente a los ojos.

Muy despacio, McKenna estiró las rodillas y se levantó. «Si te encuentras con un oso —había leído— intenta parecer alto».

Por lo visto, el oso había recibido el mismo consejo, porque también se incorporó sobre las patas traseras, en su caso de manera mucho más convincente. Era tan inmenso y corpulento que no admitía comparación. Cientos de kilos de puro músculo y pelaje. Los únicos instrumentos de defensa que poseía, el aerosol de pimienta y el silbato, descansaban en el fondo de la mochila, fuera de su alcance. Tampoco creía que ninguna de las dos herramientas fuera a ayudarla en esas circunstancias.

McKenna dio media vuelta y trepó por el terraplén gateando a toda prisa. El sonido de sus manos y pies contra las piedras ahogaban cualquier ruido que pudiera hacerle saber si el oso había decidido seguirla o no. Ver el camino detrás de los árboles la reconfortó, como si atisbara un destino, aunque sabía que en realidad no le ofrecía nada parecido a un refugio; si el oso quería atacarla, podría hacerlo en el sendero con la misma facilidad.

Justo cuando la visión asomaba a su mente, McKenna perdió pie. El camino retrocedió ante ella según resbalaba sobre rocas y zarzas, patinando y rodando hasta que sus pies fueron a parar al arroyo y la mochila aterrizó a su lado con un crujido desalentador.

Resollando con fuerza, se levantó de un salto. Sin embargo, no había nada al otro lado del arroyo; el oso se había esfumado con más discreción y elegancia de las que ella nunca sería capaz de demostrar. Todavía con el corazón a mil, McKenna recuperó la cantimplora que se le había caído y la rellenó. Añadió comprimidos de yodo y se dirigió de vuelta al sendero. De camino, reparó con desesperación en que había rodado sobre un matorral de hiedra venenosa.

Se ajustó la mochila a la espalda y pensó en echar a correr, lo que parecía prácticamente imposible teniendo en cuenta la cuesta, el peso de la mochila y el cansancio que ya se estaba apoderando de ella, a medida que la adrenalina disminuía. El oso debía de haberse retirado; algún sonido llegaría a sus oídos si la estuviera siguiendo. Así que, en vez de correr, se limitó a caminar a un paso más vivo que de costumbre. Le escocía el cuerpo por la caída y le preocupaba el sarpullido que pudiera emerger en un par de días. La hiedra venenosa no era algo con lo que le apeteciera lidiar en plena travesía.

Mientras seguía dando vueltas a esos problemas en su cabeza, McKenna se ordenó mirar las cosas con perspectiva. Al fin y al cabo, se había librado del ataque de un oso enorme. «Estoy viva», se recordó.

No podía decir lo mismo de su teléfono.

No lo inspeccionó hasta llegar al refugio de Carlo Col, que por milagro estaba vacío. Se libró de la mochila y, antes que nada, se limpió la piel con toallitas antihiedra venenosa. A continuación, cocinó arroz con alubias rojas en el hornillo. El campamento contaba con un arcón a prueba de osos y guardó la comida en el interior para luego encaminarse al refugio. Solo entonces inspeccionó los daños, vaciando la mochila y esparciendo el contenido en dos tarimas. El móvil fue lo último que rescató del interior. Pues vaya con la funda supuestamente a prueba de roturas. El teléfono estaba destrozado, machacado e inservible.

A McKenna le dolía todo el cuerpo. Tenía la tez tirante por el antiséptico y el exceso de sol. Desplegó el saco de dormir sobre una de las tarimas vacías y se acostó sin rellenar siquiera la bolsa que hacía las veces de almohada. De no haberse derrumbado y echado un vistazo al móvil, no habría crecido su tentación de mirarlo, que la había inducido a empujarlo al fondo de la mochila, y seguiría intacto. Ahora se había quedado sin él. Estaba sola, esta vez de verdad.

Procuró centrarse por completo en la travesía y no volver a distraerse con otras preocupaciones. Al día siguiente tendría que recorrer poco más de un kilómetro hasta llegar al sendero del monte Success al oeste y luego cruzaría la primera frontera estatal para entrar en Nuevo Hampshire. ¿De verdad esa misma mañana se había despertado en un campamento acompañada de las universitarias y de Sam? Tenía la sensación de que largos kilómetros y días la separaban de ese momento. Justo antes de quedarse dormida, McKenna pensó que había estado cara a cara con un oso, en lo más profundo del bosque. Lo había mirado a los ojos y había respirado profundamente. Si era capaz de hacer eso, era capaz de cualquier cosa. Una sonrisa bailó en sus labios y permaneció con ella hasta que se durmió.

McKenna ignoraba una cosa: Sam le había pisado los talones la mayor parte del día, deteniéndose cuando se acercaba demasiado para darle ventaja. Una cosa era aceptar la invitación de un grupo de chicas y otra muy distinta convertirte en la sombra de una que viajaba sola. Apenas se conocían y, si bien se había divertido con la historia de Walden, comprendía en ese momento que podría haberla asustado. No quería alarmarla aún más haciéndole pensar que la seguía. Advirtió que McKenna no había firmado el registro del camino, una decisión que le pareció inteligente.

Sam había escuchado alto y claro el incidente del oso, aunque desconocía el motivo exacto de su sobresalto. Solamente oyó a McKenna trepando desesperada por el terraplén y luego volviendo a caer, para ascender a continuación con más calma.

Se entretuvo un rato para asegurarse de que volvía al camino. Clavó la vista en su enorme mochila roja —como una bengala— que rebotaba entre los árboles. El paso de McKenna era más lento y un poco inseguro cuando retomó la caminata, pero nada indicaba que hubiera sufrido una lesión grave. Desde su puesto de observación, oía el borboteo de un arroyo a poca distancia. Si McKenna había visto un oso junto al agua, era muy probable que ese arroyo contuviera peces. Bajó hasta él y hundió su sedal cebado con un trocito de beicon que había cogido del desayuno. Al cabo de media hora tenía una buena captura: tres pequeñas truchas de arroyo. Las ató juntas y las colgó en la parte exterior de su mochila.

Sam estaba casi seguro de que había un refugio un poco más adelante; como faltaba poco para el anochecer y McKenna acababa de sufrir la caída, supuso que se detendría y acamparía allí. Sería el campamento perfecto también para él y quizá ella quisiera compartir el pescado. Aunque ¿y si no había nadie más allí? ¿No sería raro e incómodo?

Eran dos personas haciendo una travesía de tres mil quinientos kilómetros en la misma dirección. Destinados a encontrarse de nuevo. Sin embargo, por esa noche, Sam supuso que sería preferible dejarle todo el lugar para ella. Mejor extendería el saco en el primer afloramiento rocoso que encontrara y encendería una hoguera para asar las truchas. El calor del día empezaba a ceder y la brisa soplaba cada vez más fresca a medida que el terreno se elevaba. Era una de esas noches en que resultaba especialmente agradable dormir al raso. Disfrutar a solas del camino.

Capítulo 10

Menos mal que McKenna había destrozado el móvil justo después de enviarles un mensaje a sus padres. A lo largo de los días siguientes se dio mucha prisa en salvar los kilómetros que la separaban del teléfono público más cercano, en la cima del monte Washington, el segundo pico más alto de todo el Sendero de los Apalaches y no precisamente el mejor trecho para recorrer con prisas. McKenna tenía la sensación de que las señales de ese tramo aparecían a intervalos cada vez más distantes. Por fortuna, el buen tiempo y el fin de semana atrajeron al sendero a un montón de senderistas como ella y campistas. Tuvo la precaución de preguntar a todo aquel que encontraba si iba en el buen sentido. Cuando por fin avistó el restaurante Summit House, estaba agotada y empapada en sudor. El terreno que pisaba —más allá de la linde del bosque— era rocoso. Le chocó ver un aparcamiento atestado de coches que habían llegado allí por la sinuosa carretera. Los rebasó, dejó la mochila en el suelo y contempló el macizo, la Presidential Range, que estaba verde en esa época del año y cuyos montes se erguían hasta donde abarcaba la vista. Fue raro admirar esa extensión de terreno salvaje y luego dar media vuelta para enfilar hacia el restaurante, donde compró patatas fritas y pidió cambio en monedas de veinticinco. A continuación se encaminó al teléfono público para llamar a Courtney.

Como era de esperar, no respondió al número desconocido. Mejor, porque McKenna apenas tenía calderilla para un minuto de conversación. El número de la cabina estaba anotado allí mismo. McKenna lo recitó cuando saltó el contestador y le pidió a Courtney que la llamara cuanto antes.

—Es una emergencia —le dijo.

Pasaron dos minutos. McKenna esperó comiendo patatas fritas. Cerraba los ojos con cada bocado saladito y delicioso. Cuando el teléfono sonó por fin, el timbrazo le arrancó un respingo.

—¿Courtney?

—¡McKenna! ¿Dónde estás?

Fue una sensación rarísima oír la voz de su mejor amiga después de tanto tiempo. Aunque llevaba semanas en el camino, McKenna apenas había recorrido una mínima parte del trayecto total. El tramo de Nueva Inglaterra, plagado de montañas, era el más lento del Sendero de los Apalaches y llevaba allí tanto tiempo que los asuntos normales de la vida cotidiana se le antojaban algo de otro planeta.

—Estoy en la cima del monte Washington.

—Hala. ¿Y cómo te va?

—Es genial.

—¿De verdad?

—Sí —respondió McKenna, procurando imprimir a su voz un tono más convincente que irritado. Si Courtney no hubiera sonado tan escéptica, le habría contado su fracaso de aquel primer día imposible y que se levantaba tan entumecida por las mañanas que no se sentía capaz de caminar y menos aún con una enorme mochila a cuestas. Que después de remontar una montaña acababas con los músculos tan doloridos que el descenso (una maravillosa perspectiva para el día siguiente) resultaba aún más demoledor. Lo más raro fue caer en la cuenta de que no le apetecía hablarle a Courtney de la ruptura con Brendan. Se preguntó si ya lo sabría.

—Oye, se me ha roto el teléfono —dijo McKenna, olvidándose de todo lo anterior y yendo directa al grano.

Al otro lado de la línea, Courtney ahogó un grito, como si su amiga acabara de soltarle que sufría un colapso pulmonar. McKenna hizo caso omiso y le pidió que les enviara un mensaje a sus padres al día siguiente para explicarles que el teléfono no le funcionaba y que a partir de ese momento sería ella la que les pasaría el parte.

—Cada miércoles y viernes antes del anochecer —la instruyó McKenna.

—Pero ¿por qué no te compras otro?

—Courtney, estoy en medio de la nada —objetó McKenna, aunque ese había sido su plan original: abandonar el sendero en cuanto llegara a un pueblo lo bastante grande para buscar una tienda Verizon. Creía recordar que el móvil estaba asegurado. Pero, en serio, ¿de qué le habría servido? Tampoco es que marcar el número de emergencias fuera a ayudarla en el camino y, al fin y al cabo, se había limitado a juguetear con la brújula y no había consultado el GPS ni una vez. Siendo sincera, le costaba demasiado resistir la tentación de mirar los mensajes o de entrar en internet y, cuando lo había hecho, había recibido una noticia que la había desconcentrado y le había minado la moral. Sin el teléfono, era una chica que trepaba montañas y protagonizaba encuentros con osos negros. Con el teléfono, era una chica a la que su novio había abandonado. A fin de cuentas, igual que todo el mundo, pasaría el resto de su vida conectada. La pérdida del teléfono era un regalo que pensaba aceptar.

—¿Qué les digo cuando escriba? —quiso saber Courtney.

—Bueno, diles que me he quedado sin móvil. Y luego, después del primer mensaje, limítate a escribir que estamos a salvo, que todo va bien y diles dónde estamos. Esto te lo tendrás que inventar. ¿Todavía tienes la guía?

—Puedo mirarla en internet. —Las dos se habían suscrito a la página web del Sendero de los Apalaches en enero—. El mapa interactivo funciona bien.

McKenna se rio para sus adentros, consciente de que ningún mapa interactivo podía prepararte para la realidad.

—Gracias —le dijo a Courtney—. ¿Cómo va todo por allí?

Su amiga se enzarzó en una alegre perorata, acerca de Jay ante todo y la serie de fiestas de graduación que sus amigos estaban celebrando. La ausencia de Brendan en la charla de Courtney le escamó y McKenna supuso que ya estaba al corriente de lo sucedido. Puede que ya tuviera otra novia. Decidida a no preguntar, permaneció con el anticuado teléfono pegado a la oreja, escuchando noticias procedentes de un millón de kilómetros de distancia. Qué raro que cada paso que daba la acercara más a su hogar cuando por dentro tenía la sensación de estar alejándose sin cesar, hasta llegar a un lugar situado en lo más profundo de sí misma.

Al día siguiente, mientras remontaba el monte Franklin, McKenna oyó el persistente trino de un rascador. De hecho, era casi demasiado persistente. Y excesivamente perfecto, la misma nota exacta en cada ocasión, sin variaciones. No había visto a Sam desde la mañana que le prestara el libro y McKenna imaginaba que el chico le llevaba muchos kilómetros de ventaja a esas alturas.

Le resbalaban gotas de sudor por la frente. La mañana había sido gélida y todavía llevaba puesto el forro polar, la camiseta de manga larga y los pantalones Gramicci. Se detuvo para despojarse del forro y sustituyó a toda prisa la camiseta por otra de manga corta. A continuación gritó en dirección al camino:

—¡Es un rascador! ¡Pónmelo más difícil!

Silencio. McKenna imaginó a Sam pasando hojas a toda prisa en busca de un pájaro que ella no reconociera. Y luego, cuando el silencio se alargó, pensó que quizá estuviera enloqueciendo y de verdad hubiera un ave con una voz muy sonora y precisa que la estuviera siguiendo. Pero entonces oyó la tos característica y algo alarmante del cárabo norteamericano, nada que pudieras oír en una montaña en pleno día.

—¡Cárabo norteamericano! —chilló.

En el instante en que la segunda palabra salía de sus labios, él dobló el recodo del camino.

—Cárabo norteamericano —repitió McKenna con voz más queda y los dos rieron con ganas.

—Toma —dijo Sam tendiéndole la guía—. Pregúntame. He empollado.

Ella aceptó el libro.

—Hola a ti también —dijo.

—En serio —insistió él, todavía sin molestarse en saludar—. Elige uno. El que quieras.

Ella hojeó el volumen y pulsó la tecla que había junto al cardenal.

—No, no —dijo Sam—. Podría haber adivinado ese antes de tener el libro. Escoge uno difícil.

McKenna pasó las páginas con los ojos cerrados y pulsó el primer botón que encontró. Sonó el canto sutil y agudo de lo que le pareció una reinita galana.

—Ampelis americano —dijo Sam.

McKenna abrió los ojos. Él tenía razón.

—Has mejorado —reconoció ella a la vez que le devolvía el libro.

—¿No lo quieres?

—No, te estás divirtiendo mucho.

McKenna notó que se alegraba de que no quisiera recuperarlo.

Caminaron un rato juntos.

—¿Sabes? —le dijo Sam—. Tenía miedo de haberte asustado con la historia esa de Walden.

—Ni que tuviera ocho años —replicó McKenna—. ¿Asustarme yo por una historia de fantasmas? Ni de coña.

Llegaron a un tramo del sendero demasiado angosto para caminar codo con codo, así que Sam se adelantó unos pasos. McKenna lo veía encorvado bajo el peso de su mochila.

—Algunas personas tienen miedo de esas cosas —señaló él.

—Yo no —le aseguro ella—. Soy famosa por eso en mi familia. Nada me asusta. Siempre he sido así. Incluso cuando era niña.

Él se detuvo para mirarla con una sonrisa lobuna, pero muy atractiva.

—¿Ah, sí? —le preguntó—. Supongo que tendré que inventar más historias.

—No me asustarás, te lo aseguro.

La sonrisa de Sam se ensanchó. Luego se dio media vuelta y siguió andando. Prosiguieron un rato en silencio hasta que McKenna notó el gusanillo del hambre. El sol, alto en el cielo, se desplazaba hacia la tarde.

—¿Te apetece almorzar? —le preguntó al chico—. Tengo cecina y barritas energéticas.

—No, no tengo hambre —dijo Sam—. Quiero llegar temprano al refugio. Mi tienda no soporta bien el agua y parece que va a llover.

—Vale —respondió McKenna—. Nos vemos.

—Sí. Nos vemos por ahí, Mackenzie.

Notó por la sonrisa de Sam que sabía perfectamente cuál era su nombre en realidad. Lo corrigió a pesar de todo.

—McKenna.

—Eso. Nos vemos por ahí.

Ella tomó asiento en una roca plana y lo miró alejarse preguntándose al mismo tiempo cómo había llegado tan lejos con una tienda que «no soportaba bien el agua». Entonces recordó que algunas personas, senderistas de largo recorrido incluidos, no llevaban tienda consigo, sino que dormían siempre en refugios.

«Él sabrá lo que hace», pensó casi como para consolarse. Y luego se preguntó por qué se preocupaba por Sam siquiera.

Sin un teléfono en el que mirar la hora y liberada de pasar el parte a sus padres, McKenna empezó muy pronto a perder la noción del paso del tiempo. Dejó de asignar un número a los días para empezar a considerarlos porciones de luz solar y de temperatura. Atravesar las White Mountains fue parecido a cruzar Maine, algo así como recorrer las cuatro estaciones; hasta ese punto variaba el clima a distintas horas del día y en las diversas altitudes. Por las mañanas se levantaba con un frío tan intenso que su aliento se convertía en vaho, mientras que estaba sudando a mares a la hora del almuerzo. Deducía más o menos el día por el nivel de tráfico en el sendero, algo que sin duda sería más acusado hacia el final del verano y quizá desapareciese según avanzase hacia el sur con los pájaros y el tiempo cálido. De vez en cuando, oía un trino más alto y perfecto que los demás, y entonces gritaba el nombre del ave. De momento, sin embargo, Sam no había respondido.

No tenía demasiado claro cuánto tiempo había transcurrido entre la charla sobre los pájaros con Sam en el camino y el momento en que cruzó la frontera de Nuevo Hampshire a Vermont. Se emocionó muchísimo al hacerlo; había leído en un libro que Nuevo Hampshire y Maine constituían tan solo el 20 por ciento del trayecto del Sendero de los Apalaches, pero el 80 por ciento del esfuerzo. Tampoco pensaba que los meses siguientes fueran a ser fáciles; el frío y la soledad irían en aumento a medida que los grupos de veraneantes se dispersaran, y escasearían las invitaciones como la que había recibido la noche anterior de una familia con niños pequeños, que compartieron perritos calientes con ella en el refugio Happy Hill.

Mientras se acercaba a la carretera Joe Ranger, McKenna vio unos cuantos tipos sentados en una camioneta aparcada. Se fijó en las gorras anaranjadas y la ropa de camuflaje, aunque no era temporada de caza, y notó un revoloteo nervioso en la barriga.

Los saludó al pasar con un gesto de la cabeza, pendiente mentalmente del silbato y el bote de pimienta que le colgaban de la mochila, al alcance de la mano. Si bien todo el mundo mostraba preocupación por ella, hasta entonces no se había sentido en absoluto amenazada por ninguno de los hombres con los que se había cruzado en el sendero. Siempre eran padres atentos o chavales simpáticos como los que habían añadido alcohol a sus refrescos aquel primer día con

Brendan, o como Sam. Una ventaja de caminar sola era que todo el mundo se mostraba amistoso al instante, dispuesto a compartir comida y ofrecerle ayuda, aunque no la necesitara.

Sin embargo, los tipos de la camioneta emanaban una energía que la inquietó, quizá porque seguían sentados, observándola. No supo lo inquietantes que eran hasta que cruzó la carretera de vuelta a la que consideraba la seguridad del sendero. Como de costumbre, pasó de largo junto al registro de la ruta, sin hacerle ningún caso.

—Eh —le gritó una voz pasado un ratito.

McKenna se dio la vuelta y vio a los tres hombres caminando hacia ella. Dos eran morenos y bajos, de constitución recia. El tercero era calvo y larguirucho. Supuso que debían de rondar los treinta y pocos.

—Hola —respondió.

Lo que le apetecía en realidad era fingir que no los había visto y seguir andando. Pero hacer eso sería tan grosero que podían interpretarlo como una provocación. Que era exactamente lo que buscaban. A McKenna siempre le había molestado que las personas invasivas se aprovecharan de sus buenos modales para entablar conversación.

—Has olvidado firmar en el libro —le dijo el más alto. Señaló el registro como si pretendiera echarle una mano.

—Ah, da igual, no voy lejos. Solo he venido a pasar el día.

—Es una mochila muy grande para una excursión de un día —observó él.

Por lo visto, era el único que hablaba, algo que otorgaba a los otros dos, que la observaban sin parpadear, una apariencia todavía más amenazadora, como *pitbulls* pendientes de su dueño. McKenna se arrepintió de haber soltado una mentira tan obvia y se concentró en no sonrojarse. Y por primera vez se arrepintió también de no llevar a Norton consigo. Seguro que esos tipos la habrían dejado en paz si caminara en compañía de un perro grande y con malas pulgas.

—Bueno —dijo McKenna—. Nos vemos, chicos. Yo me voy por allí.

—Espera —dijo el más alto correteando tras ella, y McKenna volvió a detenerse de mala gana. Se volvió hacia él intentando no parecer tan irritada como para despertar su hostilidad—. Tienes pinta de llevar mucho tiempo en el camino. ¿Por qué no te vienes al pueblo con nosotros? Podríamos cenar. Pasar el rato.

Encontrarse cara a cara con el oso en el arroyo había desencadenado en ella un pánico instantáneo. Lo que experimentó al enfrentarse con esos tres tipos (¡que la invitaban a salir!) fue más lento, más primigenio. Le daba rabia que la molestaran. La inquietaba que pudieran albergar malas intenciones. Pero también estaba decidida a hacer lo que hiciera falta, estratégicamente hablando, para escapar. Menos mal que habían dejado la camioneta más abajo, pensó, demasiado lejos para que la arrastraran al interior con facilidad. Uno de los morenos parecía incómodo, como si fuera reacio a participar en lo que sea que sus compañeros estaban tramando. Tal vez si expresaba su negativa con firmeza, la dejasen en paz.

—Gracias —dijo McKenna—. Pero solo estoy dando un paseo, de verdad.

—¿Sí? ¿De dónde eres?

—De Montpelier —respondió ella—. Que paséis un buen día, ¿vale?

—No será tan bueno si no te vienes con nosotros —insistió el otro a la vez que avanzaba un paso hacia McKenna y alargaba la mano como para aferrarle el brazo.

—¡Eh! —gritó una voz ronca por detrás—. Estás ahí. ¿Cómo te has adelantado tanto?

Sam. McKenna había supuesto que a esas alturas le llevaría varios kilómetros de ventaja. Sin embargo, el chico se acercó desde la carretera asfaltada con grandes zancadas y la espalda erguida. McKenna advirtió que era más alto que el calvo y mucho más fornido. Sam los rebasó y la rodeó con el brazo. Ella intentó no experimentar alivio. Lo estaba gestionando ella sola.

—Ah —dijo el tipo calvo a la vez que reculaba. Le devolvía a McKenna su espacio personal para que Sam lo reclamara.

—¿Algún problema, chicos? —preguntó Sam. Su tono de voz emanaba algo siniestro, casi amenazador.

La situación enfureció a McKenna, la rapidez con que los tres hombres dieron media vuelta y regresaron a la camioneta. Les había dicho alto y claro que no quería ser molestada y ellos habían insistido. En cambio, habían bastado cuatro palabras tensas de un chico para que dieran media vuelta como niños obedientes.

Se zafó del brazo de Sam y reanudó la marcha a paso vivo.

—Eh —le gritó él, trotando para alcanzarla—. ¿Va todo bien?

—Sí —dijo ella—. ¿Por qué lo preguntas?

—Me ha parecido que esos tíos te estaban molestando.

—No. O sea, sí. Pero lo tenía controlado.

—¿Ah, sí?

—Sí.

Estaba enfadada con esos tipos, no con Sam, se recordó. Sin embargo, al mismo tiempo, estaba furiosa con los hombres en general. Una especie a la que Sam casualmente pertenecía.

—Vale, en ese caso —prosiguió él—, mejor espero sentado a que me des las gracias, ¿no?

—Tú verás.

McKenna siguió andando cuesta arriba, con brío. Oyó detenerse a Sam y notó los ojos del chico clavados en su espalda.

—¡De nada! —le gritó él.

No se volvió a mirarlo. Se limitó a levantar la mano para saludarlo sin aminorar el paso.

Hombres. Habían convencido al mundo de que una mujer sola no podía y no debía sentirse a salvo. Ni siquiera una mujer dura y fuerte como Linda, que había sobrevivido a una guerra. McKenna no cabía en sí de la indignación. ¿Por qué tenía que sentirse amenazada? ¿Acaso este mundo no le pertenecía tanto como a cualquier hombre? Sí, claro que sí. No permitiría que la hicieran sentir insegura, ni acosándola ni tratándola como si necesitase protección.

Sam también estaba algo mosqueado; con los tíos siniestros, claro, pero también con McKenna por su falta de gratitud. Tenía pensado encaminarse al pueblo al llegar a la carretera Joe Ranger y al final había decidido no hacerlo. Si McKenna pensaba que no necesitaba protección, allá ella. A decir verdad, se sentía mal por haber dejado a Marianne a solas con su hermano en Maine, por no hablar de las dos pequeñas. Si no podía cuidar de ellas, al menos velaría por esa chica. De modo que se quedó atrás, recogiendo arándanos azules por el camino y rezagándose lo suficiente como para que ella no fuera consciente de su presencia. Asegurándose de que todo iba bien. Tal vez fuese verdad que tenía la situación controlada hacía un rato, cuando esos hombres la estaban molestando. Pero Sam prefería vigilar quién llegaba desde la carretera Joe Ranger, por si las moscas. Porque los acosadores podían volver. Se sentiría mejor si comprobaba por sí mismo que McKenna estaba a salvo.

Capítulo 11

Vermont. Massachusetts. McKenna cruzó los dos estados, todavía en época estival, aún rodeada de senderistas, pero también… con espacio de sobra para la soledad. Le sorprendía que hubiera tal cantidad de excursionistas y que, al mismo tiempo, el alcance de la travesía permitiera que todo el mundo experimentara la soledad en los vastos bosques y cambiantes paisajes. De vez en cuando, coincidía con Sam y charlaban de pájaros o del tiempo, o de la distancia a la siguiente masa de agua. En una ocasión, McKenna le filtró agua de una charca sospechosa y se preguntó cómo la purificaba Sam.

—¿Quieres un par? —le preguntó tendiéndole el frasco de pastillas de yodo.

Lo vio titubear, no queriendo aceptar nada suyo, de un modo casi adorable. Por fin se encogió de hombros y McKenna le depositó unas cuantas pastillas en la palma de la mano. Ella siempre podía conseguir más cuando comprara provisiones. ¿Y Sam? McKenna no tenía claro qué compras podía permitirse y cuáles no. Pero estaba segura de que la travesía de Sam era distinta de la suya; no un año sabático, sino algo menos opulento.

—Gracias, Mack —fue su respuesta. En alguna parte de Vermont, ella le había dicho que le fastidiaba que la llamara Mackenzie porque ese, él ya lo sabía, no era su nombre. Así que Sam optó por Mack.

Una noche acamparon en la misma área, al otro lado del monte Bushnell, pero el campamento estaba atestado. Sam se quedó en el refugio y compartió cena con un grupo de chicos que debían de estar celebrando una despedida de soltero, mientras que McKenna plantó la tienda e intentó dormir a pesar del ruido. Se limitaron a intercambiar un saludo de lejos.

Pero esa noche, una vez acostada en el saco, según se iba apagando el jaleo del campamento y los sonidos silvestres de los grillos y los coyotes se apoderaban del ambiente, McKenna se sorprendió pensando si tal vez Sam acudiría a su tienda a desearle buenas noches. ¿Lo invitaría a entrar si lo hiciera? Se imaginó compartiendo el exiguo espacio con él.

Al final no lo vio hasta el día siguiente.

—Nos vemos en el camino, Mack —le dijo cuando ella se puso en marcha con las primeras luces.

McKenna se pasó todo el día esperando a que la alcanzara y caminara un rato a su lado. Pero no lo hizo.

Cuatro estados recorridos. Y luego Connecticut. A esas alturas casi todos los amigos de McKenna estarían haciendo el equipaje para partir a la universidad, donde empezarían los cursos preparatorios. En Whitworth había un club excursionista que llevaba a los novatos a caminar por esas mismas montañas. Mantuvo los ojos bien abiertos por si se encontraba con algún conocido, aunque últimamente los grupos grandes que abundaban en verano empezaban a declinar, al igual que la densidad de senderistas durante los días laborables en comparación con los fines de semana. Las noches eran más frescas, pero las hojas seguían verdes y conservaban los colores del estío. Con un poco de suerte, para cuando las hojas empezaran a caer, McKenna estaría recorriendo el sur. Sería la primera vez en su vida que echaría de menos los deslumbrantes colores otoñales de su hogar.

Mientras cruzaba su estado natal, la información sensorial le indicaba que el verano se estaba preparando para convertirse en otoño, algo que, aun siendo una niña, siempre había relacionado con el comienzo de las clases, primero con el año escolar de sus padres, luego con el suyo. Eso, junto con la soledad más persistente, la llevaba a añorar su casa. Mientras dejaba atrás el sendero para encaminarse a Lakeville, donde planeaba lavar la ropa y quizá almorzar, estuvo tentada de llamar a sus padres desde un teléfono público. Pero decidió no hacerlo. De momento, los cuentos que les había contado habían sido mentiras por omisión o bien engaños indirectos a través de los mensajes de Courtney. Si los llamaba tendría que fingir que su amiga estaba con ella, ponerlos al día de las novedades en plural y no en singular. No solo se sentiría increíblemente culpable, sino que además, si por casualidad metía la pata y la descubrían, elogiarían la increíble hazaña que implicaba caminar en solitario de Maine a Connecticut (¡más de mil cien kilómetros!), pero luego insistirían en que volviera a casa.

Una vez en la ciudad, entró en la lavandería que había detrás de una pizzería con la intención de poner una lavadora y zamparse dos o tres porciones de pizza antes de pasar las prendas de ropa a la secadora.

—Eh, Mack —gritó una voz a su espalda cuando abrió la puerta de cristal.

Al volverse, McKenna vio a Sam sentado en un banco bebiendo agua de una botella. Siempre se las ingeniaba para aparecer justo cuando la soledad empezaba a pesarle demasiado.

—Hola —dijo ella—. ¿Haciendo la colada?

—No —respondió Sam—. Estoy sin blanca.

Ya habían deducido que una de las razones por las que Sam avanzaba más o menos al mismo ritmo que McKenna y a menudo se rezagaba se debía a que él hacía paradas en las ciudades y trabajaba un par de días con el fin de conseguir dinero para cosas básicas. Cuando se le acababa, pescaba y recolectaba. A McKenna todo eso le traía a la mente las historias que su padre le contaba de su travesía por el Pacífico Noroeste. Suponía, sin embargo, que si Sam viajaba en condiciones tan precarias no era por diversión. No le esperaban las mismas comodidades que a su padre cuando volviera a casa.

—Puedes meter tu ropa con la mía —le ofreció—. No llenaré la lavadora ni de lejos.

McKenna le explicó su método: lavar un grupo de prendas mientras llevaba puestas las otras y poner otra lavadora cuando la muda ya estaba limpia. No obstante, tan pronto como las palabras brotaron de sus labios se sintió avergonzada. Sam acababa de reconocer que no se podía permitir ni una sola lavadora y ella presumiendo de derrochar sin complejos. Pero él no parecía molesto. Sencillamente, la acompañó a la lavandería y añadió su ropa a la colada de McKenna una vez que ella introdujo su montoncito en la máquina. Recordó la cantidad de lavadoras que ponía en su casa cada semana: prendas para dar y tomar, un conjunto distinto a diario, a veces más si salía por la noche. Se quedó mirando su camiseta favorita, la de Johnny Cash, dando vueltas en el tambor. De un tiempo a esta parte, lucía una mancha permanente en la espalda, de color marrón, por culpa del sudor que se acumulaba bajo el peso de la mochila. En casa no se la pondría ni muerta.

—Iba a comprar un par de porciones de pizza —le comentó McKenna—. ¿Quieres que repartamos una entera? Yo invito —añadió a toda prisa para que él no se preocupara por si no le llegaba el dinero.

—Claro —aceptó Sam—. Gracias, me parece genial.

Salieron de la lavandería, Sam acortando sus largas zancadas para no dejarla atrás. Cualquier complejo o vergüenza relativos a su falta de fondos era cosa de McKenna, no suya. Él siempre exhibía un talante afable y despreocupado. Sus emociones eran indescifrables detrás de esos ojos azul pálido.

McKenna recordó el consejo de su madre, uno que siempre había seguido: «Evita a los chicos que te entran por los ojos». Dando clases en la universidad, su madre veía a las chicas mariposear en torno a los guapos mientras los listos y estudiosos pasaban desapercibidos. Pero qué difícil era evitar a ese chico guapo mientras recorrían tres mil quinientos kilómetros en la misma dirección.

En el restaurante, McKenna dejó que Sam eligiera la pizza.

—Pero sin salchicha ni *pepperoni* —le advirtió—. No como carne de cerdo.

—¿No? ¿Eres musulmana? ¿O comes *kosher*?

—Ninguna de las dos cosas —reconoció McKenna—. Es que conviví un tiempo con un cerdo doméstico muy mono y desde entonces no he vuelto a probar la carne de cerdo.

Le habló de Miss Piggy Pie, la cerdita vietnamita que tenían como mascota en el campamento diurno al que asistía cuando era niña. Seguía a los niños como si fuera un perrito y sentía un afecto especial por McKenna. Tan pronto como la veía, se tumbaba de espaldas para que le rascara la barriga y a menudo se acostaba a sus pies mientras ella daba cuenta del almuerzo que llevaba en la fiambrera.

—Qué mona —dijo Sam cerrando su carta. La camarera se acercó con aire nervioso y coqueto. El chico se comportó como si no lo notara y pidió una pizza de pollo con salsa barbacoa.

—Y yo tomaré una Coca-Cola —añadió McKenna.

—Para mí solo agua —dijo Sam.

Cuando trajeron las bebidas, McKenna retiró el envoltorio de su pajita. El primer sorbo, tan frío y dulce después de varios días en el camino, siempre era el mejor. Cerró los ojos. Cuando los abrió, Sam había rodeado su vaso con la mano.

—Debe de estar deliciosa —dijo—. Voy a tener que probarla.

Atrajo el vaso hacia sí y cerró los labios sobre la pajita. Luego se encogió de hombros y le devolvió el vaso a McKenna.

—Qué buena —dijo.

—¿Quieres una? Te puedo…

—No. Gracias. Con el agua tengo bastante.

Llegó la pizza, todavía humeante, y comieron en silencio durante más de cinco minutos. McKenna ya se había acostumbrado al ritmo de alimentación en el camino: primero hambre canina y luego un festín. Pasaba días sin llevarse nada a la boca, salvo pasta deshidratada, cecina o fruta seca. Y entonces llegaba a un pueblo y se zampaba todo lo que le ponían por delante. Si por casualidad eso incluía algo increíble —como una pizza ardiendo, recién sacada del horno, rebosante de salsa barbacoa y pollo a la brasa—, el placer no se podía comparar con nada que hubiera experimentado en su vida.

—Bueno —dijo Sam cuando hubieron devorado dos raciones. Tomó un bocado de la tercera más despacio, con menos desesperación e intensidad—. ¿Qué planes tienes una vez que termines la travesía?

—¿En Georgia? Pues... volver a casa con mi familia, a tiempo para Acción de Gracias, con un poco de suerte.

—¿Dónde vives?

—En Connecticut. No muy lejos de aquí, de hecho.

Se quedó esperando a que le preguntara si los vería, aprovechando que estaban cerca, pero Sam no lo hizo. Se limitó a tomar otro bocado de pizza.

—Luego trabajaré un tiempo al norte del estado de Nueva York —prosiguió ella—. Con un ornitólogo alucinante. Lo voy a ayudar a indexar una investigación sobre aves que está haciendo. —Dejó un silencio, pensando que Sam comentaría algo, expresaría interés. Como no dijo nada, añadió—: Y el año que viene, más o menos por estas fechas, empezaré la universidad.

Una vez más esperó que le preguntase a qué universidad iría, pero él se limitó a decir:

—Guay.

—¿Y tú?

—No lo sé. Puede que me quede en el sendero.

—¿Como Walden?

McKenna advirtió que lo había preguntado en un tono burlón, casi coqueto, aludiendo a la noche que se conocieron.

—Sí. Pero sin los asesinatos y eso.

McKenna se rio con ganas antes de pedirle que esperara mientras trasladaba la ropa a la secadora. Cuando volvió, la estaba esperando un nuevo vaso de Coca-Cola lleno hasta el borde. Deslizó otra porción de pizza a su plato, si bien durante el breve descanso había empezado a notar la barriga abotagada. En casa detestaba esa sensación de empacho, pero le había cogido el gusto en las paradas del sendero.

—No, en serio —insistió ella—. ¿Qué harás cuando termines la travesía?

—No, en serio —repitió él. Soltó una risa y se sirvió la cuarta porción—. ¿Sabes en qué me he fijado? Nunca enciendes hogueras. Deberíamos acampar juntos. Podría enseñarte.

La mandíbula de McKenna se crispó, en parte por la idea de acampar con él y en parte por su tono condescendiente.

—Sé encender una hoguera —dijo—. Solo que no lo hago. En realidad, nadie debería hacerlo.

Él desdeñó el comentario con un gesto de la mano. Aunque habría preferido no hacerlo, McKenna se fijó en el tamaño y la elegancia de la palma, en los largos dedos ahusados.

—Nadie se toma eso en serio —alegó Sam—. ¿Para qué quieres acampar si no puedes encender una hoguera de vez en cuando? Venga. Gastaré mis últimos dos pavos en malvaviscos. Los podemos tostar esta noche.

McKenna lo miró con atención. Llevaba una pañoleta atada al cuello. La piel de su cara parecía supersuave, recién afeitada, y estaba bronceado después de tantos meses a la intemperie. ¿Cuánto tiempo, se preguntó, llevaba realmente en el sendero? El chico emanaba algo que le provocaba desconfianza o al menos cierto recelo.

Al mismo tiempo se preguntaba qué dirían sus amigas si la vieran sentada con un chico tan increíblemente guapo, a punto de rechazar su invitación de pasar una noche tostando nubes de azúcar en el fuego. Si al menos supiera más sobre él… Cuando estaban en plena naturaleza, no importaba tanto. Pero allí, en una situación tan normal, comiendo pizza bajo las lámparas del restaurante, sentía una necesidad urgente de obtener información.

—Mira —le dijo—. No pretendo ser cotilla…

—Pues no lo seas.

Las palabras no fueron exactamente hostiles, pero sin duda cortantes. Tema zanjado.

McKenna se revolvió en el banco forrado de polipiel. En el lugar del que ella venía había ciertas reglas que se debían seguir cuando estabas conociendo a alguien. Los datos básicos consistían en el nombre, el instituto al que ibas y la universidad en la que pensabas matricularte. Podía aceptar que la universidad, por lo que parecía, no entrara en los planes de Sam. No era fan de los convencionalismos ni tampoco una esnob. Sin embargo, las dos primeras partes de la información le parecían un mínimo indispensable y de momento Sam solo le había proporcionado la mitad.

Él alargó la mano por encima la mesa y, deslizando el refresco hacia sí, se inclinó y tomó un largo sorbo de la maltratada pajita. A McKenna le pareció raro y muy íntimo eso de que usara la misma pajita que ella había mordisqueado con saña. Sam la miró a los ojos y empujó el vaso de nuevo hacia ella. Como si le estuviera ofreciendo alguna clase de tregua. Así que McKenna siguió insistiendo.

—No me has dicho de dónde eres —observó—. ¿De alguna parte del sur? Tienes un poco de acento.

—¿Ah, sí?

—Sí.

No lo confirmó ni lo negó. McKenna preguntó:

—¿Y tus padres?

—¿Qué pasa con ellos?

—Pues, ya sabes, ¿te apoyan? Con la travesía y eso.

—Uy, sí. Me apoyan a tope. Son mi equipo de animadores particular. Muy parecidos a los tuyos, seguramente.

McKenna no sabía si bromeaba o no, pero notó que la luz que siempre le iluminaba los ojos se estaba atenuando. Se revolvió en el banco y luego se lanzó a recitar un pequeño monólogo sobre su intención de asistir a Reed el curso siguiente.

—Está en Oregón —añadió.

—Ya sé dónde está Reed —dijo él.

Eso la animó. Lo que fue una idiotez por su parte, al parecer.

—¿Y tú? —quiso saber—. ¿Irás a la universidad después de esto?

—¿Acaso no va todo el mundo? —Lo dijo en un tono apagado. Quizá incluso sarcástico.

—No —replicó McKenna tratando de apaciguarlo, de demostrarle que le daba igual si pensaba seguir estudiando o no—. No todo el mundo. Muchos triunfadores...

—Y aún más fracasados. —Hablaba casi con rabia. McKenna se hundía más en el fango con cada palabra que pronunciaba.

—Bueno —continuó, procurando adoptar un tono ligero y despreocupado—, ¿qué es el éxito, al fin y al cabo? Como dijo Thoreau, «la vida que los hombres elogian y consideran no es sino una de tantas».

Sam dejó la porción de pizza en el plato. La miró entornando los ojos, con expresión desafiante. Le advertía que cambiara de tema.

—¿Jugabas al fútbol americano en el instituto? —prosiguió McKenna a la vez que tomaba otro sorbo. Esperaba que su voz hubiera sonado normal. Quería hacerle un cumplido, decir algo que la ayudara a arreglar las cosas después de haber metido la pata hasta el fondo—. Tienes pinta de futbolista.

—¿Y tú sabes de qué tienes pinta?

McKenna advirtió un cambio sutil en el semblante de Sam. Una transformación en la geometría de su sonrisa. Hasta ese instante había estado segura de que ella le gustaba, aunque solo fuera como amiga. En ese momento, de repente, tuvo la sensación de que no era así. Toda esa comida se le indigestó.

—Perdona si...

—Tienes pinta de ser alguien que siempre hace lo que se espera de ella.

Una rabia hirviente apagó su consternación anterior.

—Si eso fuera verdad —le espetó con brusquedad—, ahora estaría colgando pósteres en mi habitación de la residencia.

—Así que, en lugar de redactar tu lista de verificación para los cursillos de orientación universitaria, has redactado una para el Sendero de los Apalaches. Mochila pija con marco, tic. Saco de dormir para temperaturas bajo cero, tic. Purificador de agua, tic. Brújula que seguramente no sabes usar, tic.

—La cuenta, por favor —pidió McKenna a la camarera cuando la vio pasar por allí cerca.

La chica plantó la factura en la mesa sin despegar los ojos de Sam. Él no le devolvió la sonrisa. A pesar de la discusión y de que, en el mejor de los casos, no eran nada más que amigos, todavía era demasiado educado como para ligar con otra chica mientras estaba comiendo con McKenna.

Pero no tan educado como para cambiar de tema.

—Tienes pinta —continuó— de ser alguien que se marchará tan pronto como empiece a hacer frío. Te irás, volverás a casa y todo el mundo te dirá lo valiente que has sido por llegar tan lejos. Hasta Virginia, pongamos. Aunque no termines la travesía como dijiste que harías.

McKenna se limitó a mirarlo con atención. ¿Qué narices había hecho ella para merecer eso?

La miraba con el rostro desencajado, casi temblando, como si fuera él quien tuviera motivos para sentirse ofendido. Ella dudó un momento, después agarró la cuenta y se encaminó a la caja registradora. Pagó con la tarjeta de sus padres, añadiendo una propina generosa, y se dirigió a la puerta sin mirar atrás.

En la lavandería, sacó su ropa de la secadora y dejó allí la de Sam, renunciando a poner una segunda lavadora y a comprar provisiones. Tenía comida para un par de días en la bolsa estanca. Si caminaba un buen trecho esa tarde y al día siguiente, podría volver a parar en Cornwall Bridge. Ahora mismo estaba turbada y enfadada. Necesitaba andar.

Pasó el resto del día esperando a que Sam la alcanzara en el sendero. Por la noche plantó la tienda y con cada movimiento que hacía se imaginaba que él aparecía con sus andares cansinos, dejaba caer su cochambrosa mochila con marco externo y se sentaba. Le daba explicaciones. Se disculpaba. Estaba sintiendo lo mismo que sentiría alguien después de pelearse con su novio, comprendió McKenna mientras colgaba la bolsa de la comida lejos de la tienda. No quería irse a dormir enfadada.

Todavía empachada tras el copioso almuerzo, esa noche no comió nada, salvo cuatro trocitos de cecina antes de meterse en el saco. Encendió la linterna frontal con la intención de leer la novela que había cambiado por una de las suyas en la última caja de material de regalo. En vez de eso, se quedó tendida en la oscuridad, con la linterna frontal apuntando ociosa al techo de la tienda.

Había considerado a Sam un espíritu afín desde que se conocieron; un chico de su edad, que caminaba en su misma dirección. No obstante, ¿qué sabía de él en realidad? Ignoraba de dónde venía o qué edad tenía, salvo la que ella le echaba. Quizá ni siquiera se llamase Sam. ¿Por qué era tan reacio a compartir información normal y corriente? Tal vez estuviera huyendo de la policía. Quizá fuese peligroso.

Guardó la linterna frontal en el bolsillo de la tienda. Mientras escuchaba el canto de los grillos, aguzaba el oído también por si oía el rumor de unos pasos que se aproximaban.

Cerró los ojos con fuerza. No, pensó con una convicción profunda y urgente. Sam no era peligroso. Eso lo sabía con tanta seguridad como que la noche sigue al día. Pero los pensamientos que él le inspiraba, lo que estaba sintiendo...

Eso sí podía ser peligroso.

«La cadencia del camino». Puede que fuera su agitación tras lo sucedido con Sam o la creciente rabia nerviosa que sentía después de dos días sin que hubiera dado señales de vida, pero el caso era que por primera vez empezaba a pensar que lo conseguiría. Le gustaba la expresión. «Cadencia del camino». Encajaba con sus fantasías iniciales acerca de cómo sería el viaje, de cómo se sentiría. Antes de que Courtney la dejara colgada, antes de aquel ascenso infernal al Katahdin, antes de que los tábanos le arrancaran la piel a tiras. Antes de que empezara ese largo, duro y, debía reconocerlo, por momentos solitario verano, McKenna tenía una imagen mental muy clara de la clase de chica que sería; la clase de mujer que sería.

Pensaba que se ventilaría tres mil quinientos kilómetros sin un solo tropiezo. La mujer que McKenna había planeado ser no dejaría que un ascenso complicado, cuatro insectos de nada o un puñado de excursionistas agoreros, por no hablar de cierto chaval solitario y guapo a rabiar, la desanimasen. Esa mujer resoplaría con desdén y luego se reiría, levantaría la barbilla y seguiría adelante con elegancia y determinación.

Encontraría la «cadencia del camino».

Y por raro que fuese, desde la pelea con Sam, por primera vez desde que Brendan se despidiese de ella con un beso desabrido en el Baxter State Park, McKenna se sentía la persona que había visualizado. Inspiró una gran bocanada de aire impregnada de pino y tierra húmeda. ¿Y qué, si el rocío que perduraba en el aire era un poquitín demasiado frío para el mes de agosto? Las correas de la mochila ya no se le clavaban en los hombros. Puede que se debiera en parte a que tenía que comprar provisiones, pero ¿qué importaba? Según su guía, había un supermercado restaurante para chuparse los dedos en Kent y, al ritmo que llevaba, estaría allí para el almuerzo. A pesar de toda la pizza que había devorado dos días atrás, le sobraba cintura del pantalón. Pediría un sándwich Reuben, patatas fritas y una Coca-Cola. Puede que tuvieran galletas enormes con virutas de chocolate como las que vendían en el Joe's Corner Store que había cerca de su casa. Compraría una y se la comería entera. No compartiría ni una miga con nadie.

El supermercado era tan alucinante como prometía la guía. Los estantes rebosaban productos de primera calidad como galletas de arroz, Nutella y barritas de cereales biológicas. Había una sección de refrigerados que incluía humus de distintos sabores, y escogió uno que flotaba en aceite de oliva y llevaba trocitos de pimiento rojo encurtido. Aguantaría bien hasta la cena. La dependienta del supermercado parecía de su edad. Mientras le preparaba el bocadillo, McKenna cogió todo lo que quiso, asegurándose de no mirar el precio y de no preocuparse por cómo se las arreglaría Sam para pagar la comida si por casualidad entraba en esa tienda.

Cuando la chica le tendió el sándwich —con el papel encerado empapado de salsa rosa y acompañado de patatas fritas y una galleta envuelta en celofán idéntica a la que había imaginado—, McKenna se sorprendió preguntando, como si su voz tuviera vida propia:

—¿Ha pasado hoy por aquí algún otro senderista? O sea, ¿has visto a un chico más o menos de nuestra edad, bastante alto y con el pelo rubio tirando a largo?

—¿Con los ojos azules? —preguntó la chica—. ¿La mirada penetrante?

A McKenna le dio un vuelco el corazón. Si Sam había pasado por allí, significaba que la había adelantado. Sin detenerse. Tal vez siguiera andando o puede que abandonara el camino. Quizá no volviera a verlo nunca.

¿Y qué hacía penetrando a esa chica con la mirada? McKenna se acordaba de cómo se había esforzado en evitar la mirada de la camarera. Y que había preferido no dormir en la tienda de Ashley. Estaba a punto de preguntar qué había comprado cuando la dependienta lanzó una carcajada breve y nada alegre.

—Ojalá —dijo mientras limpiaba el mostrador con un solo movimiento experto con su trapo de algodón blanco.

Después de comer, McKenna se encerró en el baño del supermercado para lavarse un poco. Una vez que cruzase al estado de Nueva York, podría pasar la noche en un hotel, darse una ducha de verdad y hacer la colada. De momento, se desnudó de cintura para arriba delante del lavamanos, se enjabonó y enjuagó la cara y se miró al espejo mientras se cepillaba los dientes. Los pequeños cambios saltaban a la vista: la tez se le había oscurecido dos tonos, como poco, aunque se aplicaba protección solar sin cesar. Sus cejas, sin depilar, le daban una expresión más seria, pero también más juvenil. Su pelo estaba surcado de tantas mechas rubias que no lo había tenido tan claro desde los diez u once años, aunque seguía sin ser tan rubia como el resto de su familia. Ni como Sam, pensó sin querer.

Trató de recordar la última vez que se había mirado en un espejo de cuerpo entero. McKenna ya sabía que los verdaderos cambios no se reflejaban en su cara. Se llevó las manos a la espalda para desabrochar el sujetador. Solo por saber si podía, se bajó los pantalones sin desabrochar el botón. Aquel no era el baño de un bar de mala muerte; allí en Connecticut se tomaban muy en serio la cuestión de la higiene. Todo estaba resplandeciente y olía a desinfectante con aroma de limón. McKenna se subió a la taza para obtener lo más parecido a una vista de cuerpo entero en el espejo cuadrado que había sobre la pila.

Si esperaba encontrar un físico totalmente distinto al que Brendan había visto antes de su partida, sin duda experimentó una pequeña decepción. Además, su bronceado no era de sesión de fotos, precisamente, sino más bien del que precisa una sesión de Photoshop; las marcas pálidas del pantalón corto y la camiseta se veían claramente en contraste con el tono moreno de sus brazos, piernas y cuello. La leve protuberancia de su barriga delataba el Reuben y las patatas fritas que acababa de devorar (la galleta, que había reservado para más tarde, estaba en el bolsillo delantero de la mochila), pero la piel de la zona se veía tensa. No tenía los muslos delgados exactamente, pero sí más firmes que antes y más fuertes. De mala gana, McKenna se acordó de Brendan y de la última noche que había pasado con él, de las consideradas preguntas que le había formulado antes de cada avance. «¿Te parece bien?». Le vinieron a la mente sus manos moviéndose, un poco temblorosas.

«¿Ojos azules? ¿Mirada penetrante?».

McKenna recordó las manos de Sam en el restaurante. Cuando estaban en el camino, el día que se había interpuesto entre los cazadores y ella, había notado las callosidades de sus manos mientras la rodeaba con el brazo y cerraba los dedos sobre su piel. Estaba segura de que esas manos no temblarían. Y también tenía claro que Sam solo pediría permiso una vez.

Pegó un bote cuando alguien llamó con fuerza a la puerta del baño.

—Eh —gritó una voz irritada—. Aquí hay gente esperando.

McKenna guardó sus cosas a toda prisa. Domingueros impacientes aparte, si quería llegar a la cima de la Schaghticoke Mountain ese día y al siguiente estar en Nueva York, tenía que volver al sendero lo antes posible.

El ascenso de Schaghticoke era empinado en algunos trechos, pero nada comparable al Katahdin, ni siquiera a la Bear Mountain, y además ahora estaba en mejor forma que entonces. Pese a todo, alcanzó la cima mucho más tarde de lo que tenía previsto. Le resultaba raro recorrer un trecho de su estado natal y verlo desde arriba. Casi como si toda su infancia, toda su vida, se extendiese bajo la montaña que acababa de coronar. Sus padres y Lucy no tenían ni idea de que en ese mismo instante estaba a punto de cruzar al estado de Nueva York. Veía el río Housatonic, donde su padre la había llevado a pescar hacía mil años. Lucy, comprendió con un ramalazo de tristeza, nunca había conocido al padre del que ella disfrutó, el mismo al que le encantaba compartir actividades al aire libre con su hija. Le supo mal no haberle enviado a Lucy postales por el camino y se prometió empezar cuando llegara a Nueva York. Luego pensó en el lío que se armaría si los matasellos de las postales no coincidían con los partes de Courtney.

Así que, en vez de eso, McKenna se prometió llevar a Lucy de excursión el verano siguiente, quizá incluso a una travesía. Su hermana no debería perderse esas experiencias solo porque sus padres se hubieran obsesionado tanto con sus profesiones que ya no tenían tiempo de enseñarle a amar la naturaleza.

—Qué vistas más bonitas —dijo una voz a su espalda.

Supo a quién pertenecía antes de volver la cabeza a toda prisa.

Sam, por fin, que como de costumbre la pillaba desprevenida. ¿Cómo se las ingeniaba una persona tan grande para moverse con tanto sigilo? Tenía los brazos cruzados y la cabeza alta, la barbilla apuntando hacia ella. No le quedaba ni rastro del último afeitado y había reparado esas zapatillas birriosas con cinta de tela. ¿Cómo había llegado tan lejos, durante tanto tiempo, con ese calzado de lona? McKenna también se cruzó de brazos.

—¿Nadie te ha dicho que es de mala educación seguir a la gente? —le dijo, intentando disimular el alivio que sentía al verlo.

—¿Seguir? Llevo esperando aquí arriba más de una hora. Me preocupaba que se te hiciera de noche por el camino.

—No hace falta que te preocupes por mí. Me las arreglo de maravilla yo sola. ¿Lo ves? —Abrió los brazos con un gesto que abarcaba la totalidad de las vistas—. He llegado a la cima. Sin tu ayuda ni la de nadie.

—Por poco —replicó Sam. Una respuesta que la habría sacado de quicio de no ser por esa sonrisa casi perfecta, con un solo diente torcido en la fila inferior.

La impecable dentadura de McKenna, lograda a base de miles de dólares en ortodoncia, se le antojó triste e imperfecta. Apretó los dientes y se arrodilló para coger lo primero que vio, una piña regordeta en forma de erizo que estaba a sus pies. ¿Qué daño podía hacer una piña? Se la tiró a la cabeza, apuntando a la sonrisilla de suficiencia. Sam se agachó, pero no fue lo bastante rápido. La piña le arañó la ceja con tanta fuerza que se tapó la cara con las manos.

—¡Ay! —gritó—. ¿De qué vas?

McKenna se sintió fatal. Por lo visto, la había lanzado con más potencia de la que pretendía. Recorrió la distancia que los separaba en tres zancadas.

—Perdona —dijo. Trató de apartarle los brazos para inspeccionar el arañazo—. Déjame ver.

Quería asegurarse de que el daño era mínimo, si es que lo había. Pero también quería ver la cara de Sam de cerca. De repente, le preocupaba muchísimo que se hubiera enfadado con ella.

Él dejó las manos donde estaban.

—Ni hablar —replicó—. Eres violenta.

Para alivio de McKenna, lo dijo en tono de guasa. Era el Sam que conoció al principio, no el chico hostil del restaurante.

—Venga. Perdona. No quería hacerte daño.

—Mentirosa.

—No quería hacerte demasiado daño —rectificó ella—. Va, déjame ver.

McKenna lo tenía agarrado de las muñecas, y esta vez, cuando le estiró los brazos, él se dejó hacer. Tenía una leve marca rosada encima de la ceja, nada importante; seguramente desaparecería en un rato.

—Sobrevivirás —afirmó McKenna. Se le entrecortó la voz una pizca. Tenía muy presente que sus manos todavía aferraban los brazos del chico. Apenas los separaban unos centímetros. Si se ponía de puntillas, podría besarle la ceja sin acercarse demasiado.

Como si le hubiera leído el pensamiento, Sam dijo:

—¿Me vas a dar un besito en la ceja para que se cure?

McKenna lo soltó a toda prisa y reculó.

—No —replicó.

Él se encogió de hombros, de nuevo con esa sonrisa exasperante en el rostro, como si estuviera en su mano tomar o dejar a McKenna y sus besos. Pero entonces dijo:

—Oye, yo también lo siento. El otro día me porté como un idiota. Ni siquiera te di las gracias por la comida ni por la colada, ni nada.

—Ya. De nada.

—Perdona —repitió él.

McKenna asintió.

Sam dijo:

—¿Eso significa que hay buen rollo? ¿Entre tú y yo?

—Sí —confirmó ella—. Buen rollo.

—Mira qué espectáculo —dijo él.

Ella jadeó sobrecogida y se encaminó al borde de la cima para recuperar la mochila. En algún momento de la conversación, el sol había empezado a ocultarse. McKenna tuvo la sensación de que el astro se estremecía, de que reunía fuerzas para zambullirse en el horizonte mientras los tonos anaranjados empezaban a expandirse y apoderarse del paisaje. No solo el alba tiene dedos rosados, pensó, y se preguntó si Sam captaría la referencia como lo habrían hecho Brendan o Courtney.

El chico apareció a su lado sin hacer el menor ruido.

—Si nos quedamos a mirar, tendremos que bajar a oscuras.

—Usaremos tu linterna frontal —propuso Sam. Alargó la mano hacia ella—. Y te daré la mano.

Cerró los dedos sobre la mano de McKenna y ella se sorprendió aproximándose, como si nunca se hubiera enfadado. Contemplaron el sol, que se hundió tras las montañas e iluminó el firmamento antes de que la oscuridad se adueñara del mundo. Sam tenía razón, desde luego que sí. Era espectacular.

Les llevó un buen rato descender a oscuras por el sendero. McKenna le cedió a Sam la linterna frontal para caminar detrás de él, agarrada a su mano, tan cerca que su rostro se desplazaba a pocos centímetros de su espalda. Percibía el sudor y el humo de fogata que desprendía su raída camiseta y le veía la piel a través de la hilera de agujeritos que discurrían justo por encima de la mochila, de hombro a hombro. Cuando llegaron al campamento, se libraron de las mochilas y miraron alrededor. No había tiendas instaladas.

—Por lo que parece, tenemos el campamento para nosotros solos —comentó Sam, enfocando la zona con la exigua luz de la linterna.

—Es cada vez más frecuente —observó McKenna—. Hoy no he visto ni un alma en el sendero.

—El verano se acaba. La gente regresa a la vida real.

—Yo no —dijo ella.

Sam sonrió, esta vez sin un ápice de arrogancia.

—Yo tampoco —convino.

Como el sol ya se había ocultado y no estaban en movimiento, empezaban a acusar el fresco. Estando aún tan al norte y con el verano llegando a su fin, las noches de Nueva Inglaterra eran frías. McKenna sacó su forro polar y los pantalones largos mientras Sam se enfundaba el jersey de lana. Ella cayó en la cuenta de que no le había visto ninguna otra prenda de abrigo y se preguntó si llevaría consigo equipo suficiente para soportar los meses más duros.

Sin necesidad de ponerse de acuerdo, no con palabras al menos, prescindieron de instalar la tienda y empezaron a buscar leña. El espectacular ocaso había dado paso a una noche estrellada increíblemente serena. Sería engorroso montar las tiendas en la oscuridad y nada sugería la posibilidad de lluvia. Además, las ocasiones de dormir bajo las estrellas escasearían más y más a medida que las noches fueran más frías. Mientras cogía la linterna frontal para recoger leña, dejándole a Sam la otra linterna, creyó ver el Cinturón de Orión, una clara señal de que el verano llegaba a su fin.

La linterna frontal le iluminaba el camino al campamento cuando volvió cargada de palos y ramitas. Al soltar la leña junto a Sam, advirtió que alguien había dejado una pequeña botella de whisky apoyada contra un árbol. La botella llevaba una nota prendida al cuello: «Que la disfrutes». La recogió e hizo girar el tapón para comprobar si se rompía el sello de seguridad. Lo hizo.

Arrodillado junto a un cerco de piedras, Sam construía un tipi de palos sobre unas hojas de periódico que llevaba en la mochila. Su figura era visible a la luz de las estrellas, pero había dejado la linterna sobre un tocón cercano y su silueta se recortaba a contraluz. La cabeza agachada con despreocupada concentración, el cabello lacio sobre la frente, los músculos flexionados sin esfuerzo. Hiciera lo que hiciese, Sam siempre exhibía un porte atlético parecido al de un animal salvaje que acechara entre la hierba o incluso en posición de descanso. McKenna se preguntó por enésima vez si practicaba algún deporte en el instituto, pero no cometería dos veces el mismo error, ni por asomo.

—Alguien ha dejado esto junto a un árbol —le dijo mostrándole la botella—. La magia del camino.

Sam levantó la vista.

—Espero que estuviera sellada —comentó sin demasiado entusiasmo.

—Lo estaba.

McKenna se calzó las sandalias y tomó asiento en el tronco, al lado de la linterna, mientras Sam prendía el papel. El fuego crepitó y luego ardió con una prontitud casi mágica. Ella tiró la nota de la botella a las llamas al tiempo que admiraba el rostro de Sam, iluminado por el resplandor anaranjado. Luego el chico se sentó a su lado y McKenna empezó a buscar comida dentro de su mochila. Sirvió el humus, con el envase de plástico húmedo por condensación, y un paquete de tortitas de arroz.

—Pero mira eso —exclamó Sam.

McKenna se quedó esperando a que hiciera algún chiste sobre su comida pija, pero él se limitó a echar mano de una tortita y a decir «Gracias» con su voz ronca.

—De nada —respondió ella. Ya había decidido compartir la galleta con él cuando llegaran al postre.

Una vez que dieron la cena por terminada y guardaron los restos, McKenna empezó a tener presente que nada se interponía en el tronco entre los dos, ni siquiera esos envases de plástico endeble con la comida. Pensó que Sam se había apartado una pizca al alargar la mano hacia la mochila. ¿Lo había hecho adrede? ¿Quería poner distancia?

Cogió la botella de whisky y se la ofreció.

—No, gracias —dijo él.

—¿No bebes?

—No mucho. Me sorprende que tú bebas.

Ella se encogió de hombros y dejó la botella en el suelo.

—Tampoco bebo mucho. Pero bueno. Ya que está aquí…

Su trenza estaba tan deshecha que los mechones de pelo le azotaban la cara. Retiró el coletero y procedió a rehacer la trenza doblando los largos mechones con los dedos.

Sam la observó un momento.

—Eres una buena chica —observó con cierto dejo de sarcasmo.

McKenna sacó el gorro de lana que llevaba en el bolsillo y se lo encasquetó. ¿Qué narices había hecho esta vez? Era imposible prever las reacciones de Sam, descifrar sus pensamientos.

—Por lo que parece, tienes muchas opiniones formadas sobre mí —le espetó. Cogió la botella y echó un buen trago. El alcohol le atravesó el cuerpo como si bebiera fuego. Tuvo que recurrir a toda su fuerza de voluntad para no toser y escupir el whisky en el suelo. Sam la estaba observando.

—Opiniones —dijo él—. Sí. Tengo unas cuantas acerca de ti.

Alargó la mano, como para acariciarle el pelo, pero luego cambió de idea. McKenna escogió un tronco fino y lo tiró al fuego. Ardió al momento, caldeando e iluminando los rostros de ambos. Ella tomó otro sorbo de whisky, más pequeño esta vez y más manejable, aunque igual de abrasador al paso por su garganta.

Sam le arrebató la botella y la puso fuera de su alcance. Mejor, porque se notaba peligrosamente mareada. Tanto como para decirle:

—¿Sabes una cosa? Eso que pasó el otro día. En el restaurante. Yo también lo lamento. No debería haberte presionado. Aunque me gustaría saber más cosas de ti. Pero ya me contarás cuando te apetezca. O sea, somos amigos, ¿no?

Sam permaneció inmóvil con los ojos en la hoguera. Parecía estar meditando en qué momento, si acaso llegaba, estaría dispuesto a hablar de sí mismo y si eran o no amigos. McKenna estaba deseando conocer su historia. ¿Había alguien en su casa esperando un mensaje o una llamada? ¿Alguien preocupado por si todo iba bien, si estaba sano y salvo, si tenía hambre? Aunque ella llevaba semanas sin hablar con sus padres, la preocupación que sin duda sentían la acompañaba a cada paso y, de un modo extraño, la sostenía a lo largo de su aventura. Le preocupaba que Sam no contara con nada parecido.

Sin apartar los ojos del fuego, él dijo:

—Sí, Mack. Somos amigos. Claro que sí. Y yo no debería haber dicho que no llegarás a Georgia. A fin de cuentas, ¿yo qué sé? Si quieres hacerlo, lo harás, supongo. Seguro que hablas en serio cuando dices que llegarás hasta el final.

—¿Sí? —preguntó McKenna. Notó su propia voz un poco ronca también—. ¿Y qué tal lo estoy haciendo? ¿Qué opinas tú? De momento.

McKenna lo vio en su rostro. Cuando Sam empezó a volverse hacia ella, su expresión se había suavizado.

—Muy bien —dijo él—. Lo estás haciendo muy bien.

Ella se encasquetó el gorro casi hasta los ojos y apoyó los codos en las rodillas. Se quedaron observando el fuego como quien mira un enorme televisor de pantalla plana. Rodeada de silencio, McKenna era muy consciente de la presencia de Sam a su lado, muy cerca, y tenía la sensación de que su actividad principal —lo que estaban haciendo en realidad— era no tocar al otro.

Se volvió a mirarlo: los pómulos marcados, las greñas despeinadas, los labios que parecían al borde de una sonrisa incluso cuando adoptaban un gesto concentrado, como en ese momento. Quería acariciarle la mejilla con el dedo, obligarlo a girar la cara para que la penetrara con sus ojos azules.

—¿Sam? —dijo.

—¿Sí?

En el silencio que los envolvió mientras McKenna intentaba averiguar qué quería decir exactamente, Sam habló:

—Te he echado de menos estos dos últimos días —confesó.

—¿Ah, sí?

—Sí. Y estaba preocupado por ti.

—No hace falta que te preocupes por mí —replicó McKenna un poco a la defensiva. ¿Por qué narices todo el mundo se preocupaba por ella?

Ese gesto indiferente otra vez. Seguía sin mirarla.

—Vale, no hace falta que me preocupe. ¿Tengo permiso para echarte de menos?

—Sí, supongo que me puedes echar de menos. Si quieres.

Sam sonrió, pero tampoco en esta ocasión volvió la vista hacia ella. Ahora, pensó McKenna. Ese era el instante perfecto para que la besara. Para que alargara la mano y le acariciara la cara. Pero no lo hizo. Se limitaba a contemplar el fuego, rumiando pensamientos indescifrables.

¿Cuántas horas habían pasado desde que ardiera de rabia contra él? Aun entonces, se recordó, la decisión de aferrarse a su enfado ya estaba flaqueando. Y en ese instante lo único que deseaba era acercarse a Sam. Ojalá supiera cómo hacerlo. Tantos libros amontonados en casa, tanto estudio y buenas notas, y no sabía hacer lo más sencillo del mundo, que era compartir un primer beso con un chico.

Se levantó y echó mano de un palo para azuzar el fuego. La pequeña estructura que Sam había construido se derrumbó entre chispas y penachos de humo, amenazando con apagar el último tronco.

—Eh —le advirtió Sam—. Cuidado.

Se levantó para arreglarlo.

—Lo tengo controlado —dijo McKenna.

Excavó un pequeño agujero en el centro con el palo para que el fuego pudiera respirar y al cabo de un momento estaba crepitando de nuevo. McKenna se dio media vuelta. Allí estaba Sam, todavía sentado en el tronco, iluminado por un resplandor fuerte y renovado. Un impulso se apoderó de ella y ahuyentó de una vez por todas cualquier duda de su cabeza. Descorrió la cremallera del forro polar y lo tiró al suelo detrás de Sam. Sin darle tiempo a decir nada ni pararse a pensar, hizo lo propio con la camiseta.

Tenía pensado quitarse también el sujetador; así de audaz se sentía. Sin embargo, frenó en seco al ver el rostro de Sam. Él todavía no se había movido. Sus facciones permanecían impasibles, inmóviles, inescrutables. McKenna se plantó ante él sin llevar nada encima, salvo los pantalones, el sujetador y el gorro de lana. «Debería haberme quitado el gorro», pensó, pero pasada su reacción impulsiva, se sentía ante todo azorada y no podía mover ni un dedo. Se quedó allí parada, esperando ver qué hacía Sam.

Como él seguía sin decir nada, McKenna deseó que se la tragara la tierra. Seguro que estaba tan acostumbrado a que cualquier tontorrona se desnudase ante él sin previo aviso que ni siquiera se molestaba en reaccionar.

Salvo por una pequeña vena del cuello. McKenna la veía abultada a la luz de la hoguera, un detalle que delataba en su cuerpo la tensión del esfuerzo que le costaba no alargar la mano hacia ella.

Tuvo la sensación de que pasaban horas. McKenna notaba el calor de las llamas en la espalda desnuda. Resistió el impulso de taparse con las manos. Tras haber tomado la iniciativa, no podía volver a moverse hasta que Sam lo hiciera. O hasta que dijera algo. Lo que fuera.

Y entonces él reaccionó por fin.

—¿Qué estás haciendo?

No era la respuesta que McKenna estaba esperando. La rabia de antes le ardió dentro igual que el fuego al coger fuelle, pero esta vez mezclada con algo más. Algo que no se parecía a nada que hubiera sentido nunca.

—¿A ti qué te parece que estoy haciendo? —le preguntó con una voz que delataba mucha más vulnerabilidad de la que había escuchado en su mente.

La vena asomó un poquitín más y la crispación de su rostro se relajó lo suficiente como para darle una expresión casi lobuna. McKenna supo instintivamente que no podría quedarse allí sentado mucho más tiempo. En cualquier momento cedería al deseo de acariciarla.

Con un movimiento fluido, Sam se puso en pie. Se plantó ante ella, todavía sin tocarla, y se quedó parado mirándola a la cara. Luego le arrancó el gorro y lo tiró al suelo. Le acarició el pelo con las dos manos, extendiéndoselo por los hombros. Desde ahí, deslizar los dedos a su espalda era el gesto más natural. Nada de torpes forcejeos; con un diestro movimiento la despojó del sujetador, que le resbaló por los brazos. McKenna notó los labios pegados a su oreja.

—¿Te quieres desnudar? —le preguntó, ronco pero quedo—. Pues adelante. Desnúdate.

—¿Qué es esto? —dijo ella—. ¿Verdad o reto?

—Es lo que tú quieras que sea, Mack. —Los labios de Sam le rozaron la oreja esta vez, casi un beso.

No esperó a comprobar si ella obedecía, sino que buscó la cintura de su pantalón Gramicci. Lo deslizó por debajo de la rotunda protuberancia de su cadera junto con la ropa interior de secado rápido y los dejó caer hacia los tobillos. Para librarse de ellos, McKenna tuvo que quitarse las sandalias de dos patadas. Al momento estaba totalmente desnuda, sin una sola tira de tela, mientras que Sam todavía iba vestido de pies a cabeza, incluidas las zapatillas reparadas con cinta. Los dedos de él resbalaron por la clavícula de McKenna y descendieron al ombligo en línea recta, donde separó las manos. Las desplazó a las caderas y luego hacia arriba. En ese momento, la caricia leve como una pluma se tornó algo más brusca.

Ella no podía soportarlo más. Avanzó un paso para cerrar el espacio que los separaba y lo besó. Sam desplazó las manos a su espalda para estrecharla contra sí estrujándole el pecho desnudo contra las hebras ásperas de su jersey.

Se besaron durante lo que se les antojó una eternidad mientras él deslizaba las manos por el cuerpo de McKenna y ella notaba el calor constante del fuego en la espalda. Una eternidad en éxtasis. No podía pensar a dónde irían a continuación, qué harían. Algo tan sencillo como sacar los sacos de dormir podía romper la magia que McKenna había obrado en esa noche leve y fría como un augurio del invierno.

Finalmente, Sam se separó de ella. Retrocedió hacia el tronco y se tendió en el suelo. Ella se fijó en las hojas secas que se le prendían al pelo. Él levantó los brazos con un gesto mínimo, para atraerla hacia sí. McKenna sabía que deseaba tan poco como ella interferir en el momento. Se tendió sobre él; solo los vaqueros y la lana los separaban. Notó que las manos de Sam la situaban donde quería tenerla y percibió el estremecimiento de su propio cuerpo.

Su falta de control la asustaba. No se atrevía a pensar qué haría al instante siguiente para que aquello se prolongase. O peor, para detenerlo.

Sam también estaba perdiendo el control. La besaba con una intensidad creciente, la atraía todavía más cerca cuando ya no parecía posible. Tal como ella había imaginado, sus manos la recorrían por dónde le apetecía, sin detenerse, sin preguntar. El permiso requerido se manifestaba en cada gesto de McKenna, en su respiración acelerada, en los movimientos de su cuerpo. Incluido un gemido. Estaba completamente segura de no haber gemido jamás en la vida. Pero el mundo era nuevo en ese instante, hasta el mismo aire alrededor, la lechuza que ululaba en un árbol, sin puertas que la protegiesen de intrusos, tan solo la convicción de que eran los únicos seres humanos en kilómetros a la redonda. Los labios de Sam y los bordes de sus dientes contra el cuello de McKenna.

—Sam —dijo con un timbre estrangulado, la primera palabra en lo que parecían horas—. Me muero. Me parece que me voy a morir.

Brendan habría interpretado las palabras como una señal para detenerse. Sam sin duda las tomó como un cumplido. Le plantó las manos en los hombros y la empujó una pizca hacia atrás. Con una mano le apartó el pelo de la cara, le sostuvo la mejilla.

—Eres preciosa, Mack —le dijo—. ¿Lo sabes? Preciosa de verdad.

Y desplazó la mano hacia el botón de los vaqueros.

Blam. Hechizo roto. Porque una vez que Sam se librara de los vaqueros, estarían hablando de decisiones trascendentales. Había tardado tres meses en llegar a ese punto con Brendan. Y esa era la primera vez que Sam y ella se besaban siquiera. McKenna le sujetó la muñeca.

—Espera —dijo—. Lo siento. Es que…

Sam se detuvo en seco. Maldita sea. Siempre tenía que estropearlo todo. Toda la emoción, toda la magia se esfumó. Lo había decepcionado. Peor aún, seguramente lo había empujado de vuelta a su faceta burlona. McKenna se preparó para escuchar que por supuesto le faltaba valor para terminar lo que empezaba.

Pero él no lo hizo. Alargó la mano por detrás de McKenna, encontró su forro polar al momento y se lo ciñó al cuerpo. A continuación la besó. Un beso distinto, con los labios apenas entreabiertos, pero todavía intenso y rebosante de sentimiento.

—Claro. Lo que tú digas, Mack —susurró. Le besó la frente—. Lo que tú quieras.

Sin decir nada más, se levantaron para recomponerse. McKenna volvió a enfundarse la ropa, incluido el gorro, y Sam se sacudió las hojas del pelo. Sacaron los sacos de dormir y los tendieron junto al fuego, cada cual arropado en su crisálida y luego acurrucados juntos. McKenna apoyó la cabeza en el pecho de Sam y él sacó el brazo del saco para abrazarla. El fuego ascendió, bailoteó un poco, y McKenna respiró las fragancias de aquel mundo al aire libre que cada día se le antojaba más un hogar.

Oía el corazón de Sam latiendo cada vez más tranquilo contra su oído. McKenna nunca había dormido así con nadie. Por la mañana sabría por fin lo que se siente cuando te despiertas entre los brazos de otra persona.

O eso pensaba ella. McKenna dormía como un tronco, sin soñar; tan profundamente que no se dio cuenta de que Sam se alejaba sigilosamente. Cuando despertó bajo un sol demasiado alto en el cielo, el fuego se había apagado. Las cosas de Sam habían desaparecido y también él. Se había largado sin dejar el menor rastro, exceptuando lo único que ella le había dado, la guía de aves cantoras, que yacía húmeda y abandonada junto a los restos de la fogata.

—¿Sam? —gritó a la vez que salía a toda prisa del saco de dormir—. ¿Sam? —chilló nuevamente, aunque sabía que se había marchado. La había dejado. Era evidente.

Propinó un puntapié a la tierra donde antes había estado el saco del chico. Increíble. Después de todo lo sucedido la noche anterior, se había despertado sola. Sam ni siquiera se había despedido. Con movimientos rápidos y furiosos, McKenna recogió sus cosas. Sam debía de haberse llevado la basura, porque los recipientes de la comida y la botella de whisky habían desaparecido. Qué considerado por su parte, pensó a la vez que pateaba por última vez el sitio donde él había dormido.

Con todo el equipo guardado, McKenna observó el campamento intentando adivinar qué había hecho mal. Y eso desembocó en la necesidad de parpadear para contener las lágrimas. El sol ya brillaba en el cielo. Se sentía aturdida, engañada, despechada. Pero ¿qué podía hacer, salvo ponerse en camino? Sintiera lo que sintiese, tenía que hacer lo mismo que hacía a diario: caminar.

Su semblante, sin embargo, debía de traicionarla más de lo que pensaba. Cuando se cruzó con un grupo de excursionistas —una madre con sus hijas adolescentes—, la mujer se detuvo y tocó el codo de McKenna.

—¿Te encuentras bien, cielo? —le preguntó.

—Sí —respondió ella, más a la defensiva de lo que pretendía—. Estoy bien.

—Perdona —se disculpó la mujer, todavía en tono amable—. Es que parecías..., bueno, parecías preocupada. No te has perdido, ¿verdad?

—No —dijo McKenna en un tono terminante—. No me he perdido.

—Bueno, vale. Que tengas un buen día. Va a hacer calor, está claro.

—Ya —asintió McKenna, que se enjugó el sudor de la frente con el antebrazo. Había olvidado dejar la pañoleta en un sitio accesible—. Eh —les gritó cuando ellas ya se alejaban.

La madre y las dos hijas se detuvieron y se volvieron a mirarla con expresión expectante. McKenna notó en la cara de la mujer que estaba esperando oírla reconocer que estaba en apuros.

—¿Qué día es hoy? —preguntó—. Llevo ya mucho en el camino y pierdo la noción del tiempo.

—Es domingo, 22 de agosto —respondió la madre.

McKenna asintió. Decir que perdía la noción del tiempo era un eufemismo. Había cumplido dieciocho años cuatro días atrás sin darse cuenta siquiera.

Capítulo 12

Sam no sabía qué cojones pasaba con él. Se había despertado antes del alba, entre el enloquecido canto de los pájaros, abrazado a McKenna y con su cabeza apoyada en el pecho.

—Mack —le había susurrado con voz ronca de la emoción antes de besarle el cabello. Olía a humo de fogata y a vida al aire libre. Ella parecía totalmente relajada en sus brazos, los omóplatos rotundos bajo sus manos. Necesitaba una ducha. No quería soltarla nunca.

Y entonces una especie de frialdad se apoderó de él. No sabría explicarlo. Tres rostros asomaron a su mente: el de Starla, la última chica con la que había dormido y su novia hasta que se marchó. No se preguntaba cómo le irían las cosas. Sabía que estaría de maravilla estudiando en la universidad, como siempre había deseado. De todos modos, tampoco seguirían juntos, aunque él se hubiera quedado en casa. El siguiente rostro fue el de su madre, marchito tras años de convivencia con su padre, seguido del semblante de la novia de Mike, Marianne, su aspecto agotado cuando se sentó a la mesa de la cocina, su aire de persona atrapada. Odiaba pensar en Mike, Marianne y las dos pequeñas. La casa le pertenecía a ella. Lo lógico sería que obligara a su hermano a marcharse. Una pequeña ola de rabia le ascendió por el pecho de pensar que no lo había hecho, que tal vez nunca lo haría. Casi lo enfurecía más la actitud de ella que la de Mike.

Se separó de McKenna con sumo cuidado y la tendió suavemente en el suelo. Ella, todavía con los ojos cerrados, apenas se movió. A Sam no se le había pasado por la cabeza, antes de que ella le parara los pies la noche anterior, que pudiera ser su primera vez. En ese momento, viéndola dormir, le parecía evidente. Tenía el aspecto de una niña pequeña, tan inocente, sabiendo que unos padres cariñosos la esperaban en alguna parte, en su bonita casa, preocupados por ella.

Sam tenía pensado buscar algo para desayunar en la bolsa de la comida de McKenna, instalar el hornillo, cocinar algo para los dos, preparar una cafetera. Descolgó la bolsa. Debía de ser la única persona de todo el sendero que tomaba esa precaución, colgar la comida de una rama por si había osos. Algo que a Sam le parecía una tontería, teniendo en cuenta que los osos eran buenos escaladores.

Rebuscó el café por la bolsa. McKenna era tan infantil que ni siquiera llevaba café. Starla sí lo bebía; también fumaba. Sam recordó el sabor limoso de la ceniza en sus labios. Siempre le acariciaba las cicatrices que las quemaduras de cigarrillo le habían grabado en el brazo. No la impresionaban. Era una chica lista, pero tenía su propia colección de problemas. Su padre era un adicto a la metanfetamina que se marchó cuando ella tenía catorce años. Starla ya se había librado de todo eso, se recordó, y ahora estaría sana y salva en la universidad. El caso era que un padre como el de Sam —una historia como la de Sam, con cicatrices y todo— estaba más o menos en consonancia con lo que Starla esperaba de la vida.

Junto al cerco de piedras de la fogata, la respiración de esa otra chica sonaba suave, confiada, la inocencia personificada. Ella no era sino eso, ¿verdad? Otra chica más. Hubo muchas antes que ella. Habría muchas después. La recordó la noche anterior, echando tragos de whisky, desnudándose ante él. No entendía que quererlo era el modo más seguro de echar en saco roto todas las ventajas que la vida le había otorgado.

Sam cerró la bolsa estanca de McKenna y la devolvió al sitio donde ella la había dejado. En lugar de preparar el desayuno, reunió sus cosas y las embutió en la mochila de cualquier manera. Recogió la botella de whisky y la lanzó al bosque. Así era él, un palurdo de Seedling, Virginia Occidental, y así se las gastaba. Sacó la guía de aves y la dejó junto a la mochila de McKenna. Nunca llegó a regalársela, solo era un préstamo. Ahora no estaba seguro de que volviera a verla, así que no sería justo quedársela.

Fue el día más caluroso en mucho tiempo.

Para cuando llegó el mediodía, Sam ya se había bebido la mitad del agua. A decir verdad, le sentaba bien el calor de justicia combinado con el paso más rápido de lo habitual. Le recordaba a los entrenamientos de fútbol, cuando el entrenador Monahan los presionaba para que dieran más de sí de lo que se creían capaces.

Debía de ser sábado. Había mucha gente en el camino, paseando con el aire más despreocupado del mundo. Un grupo de universitarias estaba celebrando un pícnic en uno de los campamentos. Habían llevado consigo un mantel a cuadros blancos y rosas y una cesta como la que usaba la Bruja Mala para llevarse a Totó. Sam no tuvo que hacer nada más que sentarse en el banco contiguo, tomar un sorbo de agua y sonreír a la que ponía la mesa. Al momento tenía un plato de papel rebosante de pollo frito y ensalada de patata en las manos, así como un vaso de plástico con té frío recién preparado. Nunca se acostumbraría al té que tomaban allí en el norte, fuerte y sin azúcar. Pero la cafeína le proporcionaría la energía que necesitaba para seguir cubriendo kilómetros.

—Eh —le dijo la chica que le había ofrecido la comida. Era morena y exhibía una sonrisa amistosa y esperanzada—. ¿Vas a acampar aquí esta noche?

—Nah —respondió Sam. Rebañó los últimos restos de ensalada de patata del plato—. Muchas gracias por la comida. Voy a ir tirando. Tengo un montón de kilómetros por delante.

—¿Vas muy lejos? —le preguntó mientras Sam se encaminaba al sendero, sin darse aún por vencida, sin renunciar a la posibilidad de entablar conversación con él.

—Gracias otra vez —gritó él por encima del hombro, despidiéndose con la mano por última vez.

«¿Vas muy lejos?». El sol caía a plomo a través de los árboles. A lo largo de las dos semanas siguientes, un violento remolino de color se desataría y luego se atenuaría antes de caer, y sus pasos arrancarían crujidos a las hojas secas. Aquel día las hojas aún conservaban su verdor; tan solo los bordes empezaban a insinuar tonos anaranjados y amarillentos. Bonito, pero ante todo cumplía una función. Contar con esa protección evitaba que sufriese quemaduras solares o, peor, una insolación.

«¿Vas muy lejos?». Sam se limitaba a poner un pie delante del otro. Sus piernas eran mucho más largas que las de McKenna. Su mochila infinitamente más ligera. Estaba acostumbrado a soportar el dolor. Dentro de nada le llevaría kilómetros de ventaja. Tal vez abandonase el sendero y buscase trabajo en uno de los pueblecitos de las inmediaciones. Algo que no requiriese un diploma escolar, como llevar la contabilidad de un pequeño supermercado o echar una mano en una obra, o quizá podría trabajar de conserje.

En cuanto había visto a esas chicas preparando el pícnic, supo que lo invitarían a comer. Cuando coincidió con McKenna la primera vez, en Maine, debería haber pensado que había dado con un chollo, teniendo en cuenta que planeaba caminar hasta Georgia pertrechada con ese equipo tan flamante. Debería haber calculado que podría sacarle un montón de comidas, noches cálidas a placer. Pero no lo pensó, ni una vez. No se explicaba el motivo. Y era posible que le hubiera roto el corazón.

Pero no se iba a obsesionar con eso. De todos modos, tal vez fuera positivo para ella. La ayudaría a comprender que no estaba hecha para hacer una travesía tan larga, para esa vida con un chico como él. Estaba oscuro la noche anterior, así que no le pudo ver las cicatrices. Puede que ya hubiera abandonado el camino, que se hubiera dirigido a un pueblo y llamado a sus padres para que fueran a buscarla.

«¿Vas muy lejos?». Tan lejos como fuera posible y a ninguna parte. Llegaría a Georgia, daría media vuelta y echaría a andar otra vez. Se pasaría la vida entera en el sendero, subiendo y bajando entre el paso de las estaciones y las chicas que iban y venían. ¿A dónde podía ir si no?

El sol no daba tregua. La respiración de Sam se había vuelto dificultosa. Para cuando refrescó al atardecer, estaba mareado. No había ningún campamento cerca, pero, qué más le daba, a él le traían sin cuidado las normas, no era McKenna. Había un pequeño claro ahí mismo perfecto para instalar la tienda. Y había comido de maravilla, no necesitaba cenar.

Todavía no había oscurecido cuando se quedó dormido mirando las sombras de las ramas entrecruzadas sobre su techo de lona verde.

Esa noche, Sam soñó que McKenna estaba en peligro. No sabía qué le pasaba ni conocía el motivo, solo la oía chillar y gritar su nombre. Intentaba llamarla, pero la voz se le ahogaba en la garganta y apenas lograba proferir el más ínfimo de los gritos. No podía llegar a ella, no podía gritar su nombre siquiera, tan solo escuchar su voz. Parecía muy asustada. Nunca antes la había visto aterrada. Ni siquiera cuando aquellos tipos la acosaron. Debía de ser algo grave. Intentó levantar los brazos, abrirse camino hacia ella, pero estaba paralizado.

Abrió los ojos a la negrura. Estaba empapado en sudor, todavía más que por la mañana, cuando caminaba cuesta arriba con ese calor insufrible. Notó un hormigueo en la piel, el que te asalta durante el instante difuso entre la pesadilla y la conciencia de que estás a salvo. Pero ¿estaba a salvo McKenna? Sam negó con la cabeza a la vez que se recordaba que las premoniciones no son reales. Al mismo tiempo, el hormigueo incómodo no cesaba. No podía sacudírselo de encima.

¿Por qué se había marchado y la había abandonado sin más? ¿Era gilipollas o qué?

Desmontó la tienda y lo guardó todo en la oscuridad, lamentando no tener una de esas linternas frontales que llevaba la gente, como la de McKenna. Al cabo de un rato, cuando se cargó la mochila, sus ojos se habían acostumbrado a la escasez de luz lo suficiente como para encontrar el sendero y poner rumbo al norte. Era imposible que McKenna lo hubiera adelantado el día anterior. En cualquier momento llegaría a un agradable campamento legal y vería su tienda. Puede que la despertase. Tal vez se limitase a descorrer la cremallera y asomarse para tener la seguridad de que estaba sana y salva. Si no lo hacía, nunca más sería capaz de dormir.

McKenna se encontraba en realidad más al sur que Sam. Tan solo un par de kilómetros por delante; le habría gustado llegar más lejos, pero sabía lo que implicaría tener que caminar en la oscuridad para llegar al siguiente campamento. Y, a diferencia de Sam, no quería erosionar el camino plantando la tienda en cualquier parte. Durante el día había avanzado a un paso endiablado con la intención de adelantarlo sin pronunciar palabra. Y lo había conseguido, desde luego que sí, pero no de un modo tan satisfactorio como tenía planeado, ni por asomo. Llevaba toda la jornada imaginando que lo dejaba atrás en silencio. O quizá eso la pusiera en evidencia, porque dejaría entrever hasta qué punto estaba dolida. Puede que le dijera «hola» con indiferencia antes de adelantarlo.

Naturalmente, Sam ni siquiera la vio cuando McKenna dejó atrás la triste tiendecita de campaña, que le ofrecería cero protección en caso de lluvia. La chica se preguntó si habría comido siquiera.

Y volvió a preguntarse lo mismo al día siguiente, cuando preparó copos de avena instantáneos en su hornillo. Removiendo el contenido de la olla más rato del necesario, se negó a pensar que básicamente dos chicos se las habían ingeniado para romper con ella cuando ni siquiera vivía en la civilización. Le costó más esfuerzo del que le habría gustado ahuyentar los dos rostros —el de Brendan y el de Sam—

de su mente. El primer nombre le lastimaba el ego. El segundo, en fin. El dolor que le estrujaba la boca del estómago desaparecería antes o después. No significaba nada. Apenas lo conocía.

Solo tenía que seguir andando.

Había un par de grupos acampados en las instalaciones. Uno era una pareja de mediana edad, senderistas de largo recorrido con rumbo a Maine que se pusieron en marcha antes de que McKenna saliera de la tienda por la mañana. Los otros campistas eran un padre y su hijo de diez años, ya de camino al mundo real a tiempo para volver al trabajo y al colegio. Se despidieron de McKenna mientras ella empezaba a arrastrar el saco de dormir y el resto del equipo al exterior. Tenía prisa por iniciar la marcha antes de que Sam apareciese. Le habría gustado partir al mismo tiempo que los senderistas que se dirigían al norte, pero estaba agotada tras el esfuerzo del día anterior. Cuando se arrodilló para recoger sus cosas, los músculos le zumbaron y protestaron al acusar la rigidez de las agujetas. Había llovido mucho desde aquel masaje en Andover.

—McKenna —dijo una voz que conocía bien, aunque el tono era nuevo. La había llamado por un nombre que nunca había usado, ni una sola vez desde que cruzaran la mirada el primer día.

Se levantó, todavía con la tienda desmontada a sus pies. Sam caminó hacia ella como si en lugar de haberla abandonado por voluntad propia la hubieran secuestrado unos piratas y él hubiera pasado las últimas veinticuatro horas abriéndose paso a golpe de espada para llegar hasta ella. Tiró la mochila al suelo y la abrazó con tanta fuerza que a McKenna le crujió la espalda. Mientras lo hacía, pronunció unas palabras ahogadas contra su hombro.

—¿Qué? —preguntó McKenna.

—Nada. Es que me alegro de verte. Llevo toda la noche buscándote. Al principio he puesto rumbo al norte, pensando que estarías más atrás. Pero al no encontrarte he supuesto que me había equivocado y he dado media vuelta.

—¿Te has vuelto loco?

—No. Es que he soñado que estabas herida.

—¿Has soñado?

—Sí. Me llamabas y estabas en apuros, pero no te veía, y cuando intentaba llamarte, no me salía la voz. ¿Alguna vez has tenido sueños parecidos?

McKenna lo miró fijamente mientras luchaba contra el impulso de poner los brazos en jarras, un gesto que le habría dado el aspecto de una maestra regañando a un niño.

—Sí —dijo haciendo esfuerzos por no alzar la voz. No quería parecer enfadada; o peor, eufórica y aliviada de que hubiera vuelto—. He tenido sueños parecidos en los que intentaba hablar o gritar y no podía. Pero ¿sabes lo que no he hecho nunca?

Sam la miró. Estaba pálido. Tenía zarzas en el pelo, porque el muy idiota había abandonado el sendero otra vez, y llevaba las piernas y los brazos cubiertos de arañazos y contusiones que se convertirían en moretones antes de que acabara el día. Puede que temblara una pizca. Pero McKenna siguió hablando de todos modos.

—Nunca me he liado con alguien, alguien a quien consideraba mi amigo, y luego he desaparecido sin decir una palabra y sin dejar rastro ni nada de nada.

Él le sostuvo la mirada con esos ojos sobrecogedoramente azules a la luz desvaída de la mañana. En alguna parte, no lejos de allí, estalló un trueno. Sam desplazó el peso a la otra pierna. Los ojos de McKenna descendieron automáticamente y descubrió que tenía la rodilla magullada y un poco hinchada. No pudo evitarlo. Se arrodilló delante de él para examinar la herida. Seguramente se había resbalado con esas viejas zapatillas.

—Tengo una bolsa de hielo —le dijo—. Te vendrá bien.

—Gracias.

McKenna rebuscó en su botiquín una de sus bolsas de hielo instantáneo y la rompió. Sam se sentó en el suelo. Cuando el frío traspasó el plástico, presionó la compresa contra la rodilla.

—Lo siento —dijo como si la conversación no se hubiera interrumpido—. No sé por qué me marché.

—No sabes por qué.

—Desperté y tú todavía dormías. Notaba el aroma de tu pelo. Lo primero que pensé fue que nunca quería separarme de ti. Y lo segundo fue: tengo que salir de aquí.

Ella lo miró con atención, todavía agachada donde se había arrodillado para aplicarle la bolsa de hielo. Nadie, en toda su vida, le había dicho nada tan romántico ni tan confuso.

—Sujeta esto —ordenó—. No lo sueltes o ya no servirá.

Ya que tenía el botiquín a mano, bien podía echar un vistazo al resto de sus heridas. Limpió los arañazos con toallitas antisépticas, aplicó pomada antibiótica y protegió con tiritas los cortes más grandes. Sam se dejó hacer mientras ella llevaba a cabo la cura. McKenna notaba que la estaba mirando. Otro trueno restalló en el cielo, este más próximo.

—¿Tienes hambre? —le preguntó McKenna sin mirarlo.

—Lo que estoy es muy cansado —dijo Sam con voz ronca—. Agotado.

Ella se levantó y se encaminó a la tienda para volver a plantarla, esta vez añadiendo el sobretecho. Él se tambaleó hacia la entrada. McKenna cogió su mochila para introducirla en la tienda también. Cuando Sam se tendió sobre el saco de ella, McKenna se acomodó a su lado. Era un buen saco, un Kelty, que conservaba el calor hasta los cero grados e incluso por debajo. Él se incorporó un momento para despojarse de la camiseta antes de volver a tumbarse. El trueno restalló de nuevo, más cerca, y con él llegó una tromba de agua que bombardeó el techo. La lluvia creó sombras móviles en el interior de la tienda, que rápidamente se llenó de sus dos alientos combinados. Sam no miraba a McKenna, sino la lluvia, y ella tardó un ratito en caer en la cuenta de que quitarse la camiseta era también una especie de confesión.

La noche anterior reinaba la oscuridad y fue ella la que se desvistió —todo empezó con su propia desnudez, no la de él—, de modo que no había visto las cicatrices debajo de la clavícula, en el pecho y en la parte superior de los brazos. Pequeñas, redondas y profundas.

Deslizó el dedo de una a otra hasta posárselo en la clavícula, donde estaba la única cicatriz que sería visible si llevara la camiseta puesta.

—Debería haberme fijado en esta —dijo con una voz apenas audible por encima del golpeteo de la lluvia.

Sam no despegó los ojos del techo de la tienda cuando rodeó la mano de McKenna con la suya y se la llevó a los labios. A continuación se la acercó al pecho, presionándola ligeramente.

—Esa es la última —explicó él—. Mi padre me las hizo con cigarrillos.

Un escalofrío la recorrió, tan intenso que le entraron ganas de alargar la mano hacia la mochila para extraer el forro polar. Todos los reproches absurdos que les hacía a sus padres, como que su padre ya no tuviera tiempo para salir de caminata con ella, se esfumaron en el denso aire.

—Tenías razón —dijo Sam—. No empecé la travesía en Georgia. Caminé desde Virginia Occidental. Un día me harté de mi padre. No podía soportarlo más y tuve que marcharme. Me lie la manta a la cabeza y eché a andar hacia el norte, hacia el hogar de mi hermano en Maine. Pero cuando llegué..., no pude quedarme. La escena que encontré... se parecía demasiado a mi casa.

—No hace falta que me lo cuentes —intervino McKenna.

Sam asintió. Ella tuvo la sensación de que le agradecía esa interrupción en el relato. Pero al momento dijo:

—¿Sabes lo que sí quiero contarte?

Ella negó con la cabeza. Sam seguía sin mirarla. Sin embargo, le acarició el dorso de la mano con el pulgar para hacerle saber que había percibido el movimiento en su sombra, tras la cual corrían riachuelos de lluvia.

—Quiero contarte que pasé muchos meses fuera. Me marché sin teléfono y nunca envié una postal. No me puse en contacto con nadie. No volví al colegio. Tenía una novia que se llamaba Starla. Y estaba en el equipo de fútbol, Mack, en eso tenías razón. Tenía, o sea, creía tener una vida. ¿Sabes?

Una vez más McKenna asintió.

—Pero cuando llegué a casa de mi hermano, ni siquiera sabía que yo había desaparecido. Nadie le había avisado. No me estaban buscando.

En el exterior, una ráfaga de viento se unió a la turbulencia. Las paredes de la tienda temblaron. McKenna se inclinó hacia él y le besó la frente.

—Yo te buscaría —dijo.

Él cerró los ojos. Ella le acarició el rostro antes de tenderse a su lado y apoyar la cabeza en su pecho. Al momento olvidó su promesa de no acampar dos veces en el mismo sitio, de los kilómetros que le quedaban por recorrer; se olvidó del mundo entero, salvo de esos pocos metros cúbicos poblados de sombras y el sonido de la lluvia, y el brazo de Sam en torno a su cuerpo.

«Nunca quise separarme de ti».

Algo floreció en su pecho. Igual que algunos momentos permanecen contigo para siempre, McKenna supo que, durante el resto de su vida, relacionaría el sonido de la lluvia sobre el toldo de una tienda con enamorarse. La nueva magnitud del sentimiento la invadió como adrenalina. La persona en la que se convirtió en aquella tienda surcada de sombras era alguien que nadie en el mundo —nadie, excepto Sam— había visto nunca.

Capítulo 13

Se quedaron así durante buena parte del día, resguardados de la lluvia. En cierto momento, McKenna abrió la mochila y dieron cuenta de la comida deshidratada que le quedaba: barritas energéticas y orejones. No se besaron, apenas hablaron; únicamente se abrazaron y escucharon el sonido del aguacero.

Al día siguiente, cuando despertó sola, a McKenna le dio un vuelco el corazón.

—Buenos días, Mack —la saludó Sam al verla salir a rastras de la tienda.

Había dejado de llover, pero los restos del chaparrón y el rocío goteaban por todas partes. El aire era pura humedad al respirar y todo desprendía un tufo a mantillo. Sam había encendido una hoguera; en ese momento crepitaba acogedora contra el helor otoñal que se había colado en el ambiente. Había una sartén en precario equilibrio sobre las brasas y él removía el contenido con un palo.

—¿Qué es? —quiso saber McKenna.

—El desayuno.

Retiró la sartén del fuego. Contenía setas y trucha de río frita en la grasa del pescado. McKenna se sentó junto a Sam y él se inclinó para besarla. Devoraron las setas y la trucha con los dedos. Durante un segundo, McKenna pensó en preguntarle dónde había aprendido a reconocer las setas comestibles y si tenía la seguridad de que no eran venenosas, pero decidió confiar en él sin darle más vueltas.

Se sentaron tan cerca que los codos de ambos chocaban cada vez que se movían. McKenna se sintió embargada por ese sentimiento especial que experimentaba en presencia de Sam, algo que no sabía nombrar. Era en parte felicidad y en parte emoción; como si, a pesar de la humedad que empañaba el día, todo fuera más claro, más nítido. Se sentía viva, tanto que ni la seta más venenosa del mundo podría acabar con ella.

Fue la comida más deliciosa que se había llevado a la boca desde que empezó el camino; tal vez la mejor de toda su vida.

—¿Quieres saber cómo vive la otra mitad aquí fuera? —le preguntó Sam.

McKenna caminaba sonriendo cuando dejaron atrás el sendero y enfilaron hacia la carretera. Había sentido tanta curiosidad por saber cómo se las arreglaba Sam para sobrevivir que la emocionaba poder echar un vistazo desde dentro.

Desde que había empezado el camino, nunca dejaba de sorprenderle que pudieras estar en plena naturaleza, rodeada únicamente de tierra y árboles, y de sopetón hubiera un túnel debajo de una carretera muy concurrida y fueras a parar a una granja que parecía sacada de otro país o época, con sus viejos muros de piedra y sus vacas pastando.

Sam guio a McKenna por un prado de ovejas y a continuación por una carretera rural, hasta que llegaron a un campo de manzanos. En la parte delantera había una tiendecita en la que vendían queso cheddar y una tarta de manzana en porciones, recién horneada, que olía de maravilla, pero Sam le dijo que no tenía permitido comprar nada.

La mujer que atendía el mostrador se acordó de él en cuanto lo vio.

—Claro —respondió a la oferta de Sam, y les tendió un cubo a cada uno—. Las escaleras están ahí fuera. Ya sabes cómo funciona.

Dejaron las mochilas en la trastienda y pasaron el día recogiendo manzanas. Trepaban a los árboles y llenaban cubos y más cubos que vaciaban en un gran contenedor.

—¿Todo bien por ahí? —gritaba Sam cada vez que las hojas ocultaban a McKenna.

—Sí —respondía ella a gritos en todas las ocasiones—. Muy bien.

Al final del día, la mujer les pagó veinte pavos por cabeza, además de un cubo de manzanas, una buena porción de queso y una humeante porción de tarta.

—¿Cómo vamos a cargar todas estas manzanas mientras vamos caminando? —le preguntó McKenna a Sam cuando recuperaron las mochilas.

El chico le tendió unas cuantas.

—Guárdate estas —le dijo a la vez que introducía otras tantas en su propia mochila. Llevaron el cubo al camino y anduvieron un breve trecho hasta un refugio en el que los senderistas preparaban la cena e instalaban las tiendas mientras se preparaban para pasar la noche. Vendieron las manzanas a cincuenta céntimos la unidad.

—Ahora tenemos suficiente dinero para comer, ducharnos y hacer la colada —le explicó Sam mientras montaban la tienda. Había demasiada gente en el campamento como para plantearse encender una hoguera; en vez de eso, cocinaron fideos instantáneos en el hornillo de McKenna y comieron en una mesa de pícnic. Ella estaba destrozada, aunque se trataba de un cansancio distinto al que le provocaba caminar. También estaba admirada.

—Nunca se me habría ocurrido hacer eso —le dijo—. Es alucinante lo bien que te las arreglas en el camino.

—Tú sí que eres alucinante —le dijo Sam.

McKenna lo miró con atención a la luz menguante del atardecer.

—Es fácil ser alucinante cuando tienes gente dispuesta a sostenerte en caso de que las cosas se tuerzan, ¿sabes?

Sam ladeó la cabeza.

—Bueno, supongo que es fácil ser alucinante cuando no tienes más remedio. Y nada que perder.

Ella asintió como si le diera la razón, pero dijo:

—No sé si «fácil» es la palabra más adecuada.

—¿Alguna vez habías trabajado? —le preguntó Sam.

—Ejem. He trabajado toda mi vida. Bueno, estos últimos años, al menos. Sirviendo mesas. Así he pagado el equipo de acampada.

—¿Sí?

—Sí. No pongas esa cara de sorpresa. ¿Alguna vez has trabajado de camarero?

—No, señora.

—Pues deberías probarlo. Es una manera estupenda de ganar dinero. Sobre todo lo sería en tu caso.

—¿Por qué sobre todo en mi caso?

Parecía enfadado y McKenna temió que volviera a ponerse a la defensiva. Titubeó, tratando de adivinar lo que Sam había interpretado, cuando solo había querido decir que era un chico muy guapo, así que se sacaría un dineral en propinas. Pero se sentía insegura y vulnerable comentando algo así.

—Es que, pensaba que… les gustas a las mujeres. Y ya sabes. Te darían buenas propinas.

Las defensas cayeron. Sam se rio.

—Ven aquí —le dijo.

A diferencia de la noche anterior, en la que tuvieron todo el campamento para ellos solos, aquello estaba atestado. En la oscuridad creciente se escuchaba el murmullo de las conversaciones, una carcajada en una parcela, una madre regañando a sus hijos en otra. McKenna se desplazó por el banco para acercarse a él y Sam la rodeó con el brazo y la besó por primera vez desde la mañana. Notó el sabor a canela de sus labios, el aroma de la fogata en el jersey. Era un suéter grueso de pescador, grasiento de lanolina.

—¿Es lo más abrigado que tienes? —le preguntó tocándole el cuello de la prenda.

—No te preocupes —respondió él—. Ahora te tengo a ti para abrigarme. ¿Verdad?

Ella lo besó pasándole los brazos por la cintura, sin importarle que los demás campistas los vieran. Pasados unos minutos, la oscuridad se instaló y en el cobijo de la noche ella se acurrucó más y más cerca. Hasta que Sam le posó las manos en los hombros y la apartó con decisión. McKenna no se había dado cuenta de que estaba jadeando hasta que respiró una bocanada de aire frío.

—¿Lista para irte a la cama? —preguntó él.

Fue la primera en entrar en la tienda mientras él recogía el equipo. A lo lejos, los coyotes ladraban y aullaban. Cuando Sam se arrastró al interior, ella estaba tendida sobre el saco, todavía enfundada en el forro polar y los pantalones de chándal. Por alguna razón, esperaba que Sam procediera despacio, con timidez. Pero no lo hizo. Cerró la entrada de la tienda y gateó hasta colocarse directamente encima de ella. Su peso casi la dejó sin aire. Antes de que pudiera respirar, tenía los labios de Sam sobre su boca.

Durante un efímero instante, McKenna pensó en las otras chicas que habían estado en ese mismo lugar; debajo de Sam, con los labios pegados a los suyos. Notaba que tenía experiencia en su manera de sostenerla. Al mismo tiempo, McKenna estaba segura de que había algo más en sus movimientos y en su forma de abrazarla que le pertenecía únicamente a ella.

En el exterior de la tienda, la actividad de sus compañeros de campamento iba decayendo y ya no quedaba nada, salvo conversaciones amortiguadas. Sam y McKenna se besaron vestidos de pies a cabeza hasta que se extinguió el último ruido. Ya ni siquiera se oía el canto de los grillos.

Y entonces empezaron a desprenderse de la ropa. No fue necesario hablar. McKenna tenía la sensación de que, desde que Sam había reaparecido el día anterior por la mañana, el tiempo había sufrido algún tipo de reorganización extraña que lo tornaba imposible de medir. Así que no habría podido calcular cuánto rato había pasado antes de que desaparecieran las camisetas y el sujetador. Sam la aferró contra su pecho desnudo, ambos conscientes de que no debían hacer demasiado ruido, capturando el aliento del otro mientras se besaban sin cesar.

Fue McKenna la que por fin se despojó de los pantalones del chándal y buscó la cintura de los vaqueros de Sam para desabotonarla entre tirones. Él se incorporó sobre un codo y le tomó la mano para frenarla.

—Eh —le dijo. Estaba oscuro en la tienda, pero McKenna se sentía como si todo su cuerpo resplandeciera, expuesto y visible, y reprimió un aleteo de pánico. Sam le acarició con un dedo la piel del hombro al ombligo antes de preguntar—: ¿Has hecho esto antes?

—¿Tan obvio es?

—No es obvio. Es tierno. Es bonito. —Le besó la frente—. Escucha. No tienes que hacerlo. Nada más. Esto es fabuloso. Está bien.

—Pero ¿y si quiero hacerlo?

Él guardó silencio un instante. Acto seguido, su mano recorrió el mismo trayecto que antes, de abajo hacia el hombro, esta vez deteniéndose un momento en los pechos.

—Entonces lo haremos —respondió—. Si tú quieres.

McKenna guardó silencio un momento mientras él se apartaba para abrir la mochila y buscar algo en el interior. Oyó el crujido de un envoltorio y el rasgado a continuación. Increíble, pensó. Ella ni siquiera había pensado en la protección.

—Eh —le dijo. Sostuvo la cara de Sam entre las manos—. Me parece que es la primera vez que estás más preparado que yo.

Él sonrió. McKenna inspiró hondo y cerró los ojos. Todo el mundo le había dicho que el momento sería doloroso. Pero no le dolió, ni por asomo. Fue una exaltación de todos sus sentidos: el esfuerzo de permanecer callada mientras el aliento de Sam inundaba sus oídos; los olores que se instalaban entre los dos; la emoción creciente y la sensación de movimiento, juntos. De todas las cosas que había imaginado sentir, nada la había preparado para esa clase de felicidad.

Durante varios días les hizo un tiempo ideal, de ese que solo se disfruta en otoño. Caminaban hacia el sur, en sentido contrario al frío, y los días eran secos y maravillosos. McKenna tenía muy presente que nunca habían mencionado hasta dónde seguirían juntos ni lo que harían después.

En las horas diurnas se dejaban llevar por la cadencia del camino, avanzando al mismo ritmo y compartiendo recursos. A veces compraban provisiones con la tarjeta de crédito de McKenna, otras recolectaban o trabajaban durante una jornada. Cierto día, en un restaurante inesperadamente lleno a rebosar, se ofrecieron a servir las mesas a cambio de propinas y una comida.

—¿Qué te decía yo? —dijo McKenna mientras contaba lo que habían ganado en propinas al terminar. La avalancha de comensales, principalmente mujeres, le había dado a Sam casi el doble que a McKenna, aunque él se había confundido con casi todos los pedidos.

Por la noche se apretujaban en la exigua tienda. Pensar en la intimidad que iban a compartir avivaba el paso de McKenna durante el día. Recorrían tramos de veinticinco kilómetros, luego más de treinta. En apenas tres semanas, dejaron atrás cuatro estados: Nueva York, Nueva Jersey, Pensilvania y Maryland. Competían entre sí para identificar el canto de los pájaros (al principio, siempre ganaba McKenna, pero a la altura de Maryland Sam había mejorado tanto que ya estaban más igualados). Al llegar la noche se acurrucaban juntos. Sam contaba historias de fantasmas o McKenna leía en voz alta enfocando con la linterna frontal la página del libro, a veces alguno que ya había leído y otras uno nuevo.

En una caja de material de regalo cambió una novela por una colección de relatos llamada *El hielo en el fin del mundo*. Eran relatos extraños, escritos con un estilo especial, y una vez que lo terminó, supo que lo conservaría el resto del viaje. Había uno titulado «Su cuento favorito» sobre un hombre que lleva a su amada moribunda en canoa hacia la civilización para que la viera un médico y, mientras tanto, le contaba su relato favorito sobre el capitán John Smith, al que llegaron a cavarle la tumba después de que lo picara una raya y «dejaron un hoyo enorme en el suelo». John Smith vivió para sorpresa de todos. Pero la mujer del relato moría. La primera vez que McKenna lo leyó, le temblaba la voz por culpa de las lágrimas.

—Eso haría yo —le dijo Sam rodeándola con los brazos, con fuerza—. Remaría para ponerte a salvo. Te llevaría por el río. Pero no te dejaría morir.

McKenna dejó el libro en el suelo y lo besó. La linterna frontal deslumbró a Sam, que la apagó y volvió a besarla.

Ella nunca se había sentido tan desconectada del mundo, de su realidad habitual. La única vez que lamentó haber machacado el teléfono fue cuando quiso hacer una foto. Cruzaban un puente sobre el río Potomac hacia Virginia Occidental —acercándose al ecuador del viaje— cuando se encontraron con otra pareja más o menos de su edad que caminaba en sentido contrario.

—¿Nos podéis hacer una foto? —preguntó la chica a la vez que le tendía el teléfono a McKenna. El río, ancho y hermoso, discurría a su espalda. El rostro de la joven resplandecía de amor y McKenna se identificó al instante con ella.

—¿Y tú nos puedes sacar una a nosotros y enviárnosla por correo electrónico? —le preguntó McKenna cuando le devolvió el móvil—. Es que no me he traído el teléfono.

Sam la rodeó con el brazo. Una brisa se levantó en ese mismo instante y revolvió el pelo de McKenna, que lo llevaba suelto casi por primera vez desde que había comenzado el camino. La noche anterior habían acampado en el Greenbrier State Park y se habían duchado. A continuación, hicieron una parada en Boonsboro, donde McKenna compró camisetas para los dos en la librería Turn the Page. Debía de ser lo más cursi que había hecho jamás: la suya era rosa; la de Sam, azul, y llevaban una inscripción en la espalda: UNA CASA SIN LIBROS ES COMO UNA HABITACIÓN SIN VENTANAS. Se había desprendido de su vieja camiseta de Johnny Cash, tan desvaída que ya no se sabía de qué color era y que tenía manchas de sudor permanentes por toda la espalda. Ni siquiera se había molestado en guardarla en la caja de material de regalo, sino que la había tirado a la basura al salir de la librería. En cambio, la faldita pantalón Patagonia aguantaba de maravilla y se sentía guapa llevándola puesta, aunque sabía que Sam sería la estrella de la fotografía, con esos ojos azules que resaltaban aún más por su piel bronceada y el pelo surcado de reflejos dorados que rivalizaban con las hojas que temblaban en los árboles.

A saber cuándo llegaría a algún sitio donde pudiera echar un vistazo al correo electrónico. Pero cuando lo hiciera, la estaría esperando su fotografía con Sam, fuerte y dorado, para demostrar que ese tramo del camino —ese idilio— había sido algo más que un sueño.

Para Sam, los seis kilómetros y medio que llevaban después de esa foto en el puente habían sido los más largos de su vida. Virginia Occidental. La última vez, rumbo al norte, sucedió al revés. Los había recorrido con una determinación febril para salir de allí cuando antes y ¿qué le importaba a dónde acabase? McKenna quería parar al llegar a Harpers Ferry, pero Sam replicó lacónico:

—Esperemos a llegar a Virginia.

No le preocupaba coincidir con su padre, que no tenía por costumbre salir de excursión los fines de semana, precisamente. En realidad, no sabía definir el problema. Ese periodo de tiempo con McKenna, caminar juntos, se le había antojado una especie de destino en sí mismo. Tal vez entrar en Virginia Occidental le recordase que, al finalizar los tres mil quinientos kilómetros del sendero, acabaría exactamente donde había empezado.

—Mira —dijo McKenna. Alargó la mano para tocarle el codo. De mala gana, Sam siguió la trayectoria de su mirada. Solo tenían un kilómetro y medio por recorrer antes de llegar a la frontera del estado. Lo último que le apetecía era parar.

—¿Qué? —preguntó posando la vista en las zarzas que ella señalaba. No vio nada fuera de lo normal.

—¿No lo ves? Me parece que es un perro.

Tiró la mochila al suelo y Sam puso los ojos en blanco.

—Venga, Mack —le dijo—. Solo nos queda un kilómetro y medio en Virginia Occidental, acabemos de una vez.

—Nos queda mucho más —replicó ella, refiriéndose al trecho que tenían pensado recorrer ese día. Sam no le había dicho nada sobre el hormigueo que llevaba dentro. Era sorprendente que McKenna no se hubiera dado cuenta. En ocasiones se le olvidaba lo que la gente siempre le decía: era difícil saber lo que estaba pensando.

—Hola —le dijo McKenna al animal. Se arrodilló y tendió la mano—. Ven aquí.

El perro, un sabueso escuálido y famélico, acudió a su encuentro en el camino. Sam supuso que se trataba de un *treeing walker coonhound*. Abundaban por allí los vagabundos de esa raza, perros de caza abandonados. La gente los adoptaba para la temporada y luego los perdía adrede el último día de caza. Este avanzaba con la barriga pegada al suelo según se acercaba a McKenna, que se volvió hacia la mochila con delicadeza. Al sonido de la cremallera el perro se asustó y retrocedió. McKenna rebuscó por el interior y abrió la bolsa estanca.

—No irás a darle comida —protestó Sam.

—¿Por qué no?

Extrajo un trozo de cecina. El perro se abalanzó sobre ella, le arrancó la carne de la mano y corrió hacia el bosque.

—Porque ahora nos seguirá hasta Georgia —dijo Sam.

McKenna se encogió de hombros y volvió a cargarse la mochila a la espalda. A esas alturas se le daba de maravilla. La izaba como si no pesara nada, la desplazaba a un lado y luego se incorporaba igual que si el enorme fardo lleno a rebosar fuera una parte de sí misma. Sonrió frunciendo la nariz pecosa y lo miró con esos ojos azules y radiantes. Sam pensó que parecía una de esas fotografías que vienen con el marco. Tenía el aspecto que supuestamente deben tener las chicas, encantador y saludable. Debería tener un labrador amarillo o un *golden retriever*, no un vagabundo famélico que nadie quería.

—Cuando te contagie las pulgas, no digas que no te avisé.

—No lo diré —prometió McKenna, y echaron a andar. El sendero era lo bastante ancho en ese tramo para que caminasen uno al lado del otro cogidos de la mano.

Sam tardó más de lo que esperaban en quitarse de encima los fantasmas de su estado natal. Como las clases ya habían empezado oficialmente, tenían el sendero para ellos solos los días laborables y a menudo los fines de semana también. Más que nunca perdían la noción del tiempo y se sentían incapaces de adivinar la hora, pero, al final, McKenna se dio por vencida y compró un reloj de pulsera en Bearwallow Gap porque tenían que calcular los treinta minutos que tardaban los comprimidos de yodo en depurar el agua.

Llegaron al refugio Sarver Hollow de Virginia, que se encontraba a casi quinientos kilómetros del punto donde habían visto el perro. El sol casi se había ocultado del todo y la niebla cubría la noche. Sam le contó a McKenna que había acampado allí siendo un niño con su tropa.

—¿Eras *boy scout*? —le preguntó ella.

—Claro. No pensarás que aprendí todas esas técnicas de supervivencia por mi cuenta, ¿no? Ven, te enseñaré el cementerio.

Bajaron por una pendiente escarpada hacia el paraje en el que, por lo que Sam recordaba, todavía se erguía la chimenea de la vieja casa Sarver.

—El jefe de la tropa nos contó la historia —le dijo Sam—. Un tal Henry construyó aquí una cabaña, vivió de lo que cultivaba durante cosa de setenta años, desde la guerra de Secesión hasta la Gran Depresión, y entonces un día se marchó por razones que nadie conoce.

Sam condujo a McKenna a través de los bosques hacia el pequeño y ruinoso cementerio. Casi todas las lápidas estaban agrietadas y desgastadas por el tiempo, pero McKenna se arrodilló delante de la losa de Mary Sarver, que todavía era legible.

—Mira, 1900 a 1909 —observó—. Qué triste. Ojalá pudiera hacer un *frottage* de la lápida. Mi amiga Courtney y yo los hacíamos en el viejo cementerio de la guerra de la Independencia, en Norwich.

—Por aquí ronda un fantasma —le contó Sam—. Se oyen sus pasos por la noche y a veces aparece en las fotos.

—Ojalá tuviera la cámara —suspiró McKenna por enésima vez.

—Cuando acampamos aquí, el fantasma zarandeó a un niño en mitad de la noche. Se despertó gritando.

—Cállate —dijo ella entre risas. Se levantó y se sacudió la tierra de los pantalones cortos.

—Va en serio —insistió Sam—. Fue el fantasma. George.

—¿No decías que el tío ese se llamaba Henry?

—Ese era el dueño de la finca. El fantasma se llama George.

—Hum. Puede que Henry se marchara por eso. Porque George lo asustó.

Había oscurecido cuando llegaron de nuevo al refugio. No se molestaron en cocinar, sino que comieron las últimas provisiones secas; había una tienda en Sinking Creek donde podrían reabastecerse al día siguiente. En algún momento de la noche, mientras dormían como troncos sobre la tarima con los músculos doloridos y acurrucados juntos, ambos se incorporaron al mismo tiempo. Procedente del exterior acababa de dejarse oír un gemido infinitamente triste y penetrante. Fue tan alto que resonó por todo el refugio. Hizo traquetear los huesos de Sam.

—No me lo puedo creer —dijo McKenna—. Es George.

—Iré a mirar —decidió él.

—¿Y dejarme aquí sola? ¿Se te ha ido la olla?

—No sé si lo recuerdas —alegó Sam—, pero ese era tu plan original. Estar sola.

—Sí, pero en ese caso seguramente no habría acampado en un cementerio embrujado.

McKenna se encasquetó la linterna frontal y se levantaron para escudriñar la noche. La luna llena brillaba tanto que el tenue haz de la linterna servía de bien poco. Delante del refugio, bajo la enorme luna, estaba sentado el sabueso que se habían encontrado en Virginia Occidental. Debía de haberlos seguido durante los últimos quinientos kilómetros.

—Mierda —dijo Sam—. ¿Lo ves? Te lo dije.

McKenna se rio a carcajadas. Se arrodilló y se tocó las rodillas.

—Ven aquí.

El perro dejó de aullar y se acurrucó asustado. Luego se levantó, inmóvil, salvo por el meneo de la breve cola, con la mirada clavada en ella. Cualquiera pensaría que Sam no existía.

—Si estás pensando en acariciarlo, olvídalo. Nunca te lo permitirá —declaró Sam.

—¿Te apuestas algo?

—Pues mira, no.

La rodeó con el brazo y regresaron juntos al refugio. A pesar de las protestas de Sam, McKenna dejó un montón de cecina en el exterior para el perro. Luego intentaron dormir lo que quedaba de noche. Tenían un largo trecho por recorrer al día siguiente.

Capítulo 14

Mil seiscientos kilómetros al norte, en Abelard, estado de Connecticut, la madre de McKenna, Quinn Burney, rasgaba el sobre que contenía un extracto bancario. Por lo general, se limitaba a dejarlos intactos en la caja de anticuario que usaban para guardar facturas. Sin embargo, desde que McKenna se había marchado a recorrer el Sendero de los Apalaches, las anotaciones de la tarjeta de crédito ofrecían el radar más seguro para seguir sus pasos. Los mensajes que Courtney le enviaba eran breves e imprecisos. No le recordaban a McKenna y con frecuencia tenía que luchar contra el impulso de llamarla para oír su voz. Era importante respetar sus deseos, darle su espacio. Así que, cuando llegaban los extractos —un pequeño mapa de los lugares en los que McKenna había comprado algo, cuánto había gastado—, los leía como si fueran la crónica de las aventuras de su hija.

Los últimos cargos procedían de Tennessee. ¡De Tennessee! En su vida como madre había habido momentos en que sus hijas habían hecho cosas tan diferentes a las que ella hacía, veían las cosas de manera tan distinta a ella que solo podía pensar: «Pero ¿tú de dónde has salido?».

Era increíble. McKenna había llegado mucho más lejos de lo que Jerry había augurado. Mucho más lejos que el propio Jerry en su famosa travesía estival. Aunque lo dejara correr en ese mismo instante, aunque no llegara al final del camino, igualmente sería una proeza mayor, tanto mental como física, que cualquier cosa que Quinn hubiera hecho jamás, incluido seguramente dar a luz.

Pasó junto al pequeño colgador de pared del que aún pendía la correa de Buddy y sintió una punzada de pena. Casi se alegraba de no poder decirle a McKenna que el perro había muerto. Tenía bastante con la tristeza de Lucy —y de Jerry y la suya— de momento.

Pasado un rato, de camino a la universidad, redujo la marcha para pasar por el centro comercial Whitworth, atraída por el nuevo local de sándwiches para gourmets. Llegaría tarde a las horas de despacho que tenía en la universidad, pero a principios de semestre los alumnos apenas lo frecuentaban de todos modos.

La puerta se abrió con un tintineo. Era la única clienta, salvo dos adolescentes que hacían manitas junto a la ventana. El chico llevaba unas greñas oscuras que se le rizaban por la zona de la nuca. Quinn volvió a mirarlos. La chica se parecía muchísimo a Courtney. Redujo el paso y buscó las gafas en su bolso.

Hasta ese momento estaba convencida de que McKenna nunca le había mentido. Su hija era alumna de sobresalientes. Nunca habían tenido que ir a hablar con el director, su habitación siempre estaba ordenada; no le había dado motivos para dudar de ella ni por un instante.

Sin embargo, era Courtney la que estaba allí sentada, en Abelard. Ni siquiera estaba bronceada. Llevaba meses imaginándoselas a las dos caminando codo con codo y dando por supuesto que los extractos de los padres de Courtney mostraban cargos idénticos a los suyos. ¿Por qué diantre no se le había ocurrido llamarlos?

—¿Courtney? —preguntó con inseguridad al llegar a su mesa.

La chica alzó la vista con una expresión inquisitiva en sus grandes ojos marrones que se convirtió al instante en una de terror cuando comprendió a quién tenía delante.

—Ah —dijo. Apartó la mano de los dedos del chico—. Hola, señora Burney.

—Como te puedes imaginar, me he quedado de piedra al verte aquí sentada —continuó, dejando que le temblara la voz para acentuar el efecto melodramático.

—Sí —dijo Courtney—. Me lo imagino.

La vio devanarse los sesos tratando de inventar una excusa. Quinn se apoyó en la mesa, entre los dos adolescentes.

—Courtney —empezó, recurriendo al tono de voz que empleaba con los alumnos que casi habían agotado las oportunidades de aprobar su asignatura—, tienes que contarme de qué va todo esto ahora mismo.

La joven exhaló un suspiro que contenía la más leve insinuación de un gemido. Y luego se lo contó todo.

Como era lo único que podía hacer, la madre de McKenna acudió directamente a la comisaría de policía. Llamó a Jerry mientras iba de camino.

—¿Cómo que está sola? —preguntó su marido.

—Que está haciendo la travesía sola. Nadie la acompaña. Nos ha mentido. Acabo de ver a Courtney en el centro comercial.

—Nos vemos en comisaría —respondió él.

Quinn esperó fuera a su marido y entraron juntos. El policía con el que hablaron era muy joven, apenas mayor que McKenna. Mientras los escuchaba con actitud comprensiva, pero también con cierto aire de guasa, Quinn lamentó no haber pedido hablar con un agente mayor, que tuviera hijos; una hija, a poder ser.

—¿Cuántos años tiene McKenna? —preguntó el policía. Su bolígrafo planeaba sobre un bloc de notas en el que de momento solo había escrito «Tennessee» y «Sendero de los Apalaches».

Jerry respondió al instante:

—Diecisiete.

Quinn, sin embargo, lo corrigió. Unas semanas atrás había reparado en la fecha con emoción.

—No. Tiene dieciocho. Los cumplió el 18 de agosto.

La partida estaba perdida antes de empezar. El agente se encogió de hombros y se disculpó. Arrancó la primera página del cuaderno, la arrugó y la tiró a la papelera. Entendía que estuvieran preocupados, pero McKenna no se podía considerar una persona desaparecida. Sabían lo que estaba haciendo y, más o menos, dónde estaba. Y tenía dieciocho años, así que era mayor de edad. Si quería ir andando a Georgia ella sola —qué narices, si quería ir andando a la luna ella sola—, no podían detenerla.

—Podríamos cortarle el crédito —propuso Jerry cuando salieron de la comisaría—. Eso la obligaría a volver.

Quinn notaba en el gesto crispado de su mandíbula y la palidez de su rostro que su marido estaba furioso. Su propio enfado, en cambio, se había desvanecido y ante todo estaba preocupada. Una chica joven, sola, en mitad de la naturaleza. A saber lo que podía pasarle.

—No —respondió—. No quiero hacer eso.

—Al menos la obligaría a llamar —dijo Jerry—. La primera vez que le rechacen la tarjeta tendrá que buscar un teléfono.

La madre de McKenna imaginó la expresión de su hija. ¿Haber llegado tan lejos ella sola y que la forzaran a regresar a casa? Además, la McKenna que les había mentido, la que había tramado ese inmenso ardid con Courtney, era una a la que no conocían. No tenía nada claro que esa McKenna volviera a casa de buen grado. Y, entonces, ¿qué?

—Al menos, si puede usar la tarjeta, sabemos dónde está. Y sabemos que contará con los recursos que necesite.

Jerry echó mano de su teléfono y empezó a teclear un mensaje con furia.

—¿Qué haces? —le preguntó Quinn.

—Le escribo un mensaje para decirle que estamos al corriente. Por si eso de que se le ha roto el móvil es mentira también.

La madre de McKenna tenía la sensación de que ese detalle era cierto. De no ser así, ¿por qué arriesgarse a que Courtney enviara mensajes falsos? Pero no dijo nada y dejó que Jerry descargara su agresividad en un mensaje largo y mordaz. Mientras lo miraba, viendo esos ojos azules tan parecidos a los de su hija, Quinn tenía que reconocer que además de preocupación sentía admiración. Ella, a los dieciocho, nunca habría sido tan valiente como para recorrer tres mil quinientos kilómetros con una amiga y mucho menos sola. No sería tan valiente como para hacerlo en ese momento, ni nunca.

Habían criado a una chica excepcional, pensó con una mezcla de miedo y orgullo. Ahora solo podía esperar que eso mismo que hacía de ella una persona fuera de lo común la mantuviera a salvo.

Capítulo 15

Sam miraba a McKenna mientras ella le ofrecía una barrita energética al perro vagabundo. El animal ya no se marcharía. Lo último que le apetecía era llevar consigo a un compañero procedente de Virginia Occidental. Tampoco es que el perro hiciera buenas migas con él; el privilegio de acariciarlo estaba reservado a McKenna, que ya había ganado la apuesta. Sam siempre contemplaba el ritual algo apartado mientras ella se agachaba y convencía al perro de que se acercase. El chucho se arrastraba sobre la barriga, cogía la comida y la devoraba. A continuación, agachaba la cabeza, acobardado, como si temiese que, esa vez sí, McKenna lo agarrase para propinarle una paliza con el primer palo que encontrase.

El animal desaparecía en todas las ocasiones y, cada vez que lo hacía, Sam cruzaba los dedos para no volver a verlo. McKenna se alegraba siempre de su regreso tanto como él de su partida. Ese día Sam se quedó quieto mientras esperaba a que el triste festival de amor llegara a su fin. Seguro que el perro tenía motivos para desconfiar de los seres humanos; probablemente, lo habían golpeado con un palo, como sugería su actitud, y cosas peores. Y quienquiera que hubiera abusado de él en el pasado no sería una mujer, eso lo tenía claro.

El perro se tendió en el suelo y le mostró la barriga a McKenna para que se la rascase. A saber la cantidad de pulgas y garrapatas que llevaba encima, pero ella no se reprimía y le frotaba la tripa como si se lo acabaran de regalar por Navidad. Lo había llamado Hank por Henry David Thoreau, al que hasta hacía poco tiempo Sam solo conocía de escuchar a medias en clase de literatura de bachillerato. Pero McKenna le había obligado a leer *Walden*, un libro que, si bien no era el más trepidante del mundo, le había gustado, sobre todo las partes que hablaban de no ajustarse a las normas que impone la sociedad.

McKenna se acercó a su mochila y extrajo una de las latas de alimento para perros de calidad suprema que se había aficionado a comprar y llevar consigo por si Hank aparecía. Sam intentaba que ella no notara las ganas que tenía de sacudir la cabeza con impaciencia. Qué manera de derrochar dinero tenían las niñas ricas, por no hablar de las energías.

Cuando McKenna recogió sus cosas, regresaron al sendero acompañados del perro, que los seguía a buena distancia. Ella estaba empeñada en cubrir kilómetros para ganar tiempo. Ya corría el mes de octubre. Les quedaban seiscientos y pico de kilómetros para llegar a la frontera sur de Georgia, y McKenna quería cruzar la Blood Mountain antes de que nevara. En cuanto a Sam, él no tenía prisa. ¿Qué iba a hacer una vez que hubieran llegado al final del Sendero de los Apalaches?

Tras cosa de un kilómetro y medio, Hank desapareció en el bosque. Esos eran los momentos favoritos de Sam, McKenna y él solos, caminando juntos sin necesidad de conversar. Era grato y tan confortable como si llevaran así toda la vida y no tuvieran necesidad de hablar. Ese tramo del camino era demasiado estrecho para andar codo con codo, así que McKenna se adelantó. Sam miraba su coleta castaña, esa mochila tan chula que tenía, las caras botas de montaña. Desde luego no parecía la clase de chica que recoge vagabundos de Virginia Occidental como Sam y Hank.

Esa noche en las Smoky Mountains Sam ayudó a McKenna a instalar la tienda. De un tiempo a esta parte estaban solos en el sendero, durante los días laborables cuando menos; nadie más acampaba, y los refugios estaban vacíos. A pesar de todo, casi siempre dormían en la tienda de McKenna para no correr el riesgo de que alguna llegada tardía perturbase su intimidad.

—Eh —dijo McKenna. Vertió alubias secas y arroz en el cazo antes de añadir agua filtrada. Todavía había luz, pero habían subido tanto que la temperatura empezaba a bajar. Ella se encasquetó el gorro de lana sobre el pelo sin lavar y llevaba puesto el forro polar. Sam había conseguido un chaquetón de lana a cuadros negros y rojos en la caja de material de regalo de Shady Valley, pero un gorro no le habría venido nada mal. McKenna se había ofrecido mil veces a comprarle uno, además de botas y guantes. Cada vez que descansaban, Sam procuraba ser el primero en llegar a la caja para poder recoger los alimentos deshidratados que la gente hubiera dejado. Los senderistas siempre se deshacían de alimentos de los que ya estaban hartos, y como McKenna estaba demasiado inquieta para parar —¡tenían que ganar tiempo!—, y la pesca y la recolección descendía junto con la temperatura, Sam se las veía y se las deseaba para contribuir. El problema era que viajar con McKenna lo cambiaba todo. Las chicas no lo invitaban a comer. Nunca le había importado vivir de gorra en el pasado, pero últimamente le parecía mal; no era coherente con los sentimientos que le inspiraba la relación, con la persona que aspiraba a ser—. Oye.

—¿Sí? —preguntó Sam.

—Hace muy buen tiempo. Alarguemos el día mañana. Quizá si salimos temprano, podamos batir nuestro récord caminando cuarenta kilómetros.

—Imposible —dijo Sam—. Es un tramo con desnivel.

McKenna frunció el ceño en dirección al vapor del guiso y removió lo que no precisaba ser removido. Sam se planteó si podría convencerla de que encendieran una fogata esa noche. En lugar de preguntárselo, se levantó y empezó a recoger leña.

—Encendimos una hoguera anoche —protestó ella.

Seguro que McKenna no habría encendido una hoguera en todo el camino de no haberse topado con él.

—Mira —le dijo Sam señalando un cerco de piedras. Los troncos requemados de otra persona seguían ahí plantados en forma de tipi—. No hace falta ser tan escrupuloso en esta época del año. Hay menos gente por aquí.

McKenna se quedó allí sentada un ratito con una expresión que a Sam le encantaba, como si fuera dos personas distintas manteniendo una conversación mental, un ángel muy listo y un diablo igual de inteligente. En esa ocasión ganó el diablo. Casi siempre triunfaba últimamente. Para cuando estaban enfriando a soplidos sus primeras cucharadas de arroz con alubias crujientes por la poca cocción, la oscuridad se había apoderado del cielo y las llamas de una hoguera se elevaban hacia las primeras estrellas.

—¿Sabes qué? —dijo Sam—. Vamos muy bien de tiempo. No hace falta que sigamos el camino en todo momento.

—¿Y qué vamos a seguir si no?

—¿Nuestros corazones?

Ella se rio con ganas.

—No, en serio.

—Hay montones de rodeos chulos que no aparecen en tu guía. Sobre todo en las Smokies. Cementerios interesantes.

Es el tramo más misterioso de todo el Sendero de los Apalaches, pero hay que atreverse a explorar un poco.

McKenna estaba mirando el fuego. Él vio al ángel y al diablo otra vez, pero solo de perfil. La rodeó con el brazo.

—¿Conoces la leyenda de Spearfinger? —preguntó Sam.

—Presiento que voy a conocerla dentro de nada.

—Spearfinger es una bruja que pulula por los senderos de las Smokies. Parece la ancianita más inofensiva del mundo. Antes llevaba una pañoleta en la cabeza y una cesta en la mano. Hoy día seguramente lleva una mochila pequeña y un sombrero de vaquero.

—Mmm… ¿Y qué hace esa anciana excursionista?

—Pues va por ahí buscando a los senderistas que se han perdido. A los niños en particular.

—Parece un buen motivo para no salirse del camino.

—Ya, bueno, pero escucha. Busca a los senderistas perdidos y tiene una cesta…

—O una mochila.

—… o una mochila llena de comida. Y si algo caracteriza a los senderistas perdidos es que tienen hambre…

—Todos los senderistas tienen hambre.

McKenna había dejado limpio el cuenco de arroz y alubias. Sam sabía que, al igual que él, estaba harta de esa comida rehidratada. En un par de días más o menos tendrían que parar en un pueblo a comprar provisiones, quizá buscarían una marca o un sabor distintos, y disfrutarían de una comida de verdad en un restaurante. Habían acordado no hablar de los platos que les apetecían mientras estaban en el sendero, porque se parecía demasiado a torturarse. Una vez que iban de camino a un pueblo, se levantaba la veda de las fantasías culinarias. McKenna casi siempre hablaba de Coca-Cola muy fría y ensalada. ¡Ensalada!

—Sí —continuó él—. Todos los senderistas tienen hambre y eso le facilita mucho las cosas. Les da de comer unos manjares tan increíbles que acaban amodorrados, y entonces los coge en brazos y les canta...

—¿Los coge en brazos?

—Sí, bueno, por eso funciona mejor con los niños. Una vez que se han dormido, se convierte en lo que es en realidad. Una bruja con un dedo de piedra muy afilado que usa para arrancarles el hígado. Y luego lo devora.

—Sam, ¡qué historia más graciosa!

—Ya me imaginaba que te gustaría.

—Y si tiene tanta comida en su cesta, ¿por qué se come el hígado de los senderistas?

Él se encogió de hombros.

—Supongo que es su plato favorito.

McKenna se levantó para recoger los cuencos. Siempre estaba ocupada, enjuagando el cazo, colgando la comida de algún árbol. Sam sabía casualmente que ni siquiera los guardabosques se preocupaban de colgar la comida. McKenna filtraba hasta la última gota de agua, empaquetaba hasta la última miga de basura y nunca pisaba un camino que no tuviera el visto bueno de su guía. No había conocido a nadie que cumpliera tan a rajatabla todas y cada una de las reglas del sendero.

—A veces pienso que me cuentas esas leyendas para que me dé miedo hacer senderismo sola.

Sam se acercó por detrás para ayudarla a colgar la comida de una rama más alta. Ella se recostó contra él y la lana del gorro le hizo cosquillas en la barbilla. El chico ató la bolsa y la soltó para rodear a McKenna con los brazos.

—No quiero que te dé miedo hacer senderismo sola —dijo Sam—. Para empezar, porque no tienes que caminar sola.

—Olvidas un detalle —le recordó McKenna—. Yo no me asusto.

—Todo el mundo se asusta alguna vez, Mack.

—Yo no.

Sam se dispuso a asentir, pero entonces balanceó la cabeza de lado a lado, como si solo le diera la razón a medias. Intentó imaginar a su familia contando historias de McKenna, la que nunca tiene miedo. Se pasarían fuentes de puré de patatas con judías verdes y reirían como hacen las familias de los anuncios de seguros justo antes de que ocurra una desgracia.

¿Qué historias contaban de Sam en su familia? Seguramente, Mike ni siquiera se había molestado en llamar a su padre para contarle que él había pasado por allí. A su hermano nunca se le ocurriría que su padre pudiera estar preocupado. Más bien supondría que le importaba un pimiento lo que le pasara.

—¿Y por qué conoces tantos cuentos de fantasmas? —quiso saber McKenna.

—Mi madre nos los contaba cuando nos llevaba de acampada.

—¿Tu madre os llevaba de acampada?

—Sí.

No le dijo que casi siempre era una excusa para alejarlos de su padre cuando se le cruzaban los cables, ni que nunca tenían dinero para pagar un hotel. Tal vez habría sido más lógico, teniendo en cuenta que escapaban de un padre borracho, que su madre les hubiera contado historias tranquilizadoras, reconfortantes. Pero la mujer intuía de algún modo que Mike y él preferían oír los cuentos más salvajes, que necesitaban conocer la existencia de monstruos más aterradores que aquel con el que convivían.

No veía la cara de McKenna, pero notó en su silencio que estaba a punto de preguntarle por su madre. Para no darle ocasión, le dijo:

—También nos contaba otra historia. Sobre un colono cuya hija se perdió y fue asesinado mientras la buscaba.

—Ah, genial.

—Es bonita. Porque ahora se ha convertido en luz, una lucecita que guía a los excursionistas perdidos a un lugar seguro. Y también nos estamos acercando a las tierras de los nunnehis. ¿Sabes algo de los nunnehis?

—Todavía no.

—Son muy famosos en los Apalaches. Seres feéricos amistosos, que prestaron una gran ayuda a los cheroquis. Y protegieron a Carolina del Norte durante la guerra de Secesión.

—¿No se equivocaron de bando?

—Claro, pero esa no es la cuestión. La cuestión es que son serviciales. Si te pierdes, los nunnehis te llevan a unas casas que construyen en el interior de las rocas. Te cuidan hasta que te recuperas y entonces te acompañan a tu hogar. Pero no debes probar su comida si quieres volver a casa. Te hará inmortal..., pero solo si te quedas con ellos. Nunca más serás capaz de comer alimentos humanos, así que morirás de inanición a tu regreso.

—Es un precio muy alto.

—¿Qué te parece? ¿Ves cómo es totalmente seguro abandonar el camino?

—A menos que te cruces con Spearfinger. O con Walden, en mi caso. O a menos que tengas hambre cuando aparezcan los nunnehis.

—Bueno —dijo Sam—, nosotros tenemos ventaja porque conocemos su existencia.

McKenna se retorció, como si los brazos del chico fueran una camisa de fuerza que la tuviera sujeta. Pero no llegó a liberarse; tan solo se dio la vuelta sin despegarse de su cuerpo. Sam cambió de idea. La mejor parte del día no era caminar juntos en silencio, como había pensado hacía un rato. Lo mejor llegaba por la noche, cuando estaban los dos solos como en ese momento.

—Y hay una cascada aquí cerca —prosiguió Sam—, en el bosque. La cascada de los Inmortales. Te garantiza juventud y belleza eternas. Podríamos ir a buscarla.

—Tú no crees en la fuente de la eterna juventud.

—No. Pero sería chulo ver una cascada. Y sería divertido buscarla.

—Es más seguro quedarse en el sendero —alegó McKenna—. Hay muchas cosas que podrían salir mal.

—No vayas adonde el camino te lleve —recitó Sam, adoptando el tono más rimbombante posible—. Ve por donde no hay camino y deja un rastro.

McKenna volvió la cara de golpe hacia la suya.

—Eso es de Emerson —dijo tan sorprendida que Sam, de haber querido, podría haberse sentido insultado.

—No me digas —sonrió.

—Es que no esperaba que citaras a Emerson.

—¿Solo los futuros universitarios pueden hacerlo?

Sam bromeaba, pero McKenna se molestó igualmente. Él aflojó el abrazo y le posó un dedo en los labios. A pesar de la escasa luz, vio la roña que se le acumulaba debajo de las uñas. Tenían una parada pendiente, urgentísima.

—Lo escribiste en el margen de *Walden* —confesó.

McKenna sonrió y él la besó. Empezó a apartarse, como si quisiera decir algo, pero él la estrechó más y la besó con más intensidad. Si ella hablaba, Sam tal vez dijese algo que no pudiera retirar. Le rondaba por la cabeza desde hacía unos días. Unas semanas. Pero las palabras siempre se quedaban atascadas en algún punto entre la cabeza y los labios. Le arrancó el gorro y empezó a besar su cuello al tiempo que le deshacía la trenza. Ella se estremeció levemente.

Un búho real ululó muy cerca, tanto que los sobresaltó, y un aleteo siguió al grito. Sam desabrochó el forro polar de McKenna y se lo quitó. El terreno era duro, sembrado de raíces que discurrían justo por debajo de la superficie en racimos de bultos, pero ¿qué importaba?

—Sam —dijo McKenna con un estremecimiento.

Se comportaba como una chica dura y luego se transformaba, no en algo débil, ni siquiera frágil, sino en un ser infinitamente liviano…, una mariposa, un soplo de aire. ¿Cómo podía ser tan convincente en relación con su falta de miedo y luego hacer gala de tal levedad sin perder el aplomo? La combinación lo asombraba y, más que eso, le provocaba un torrente de emoción. Tenía los labios muy cerca de su oído; sería tan fácil decirlo, susurrarlo o gritarlo. ¿Lo creería ella si se lo decía en ese momento, en un instante como ese?

Se retiró y sostuvo su cara entre las manos. La veía, percibía su expresión, la prueba de que no era imposible asustarla, a fin de cuentas. Esa chica valiente estaba a punto de saltar al precipicio. Y Sam no quería que fuera la primera en decirlo. Tenía la responsabilidad de protegerla, de ser tan valiente como ella o más.

—No —la cortó cuando notó que estaba a punto de hablar—. Te quiero. Te quiero, Mack.

—Yo también te quiero, Sam.

En lo alto, otro poderoso aleteo; el búho descendía en picado, sin miedo y directo al objetivo por invisibles túneles de aire.

Al día siguiente a McKenna se le pegaron una pizca las pestañas mientras la luz ya clareaba a través de la lona de la tienda. Veía su aliento en el aire de la mañana temprana, el vaho condensado en el techo rojo. Notaba la fragancia del pino y el enebro con cada respiración. El otoño llegaba algo más tarde allí en el sur y el cambio de las hojas no era tan intenso y espectacular como en su ciudad. Pero había color, pese a todo, y olor a mantillo. El brazo de Sam yacía pesado contra sus costillas. Apenas tuvo que girar la cabeza para besarlo. Sam dormía tan plácidamente que su respiración era casi imperceptible, como el beso de McKenna.

Todo había cambiado la noche anterior. Habían dado un paso más. A lo largo de las semanas pasadas, McKenna no había pensado demasiado..., ni en el pasado ni en el futuro. En esos momentos, en esa nueva quietud previa al despertar de Sam, se preguntó qué habría pasado si Courtney no hubiera vuelto con Jay. Tal vez habrían conocido a Sam de todos modos. Seguramente, habrían trabado amistad con él, coincidido de vez en cuando y a la postre lo habrían adelantado, porque Sam se habría visto obligado a parar con más frecuencia al no contar con McKenna y porque habría querido hacerlo. Courtney y ella comentarían que estaba buenísimo, eso seguro, lo que en el caso de su amiga sería razón suficiente para colarse por él y, en el de McKenna, para evitarlo. Pero las cosas no habrían llegado más lejos.

Era probable que Brendan hubiera roto con ella de todos modos; eso no tenía por qué cambiar. Pero ¿y si no lo hubiera hecho? ¿Se habría desnudado McKenna aquella noche junto a la hoguera? ¿Habría llegado más lejos con Sam o le habría sido fiel a su novio? La idea de serle fiel a Brendan ahora se le antojaba absurda.

Lo abrazó con más fuerza al pensar que se había criado con un padre tan cruel y una madre de la que no hablaba, salvo para repetir las historias que les contaba a su hermano y a él. Lo sacudió para despertarlo.

—¿Qué pasa? —preguntó sobresaltado. Estaba aún tan dormido que no debía de saber ni dónde se encontraba.

—Te quiero —le dijo al instante. No quería que a Sam se le olvidara.

Él no respondió. Se limitó a inspirar hondo para despabilarse, cerró los ojos y volvió a abrirlos al tiempo que exhalaba el aire. Se desperezó con suavidad. Los dos se levantaban siempre un tanto entumecidos después de caminar tantos kilómetros y luego dormir en el suelo.

—Sam —dijo McKenna. Su tono de voz delataba más inquietud de la que le habría gustado—. No quiero que se te olvide. Te quiero.

Él rio con suavidad y alzó la vista hacia ella. Le enredó los dedos en el pelo de la nuca. Todavía lo llevaba suelto, aún enredado de la noche anterior.

—Me acuerdo —le dijo, y la atrajo hacia sí para besarla antes de que ella pudiera decir nada más.

Horas más tarde, a mediodía, estaban parados delante de un refugio en el que había una placa con información sobre los nunnehis. McKenna se sorprendió. En el fondo había dado por supuesto que Sam se inventaba las historias. Pero ahí estaba, grabada en metal, una descripción de los feéricos amistosos: LA GENTE QUE VIVE EN CUALQUIER PARTE.

—Como yo —comentó Sam. Lo dijo en un tono risueño, pero a McKenna le provocó tristeza pensar en él en esos términos, como una persona que vivía en cualquier parte. Como si en el momento menos pensado, pudiera esfumarse sin más para aparecer en un nuevo destino.

—Vamos —sugirió Sam—. Busquemos la cascada.

McKenna señaló la placa.

—No dice nada de una cascada.

—Claro que no. No es para los turistas. Es para los nativos. Como nosotros.

—Pero tú sabes que los seres feéricos no son reales, Sam. Así que la cascada seguramente tampoco lo sea.

McKenna se descolgó la mochila y la empleó como asiento. Estaba hambrienta y cansada. Le dolían los hombros. Le gustaba la idea de ser nativa; a lo largo de los últimos meses había acabado por considerar el Sendero de los Apalaches su hogar tanto como lo era su dormitorio de Abelard. Pero no se sentía lo bastante nativa como para abandonar la seguridad del sendero, el camino marcado y atendido por un montón de abnegados voluntarios, las marcas que asomaban en los árboles con regularidad reconfortante.

Sam le tendió un puñado de nueces pecanas que había recogido. Pero la mera idea de machacar las cáscaras para extraer los trocitos de nuez la agotaba. Prefería recurrir a las barritas energéticas escasas y rancias que le quedaban. Ojalá Sam no tuviera la sensación de que debía demostrar algo, aportar su granito de arena.

—Gracias —dijo.

—Bueno, ¿qué te parece? Nos vendría bien una pequeña aventura.

McKenna retiró las piernas a un lado y descorrió la cremallera del bolsillo delantero de la mochila para extraer la barrita de cereales. La partió y le ofreció la mitad a Sam, que rehusó con un movimiento de la cabeza. Ella mordió el chocolate pasado mientras se preguntaba cómo era posible que la noche anterior y esa mañana se hubieran sentido tan unidos. De golpe y porrazo estaban en ondas completamente distintas. McKenna ya le había dicho que no quería abandonar el sendero.

—Si te digo la verdad —insistió—, con esto ya tengo aventura de sobra.

—¿Con qué? ¿Contigo y conmigo?

—No. ¿Qué quieres decir con eso?

—Ya sabes —dijo Sam—. El chico que va por mal camino.

—¿Se te ha ido la olla?

—No lo sé. ¿Se me ha ido?

Un rascador —el pájaro que sacaba a Sam de quicio— emitió su monótono canto de dos notas. McKenna, todavía conmovida por la noche anterior, pensó que tal vez fuera ella la que no pensaba como debería.

¿A qué venía eso? ¿Por qué se comportaba de un modo tan raro y nervioso?

Dejó a un lado la barrita de cereales y echó mano de una piedra para partir las nueces pecanas. Quizá si se comía su ofrenda, él se tranquilizara y volviera a ser el Sam de siempre o, mejor, el nuevo Sam, el mismo que había asomado la cabeza la noche anterior. El que no solo la quería, sino que además se lo decía.

Abrió la bolsa que había usado para partir las nueces y hundió los dedos en el destrozo para extraer los pedacitos. Sam estaba mirando la placa otra vez, todavía con la mochila a cuestas. McKenna trató de pensar posibles razones por las que quisiera desviarse del sendero. Como el hecho de no tener un sitio al que ir cuando llegaran a Georgia, mientras que ella contaba con una familia y un trabajo que estaba deseando empezar, y luego la universidad. O puede que lo asustara el hecho de decir «te quiero». McKenna, en cambio, lo había dicho un millón de veces a lo largo de su vida. Lo hacía a diario. No solo a Brendan —al cual, desde la distancia, tal vez no se lo habría dicho de corazón—, sino también a sus padres, a Lucy, a sus amigos, a Buddy.

—Eh —comentó—. ¿Dónde se habrá metido Hank? No lo hemos visto desde...

—¿De verdad te importa dónde está ese chucho sarnoso? ¿O solo intentas cambiar de tema?

El caso era que no parecía enfadado. Ni disgustado. Parecía arrogante, tranquilo y sin ninguna preocupación en el mundo. Hablaba en tono desenfadado, como si el hecho de que ella no quisiera abandonar el sendero fuera lo más gracioso del mundo. En otras palabras, por alguna razón había vuelto a transformase en el Sam que conoció en Nuevo Hampshire, cuando hechizaba a un grupo de universitarias con su atractivo y sus historias.

A McKenna no se le daba tan bien como a él ocultar sus sentimientos. Quizá porque, a diferencia de Sam, realmente tenía sentimientos.

—Solo me preguntaba dónde estará Hank —replicó—, porque sí, me importa. ¿Por casualidad sabes lo que es eso? ¿El cariño?

—Sí, claro que sé lo que es el cariño —fue la respuesta de Sam. De nuevo esa sonrisa, como si todo lo que decía McKenna fuera para morirse de risa.

—Sam —protestó ella. Le reventó que su voz sonara tan llorosa—. Tengo la sensación de que no me escuchas.

—Te escucho —dijo él—. Te oigo. Algo y claro. Quieres permanecer en el camino. Seguir las indicaciones. Llegar a Georgia a la hora prevista. No desviarte de la ruta marcada.

—¿Y tú qué sabes? —le espetó McKenna con más agresividad de la que pretendía.

Un leve atisbo de sorpresa cruzó el semblante de Sam, pero al momento regresó la sonrisilla. Llevaba varios días sin afeitarse y una barbita rubia empezaba a cubrirle la mandíbula y las mejillas. Era una sonrisa sensual y exasperante. A McKenna le habría gustado tener algo que no fueran barritas o nueces pecanas para tirarle. Estaba enfadada, pero no tanto como para desperdiciar comida, aunque fueran unos frutos que no quería. Así que avanzó un paso hacia Sam y lo empujó. Él trastabilló una pizca al tiempo que agrandaba los ojos, pero la sonrisa no flaqueó. Se agarró a los hombros de McKenna para no perder el equilibrio y luego irguió la espalda.

—Tranquilízate, Mack —dijo atrayéndola hacia él y sosteniéndole la cara contra su pecho—. No es para tanto —prosiguió—. Yo quiero ver la cascada. Tú no. Así que no hace falta que vengas. Continúa. Ya te alcanzaré.

McKenna alzó la vista hacia él, pegando la barbilla contra la lana áspera de su chaquetón negro y rojo.

—¿Cómo que «ya me alcanzarás»? ¿Te marchas sin mí?

¿Ayer por la noche la quería y ahora se proponía dejarla colgada otra vez? Él la miró a los ojos y le apartó el cabello de la frente como si no estuvieran discutiendo, como si nada de eso le importara. Igual que McKenna tenía ganas de propinarle un empujón, también quería aferrarse a él, no suplicarle, solo pedirle por favor que se quedara a su lado. Por favor. Por primera vez en su vida empatizó con Courtney por haber preferido permanecer junto a Jay. La idea de separarse de Sam se le antojaba espantosa, por muy enfadada que estuviera.

Se separaron y, tras recoger las mochilas, echaron a andar. No había nada decidido todavía; al menos, no de viva voz. Pero McKenna notó en los andares arrogantes de Sam que el problema no era que le diera igual si ella lo seguía o no. El problema era que estaba seguro de que lo seguiría. Sam no se había planteado ni por un instante que ella pudiera decidir no acompañarlo, como no se lo planteaba con ninguna de las chicas que conocía. McKenna, hasta entonces, había resistido la tentación de preguntarle por otras chicas. En esos momentos, caminando tras de él, su rostro adoptó una expresión enfurruñada al tiempo que se concedía permiso para plantearse por fin: ¿Con cuántas chicas había estado exactamente? ¿Y qué les había dicho? ¿También pronunció las palabras «te quiero»?

Su ceño se suavizó. McKenna sabía, con esa certeza que se tiene a veces, que, por más que Sam hubiera declarado su amor a otra persona, no lo había hecho de corazón, no como a ella. Lo que le dijo la noche anterior —lo que sintió— era nuevo. Y por eso seguramente se comportaba como lo hacía.

«Quizá debería dar mi brazo a torcer», pensó McKenna. Desviarse del camino con él. Sam se había atrevido a internarse en un territorio nuevo. Tal vez ella debería hacer lo propio.

Siguieron andando un rato. Mientras tanto, Sam observaba los bordes del camino buscando aberturas entre los árboles, como si todo estuviera ya decidido. Imaginó que él se marchaba y ella seguía por la ruta marcada, confiando en que los feéricos de las historias se lo trajeran de vuelta. O que lo acompañaba con la esperanza de que las hadas los guiaran sanos y salvos de regreso al sendero.

¿A esos extremos había llegado McKenna? ¿Estaba tan enamorada de ese chico que era capaz de confiar en que los fantasmas cuidarían de ella?

En un punto arbitrario del camino, Sam decidió que podía pasar del sendero para partir en busca de la cascada. Antes de internarse en la fronda, se detuvo y sujetó a McKenna por el brazo para atraerla hacia sí.

—No te preocupes, Mack —le dijo. La besó—. Te alcanzaré en un par de días.

Ella se quedó de piedra, incapaz de dar crédito mientras lo veía penetrar en el bosque entre dos pinos taeda y escuchaba el crujido de sus pasos sobre raíces y hojas. De verdad se había marchado. McKenna no se lo podía creer. De hecho, no se lo creyó. Solo era una estrategia para manipularla, para obligarla a ceder y abandonar el sendero para ir tras él. Contaba con que ella no soportaría la idea de caminar sola otra vez o de que Sam pudiera perderse o, la peor posibilidad de todas, de no volver a verlo. Bueno, pues a lo mejor subía la apuesta. Se quedaría en el camino, a ver cuánto tardaba él en venirse abajo y seguirla a ella.

Justo cuando estaba a punto de dar media vuelta para volver a la ruta marcada, una voz cascada la llamó a lo lejos.

—Eh, tú.

McKenna se volvió a mirar y se le cortó el aliento. Un hombre enjuto y ajado, tocado con un sombrero de paja con el ala ancha, se acercaba en sentido contrario. Llevaba una barba muy larga, blanca y enmarañada, y unas greñas aún más largas desparramadas sobre los hombros. Unos ojos oscuros la escudriñaban a través de infinidad de arrugas con un brillo inteligente en la mirada.

Podría tener cualquier edad entre sesenta y mil años. Llevaba una mochila de marco exterior parecida a la de Sam, pero en vez de exhibir el bulto de una tienda y un saco de dormir, parecía prácticamente vacía. Con la mano izquierda aferraba un viejo bastón de senderista, torcido pero precioso.

Por debajo del cuello de la camisa, asomó una minúscula cotorra de colores. Una cotorra argentina, que observó a la chica con curiosidad. Cualquier duda que le quedase a McKenna se esfumó al instante. Allí estaba Walden, en carne y hueso, la leyenda del sendero, mirándola con aire severo. No como si albergase pensamientos asesinos, sino más bien como lo haría un abuelo. Recordando la historia de Sam, McKenna estuvo a punto de soltar una carcajada.

—Yo no iría por ahí —le advirtió Walden—. ¿Sabes cuánta gente lo intenta y no regresa? Es un laberinto sin sendas que merezcan tal nombre. Intérnate treinta metros, y todo tendrá el mismo aspecto. Hay montones de desniveles empinados. Madrigueras de osos. Y además se aproxima una ola de frío.

McKenna le daba la razón en todo. Todavía oían los pasos de Sam, las ramitas que se rompían, a medida que él se abría paso por la frondosidad de un bosque no apto para ser transitado.

Walden habló de nuevo.

—Eso de la cascada es una leyenda, ¿sabes?

McKenna ladeó la cabeza. Quería llamar a Sam, traerlo de vuelta al camino para mostrarle la increíble estampa que tenía delante: Walden y su pájaro.

—Me dijeron que usted también lo era —respondió.

El ceño de Walden persistió durante una milésima de segundo y luego su expresión se suavizó. Profirió una especie de rugido y McKenna comprendió que era una carcajada. La de alguien que no está acostumbrado a reír.

—Buena respuesta —dijo cuando el rugido cesó.

McKenna sonrió y se despidió con el mismo movimiento de la mano con que Sam le había dicho adiós a ella. A continuación se agachó entre los árboles y echó a andar a paso vivo para alcanzarlo. Ni por asomo pensaba esperar unos cuantos días para hablar con él, ni siquiera unas horas. Tenía que contarle lo antes posible que había hablado con Walden en persona. Realmente existía.

Capítulo 16

Sam no supo si sentir alivio, sorpresa o decepción cuando oyó a McKenna abrirse paso por la senda para alcanzarlo. Aunque llamar a eso «senda» sería exagerado. La cinta de tierra invadida por la maleza que la gente debió de transitar en otro tiempo y tal vez alguien más recientemente no se parecía en nada al Sendero de los Apalaches. La vida salvaje que albergaba lo emocionaba, multiplicaba las posibilidades. Deseaba que McKenna lo acompañase, claro que sí. Pero también quería que ella fuera capaz de alejarse. Se había portado como un imbécil.

Quería saber si ella sería capaz de marcharse si alguna vez tenía que hacerlo.

—¡Sam!— gritó a su espalda. Era pura emoción, ni rastro de la discusión que habían mantenido a lo largo de los últimos kilómetros—. Sam, para.

Se detuvo a esperarla. Justo detrás del siguiente rodal de árboles veía un claro. Allí habría buenas vistas, aunque no creía que pudieran competir con la imagen de McKenna, que se acercaba ilusionada con los ojos azules y brillantes. Algo más inmenso que cualquier vista se abrió en su interior y Sam adoptó la expresión que le resultaba más cómoda de toda su artillería, la sonrisa fácil.

—¡Sam! —volvió a chillar McKenna, que resollaba sujetándose las tiras de la mochila. Menos mal que no había tropezado por correr para alcanzarlo—. No te lo vas a creer —prosiguió. Él notó que necesitaba doblarse sobre sí misma, tocarse las rodillas para recuperar el aliento, pero la pesada mochila se lo impedía—. He visto a Walden —dijo—. En el sendero. Con la barba, el loro y toda la parafernalia. He hablado con él.

—¿Con Walden?

Sam la miró con recelo. Nunca, en todo el tiempo que la conocía, había puesto en duda su sinceridad. Pero ¿Walden? ¿En carne y hueso?

—Sí —respondió McKenna—. Lleva una mochila parecida a la tuya. Y un bastón alucinante. Y el loro, una cotorra pequeñita. Y tiene la voz grave. Severa. Aunque no me ha asesinado.

Sam se echó a reír y ella intentó imitarlo, pero la risa se le enredó con los resuellos.

—¿Qué ha dicho? —quiso saber él.

Avanzó un par de pasos hacia ella, deseoso de cerrar el espacio que los separaba. Era muy raro, ya lo sabía, esa necesidad intermitente que sentía de alzar un muro entre los dos y luego derribarlo. Lo segundo siempre se le antojaba más imperioso, porque era lo que no podía controlar.

—Me ha dicho que no abandonemos el sendero —le explicó McKenna—. Y que eso de la cascada es una leyenda.

—En teoría, él también es una leyenda.

—¡Eso mismo le he dicho yo! ¿Y sabes lo que ha hecho? Se ha reído.

Sam le aferró las correas de la mochila para atraerla hacia él. McKenna trastabilló y la sujetó con firmeza. Antes de besarla le dijo:

—Oye, lo siento mucho.

La tenía tan cerca que no le veía el rostro con claridad, tan cerca que notó cómo sus labios empezaban a moverse contra los de él. Iba a decir «yo también lo siento», lo notó, pero se mordió la lengua. Buena chica. Ella no tenía que disculparse por nada.

Sam añadió:

—Estoy contento de que estés aquí.

—Yo también —fue la respuesta de McKenna. Él cortó en seco la segunda palabra cuando salvó los pocos milímetros que los separaban y la besó.

McKenna había dicho la verdad: estaba contenta. No podía explicar los motivos, pero no vivía lo sucedido como una derrota ni como una concesión. Más bien había cambiado una sensación por otra. Mientras Sam y ella avanzaban entre los árboles en dirección a una cresta, con el cielo desplegado ante ellos y la claridad del día cediendo el paso a un crepúsculo singularmente luminoso, una deliciosa sensación de rebeldía trascendió su necesidad de dejar kilómetros atrás, de conseguir su objetivo. Era como si, con ayuda de Sam, se estuviese apropiando de algo que el mundo entero (y su cerebro) le había impedido disfrutar.

—Mira —señaló él.

Se detuvo en lo alto de la colina y se descolgó la mochila. Habían llegado a una explanada libre de rocas que incluía una zona de arena perfecta para la tienda. Alguien había acampado allí anteriormente y eso tranquilizó a McKenna, aunque se negara a admitirlo. Había un pequeño cerco de piedras en torno a un terreno negruzco, los calcinados restos de una hoguera.

—Podríamos usar tu hornillo —sugirió Sam. Ella le notó en el tono de voz que intentaba transigir—. Está muy seco aquí arriba y el humo podría atraer a los guardabosques.

—Ni hablar —decidió McKenna—. Después de un día como el de hoy, en esta sierra, con estas vistas…, necesitamos una hoguera. Me he vuelto medio adicta al fuego, para que lo sepas.

Sam sonrió. Era una sonrisa de verdad, no la sonrisilla distante y enojosa de antes. A pesar de ello, no se acababa de fiar; no del todo. Si los cambios de humor de Sam obedecían a un patrón, ella aún no lo había descifrado.

—Oye —dijo él—. Mack, escucha.

—¿Sí?

—Perdóname.

—Ya me lo has dicho.

—Ya lo sé. Es que, aunque lamento lo de antes y aunque me haya portado como un idiota, me alegro de que estemos aquí.

McKenna asintió. Se enfundó el forro polar. El aire fresco de la tarde empezaba a ser más frío ahora que anochecía. Ya habían llenado las cantimploras en el arroyo que habían encontrado a un kilómetro y medio de allí. El agua parecía tan pura que sintieron tentaciones de no filtrarla, pero lo hicieron de todos modos. O más bien McKenna lo hizo.

—Yo también.

Hizo girar los hombros con la intención de aliviar la contractura que le había provocado la marcha acelerada para alcanzar a Sam. Él avanzó unos pasos y, posándole las manos en las articulaciones, se las masajeó con los dedos.

—¿Sabes qué sería guay? Quedarnos aquí un par de días. Hacer una excursión, explorar un poco por ahí.

—¿No pensarás de verdad que vamos a encontrar la cascada? —preguntó McKenna, molesta, en la medida en que podía molestarse con Sam cuando estaba mostrándose tan tierno y cuando sentía sus manos como una pura delicia. ¿Acaso no había hecho ya una concesión enorme al abandonar el camino? ¿Cuánto tiempo pretendía que se quedaran allí?

Sam se encogió de hombros.

—Vete a saber —opinó—. Nunca pensé que nos cruzaríamos con Walden. Nunca pensé que conocería a alguien como tú.

Cualquier resto de su enfado anterior se evaporó, algo que podría haber resultado irritante en sí mismo en otras circunstancias. Pero las endorfinas de la caminata seguían funcionando a todo trapo, soplaba una brisa agradable y estar con Sam le sentaba de maravilla. Sin necesidad de decir nada más, recogieron leña y encendieron una pequeña fogata para cenar el ramen y los últimos arándanos deshidratados que les quedaban. Cuando oscureció del todo, disfrutaron del mejor cielo nocturno que habían podido admirar en todo el camino. Aunque habían instalado la tienda, los dos lo tenían claro: esa noche dormirían bajo las estrellas.

McKenna echó un vistazo a la bolsa estanca. No había demasiada comida, pero le quedaban unas cuantas barritas energéticas y algo de cecina. Suficiente para pasar unos días, a duras penas. Ya se atiborrarían cuando llegaran al siguiente pueblo.

—En cuanto volvamos al sendero, tendremos que parar para comprar provisiones y lavar la ropa —advirtió McKenna—. Pero tienes razón. Será agradable quedarse aquí un par de días. Antes del último trecho hasta Georgia.

Observó el rostro de Sam con atención para comprobar si reaccionaba al comentario, a la idea de finalizar la travesía y lo que eso representaba. McKenna no deseaba que el final del sendero implicase el final de su idilio. Pero tampoco quería ser ella la que propusiera un plan para seguir juntos.

Y sin embargo... Después de cenar y de guardar la comida, unieron los sacos de dormir para crear una cama doble sobre la arena y se tendieron, con las manos unidas, a mirar las estrellas. Entonces McKenna dijo, sin poder evitarlo:

—Oye, Sam. Te quiero. Y tú me quieres a mí. ¿Te acuerdas?

—No es algo que vaya a olvidar nunca, Mack.

Él despegó la vista del firmamento para mirarla. La mano que Sam le apoyó en el rostro debería haber sido callosa al tacto, pero ante todo transmitía fuerza. Y había algo en su rostro, una especie de ternura mezclada con angustia, como si todo lo que estaba sintiendo lo superara. McKenna estaba absolutamente segura de ello, sin necesidad de que él le dijera nada.

Cuando despertaron al día siguiente, hacía un día radiante y precioso. No se molestaron en desayunar; ninguno de los dos tenía hambre y las provisiones empezaban a escasear. Si pensaban seguir acampados un par de noches en mitad del monte, tendrían que racionar la comida y recolectar.

—Supongo que los días de vivir de la tierra han quedado atrás —comentó McKenna mientras forcejeaba para introducir el saco de dormir en la funda. De todos los trabajos rutinarios del camino, seguramente era ese el que menos le gustaba; guardar una tela muy larga en el interior de otra más pequeña requería más músculo y paciencia de lo que parecía.

—Mételo en la tienda y ya está —sugirió Sam—. O déjalo aquí. No hay ni una sola nube en el cielo.

McKenna miró hacia arriba, aunque ya se había fijado en la claridad del cielo y en el resplandor de ese sol temprano. De haber tenido el iPhone, habría consultado la previsión del tiempo, si es que había cobertura ahí arriba. Como se las tenía que apañar sin él, había aprendido a prever el tiempo observando el firmamento y había descubierto también que los fenómenos atmosféricos no siempre son fáciles de prever. Algunas mañanas despejadas se convertían en tardes lluviosas. Recogió el saco a medio guardar y lo lanzó al interior de la tienda. Hizo lo mismo con el de Sam y cerró la cremallera. A continuación, consultó el mapa de su guía. El Sendero de los Apalaches estaba marcado con claridad, al igual que las carreteras que lo cruzaban. Ahora bien, la extensión de tierra que lo rodeaba no era más que eso: una zona indefinida con garabatos verdes y grises que representaban árboles y rocas. El mapa no le iba a servir de nada allí. Cerró el libro y lo guardó en la mochila.

—¿Lista para salir a explorar? —le preguntó Sam.

La mochila de él era más pequeña, así que guardaron su escaso contenido en la tienda y la llenaron con lo que iban a necesitar para la excursión: algo de comida deshidratada, un par de cantimploras, el filtro de agua, la lona impermeable. McKenna añadió un par de cosas más de poco peso, como el frasco de comprimidos de yodo por precaución, además de alguna prenda de abrigo por si el tiempo cambiaba. Para terminar enganchó el reloj que todavía no había usado al exterior de la mochila de Sam, que se le antojó deliciosamente ligera cuando se la echó a la espalda.

—Eh —protestó él—. Yo la llevo.

McKenna no pudo resistirse a aceptar la oferta. Su mochila había llegado a convertirse en una extensión de sí misma. Quitarse de encima todos esos kilos de más fue como reducir su propio peso a la mitad. Seguir a Sam al interior del bosque, caminar sin esas pesadas correas clavadas a la espalda se parecía a volar. Rebotó sobre las puntas de los pies mientras él escogía un riachuelo seco que discurría colina abajo.

—¿Cómo sabes por dónde ir? —le preguntó McKenna.

—Cuando buscas la cascada mítica de un pueblo feérico, te guías por la intuición.

Traducción evidente: «No tengo la menor idea de por dónde voy ni de lo que estoy haciendo». Sam se desvió del cauce seco, una decisión que a McKenna le pareció mala idea, aunque se lo calló, porque todavía estaba embriagada por la anarquía recién declarada. Sus ojos se dirigían a los árboles por costumbre, en busca de las marcas blancas, y cada vez que recordaba que no iba a encontrarlas allí un pequeño golpe de emoción estallaba en su interior: una mezcla de terror y alegría. Caminaban en el silencio agradable y cómodo de costumbre, el silencio activo del trabajo bien hecho, lo llamaba ella mentalmente, solo que ahora no estaban cubriendo kilómetros.

Por primera vez en su vida no tenía un objetivo en mente. Se limitaba a dejarse llevar. Bajo un cielo despejado, rodeada de árboles y acompañada por una persona que le había salido al paso en plena naturaleza, una persona a la que adoraba.

—Ay, la hostia —dijo Sam.

McKenna se detuvo en seco tras él. Acababan de cruzar la linde del bosque para salir a las vistas más espectaculares que había contemplado en toda su vida. Apenas parecían reales. Los árboles cedían el paso a una amplia franja de tierra que bordeaba un escarpado afloramiento rocoso: una pared de afilada lutita que caía a un lago reluciente, tan claro y puro que parecía el mismo cielo, dos azules reflejados mutuamente.

—Parece un regalo —dijo McKenna sin aliento—. Una recompensa por habernos desviado del camino.

Sam la rodeó con el brazo y la estrechó con suavidad.

—¿Tienes hambre? —le preguntó.

—Muchísima.

El chico se descolgó la mochila, pero en lugar de abrirla se encaminó a un grupo de árboles salpicados de flores rojas y empezó a recoger las pequeñas bayas que cubrían las ramas.

—¿Estás seguro de que son comestibles?

—Del todo. Son bayas de serbal. Mi madre siempre hacía mermelada con estos frutos. El sabor es raro, pero me muero por comer algo distinto, ¿tú no?

Mientras Sam recogía las bayas, McKenna extrajo la lona de la mochila y la extendió sobre la tierra junto con unas cuantas cosas para acompañarlas. Dejó a un lado cualquier duda sobre los frutos rojos (parecían las típicas bolitas contra las que te prevendría tu madre en el parque). ¿Acaso Sam no la había guiado a ese enclave maravilloso y había creado ese momento tan especial?

El chico se reunió con ella en la lona. Había doblado la parte delantera de su camiseta y la había llenado de bayas, que derramó ante ella para que pudieran añadirlas a una comida a base de barritas de cereales, agua purificada y salmón seco. McKenna había comprado el salmón por probar algo distinto y lo encontraba espantoso. Su sabor le recordaba a comida de gato deshidratada, pero se estaban quedando sin provisiones, de modo que tendrían que conformarse. Sam escogió un fruto y se lo introdujo a McKenna en la boca. Ella hizo una mueca involuntaria; era increíblemente ácido y se estremeció al masticarlo. Sin embargo, después de una barrita y de mordisquear el pescado seco, descubrió que se le hacía la boca agua. El mero hecho de introducir algo nuevo en vez de los mismos sabores de siempre convirtió la comida en algo especial. Cuando terminaron, McKenna envolvió los restos del salmón y guardó las barritas energéticas para más tarde.

Se tendió sobre la lona de cara al lago azul cielo.

—Ojalá pudiéramos bajar al agua —comentó.

—¿Por qué no lo intentamos?

—No. —La negativa brotó lacónica y terminante—. La bajada es demasiado escarpada. Tardaríamos mucho en encontrar el camino y luego nos costaría una eternidad volver a subir.

—Valdría la pena. Podríamos darnos un chapuzón.

McKenna cerró los ojos.

—¿En esta época del año, a esta altura? El agua debe de estar como a cinco grados. ¿Todavía no tienes bastante?

Oyó un leve susurro cuando él guardó los restos de la comida en la mochila y le acercó el rostro, que flotó sobre el de McKenna.

—Sí —respondió Sam—. Tengo bastante.

Sin abrir los ojos, McKenna alargó la mano para acariciarle la barbilla, la barba incipiente.

—Me siento como si fuéramos los últimos seres humanos sobre la faz de la Tierra.

—¿Eso te gustaría? —quiso saber él.

McKenna pensó con desidia —todo le inspiraba desidia en ese momento, como si nada importara, salvo el sol y la cercanía de Sam— que había vulnerabilidad en su voz.

—Sí —respondió ella—. A veces pienso que me gustaría. Y otras me asusta la idea.

Abrió los ojos y observó el rostro de Sam, que ocupaba todo su campo visual. El chico estaba demasiado cerca como para poder distinguir si había lágrimas en sus ojos o si se trataba de un efecto creado por la proximidad.

—A mí no —dijo Sam—. No me asusta nada en absoluto.

Como para demostrar que hablaba en serio, se despojó de la ropa, desnudó a McKenna e hicieron el amor con los claros reflejos azules planeando encima, debajo y alrededor.

Después se durmieron, ambos ajenos al paso del tiempo. Tal vez transcurrieran diez minutos, quizá dos horas. McKenna estaba en mitad de un sueño sumamente placentero: Sam y ella en el lago, desnudos en la arena mientras la gélida agua de montaña les remojaba los dedos de los pies. En el instante que discurrió entre creer que estaba sucediendo y comprender que no era real, McKenna pensó que jamás había deseado nada con tanta vehemencia como nadar en el agua fría y cristalina del lago.

Fue un trueno lo que la despertó, un fragor tan prologado que por un momento pensó si no sería la cascada aparecida por arte de magia, bien junto al lago o bien allí mismo donde estaban acostados.

Un segundo estallido obligó a McKenna a levantarse para coger la ropa a toda prisa. El cielo ya no reflejaba el lago; era una gran extensión oscura. En su estado de ofuscación onírica le vino a la mente la palabra «eclipse», pero no se traba de eso, sino de una tormenta que había estallado sin previo aviso.

—Sam —dijo. Por increíble que pareciera, seguía durmiendo. Ella se levantó para subirse los pantalones y le propinó un puntapié suave, pero urgente—. Despierta. Está a punto de...

Más magia y las nubes se abrieron antes de que pudiera pronunciar la palabra. Sin las cuatro gotas de rigor; directamente una tromba de agua en toda regla. Se empaparon al instante.

—Mierda —dijo Sam, que se puso en pie y recogió la lona y su mochila en un solo movimiento. Guardaron las cosas a toda velocidad y salieron corriendo. McKenna se dejó guiar por él, dando por supuesto que sabía por dónde iba y que los llevaría de regreso a la tienda.

—Espera —le gritó McKenna cuando lo vio desplazarse de árbol en árbol. Un rayo brilló sin dar tiempo a contar los segundos transcurridos hasta el trueno que debía sucederlo; ambos estallaron al mismo tiempo. Puede que ella no hubiera sido *scout*, pero sabía lo que significaba—. No podemos refugiarnos en los árboles. ¡Los rayos!

—¿Prefieres quedarte a cielo abierto y atraerlos hacia nosotros? —gritó él antes de tenderle la mano para arrastrarla por la cresta. Avanzaron un rato a la carrera entre los golpes de la mochila contra la espalda de Sam, antes de refugiarse en un saliente de roca bajo una cornisa baja. Ya no avistaban el lago ni tampoco el campamento.

Se acurrucaron juntos mientras la tormenta arreciaba, tapados con la lona para mayor protección y respirando deprisa, con furia. McKenna tenía que reconocer que en realidad no se había asustado y tampoco tenía miedo en ese momento. Hasta ahora, su día había consistido tan solo en habitar su cuerpo, atender a sus emociones y vivir aquí y ahora. Estar acuclillada con Sam contemplando la tormenta no hizo sino agudizar esa sensación: los dos empapados y temblando, el precioso despliegue de luz y sonido como una lección de humildad. No eran más que dos seres en el bosque, a merced de la Madre Naturaleza. A McKenna no le preocupaba la ropa mojada; solo tenían que llegar al campamento y cambiarse. La misma furia de la tormenta significaba que seguramente pasaría pronto.

Cuando el temporal empezó a amainar, incluso les entró la risa.

—Ha sido alucinante —dijo Sam—. Llevo en el camino..., mierda, ni siquiera sé el tiempo que llevo en el camino y nunca había visto una tormenta como esta.

Al ver que la lluvia iba cesando, Sam alargó la mano por debajo de la lona para recoger las gotas y sorberlas. McKenna lo imitó.

—Deberíamos haber puesto a llenar una cantimplora —caviló—. El agua de lluvia no hace falta purificarla.

Sam hundió la mano en la mochila y sacó su botella, todavía llena. Durante la comida habían bebido de la cantimplora de McKenna.

—¿Dónde está la mía? —preguntó ella.

—No la encuentro. La habremos dejado olvidada cuando hemos salido corriendo.

McKenna se la imaginó rodando por el borde de la cresta mientras recogían la lona y aterrizando luego junto al lago. A la luz pálida que había dejado la tormenta tras de sí casi tenía la sensación de que el lago había sido un espejismo o un efecto visual; le costaba creer que hubieran perdido de vista algo tan inmenso en un instante.

—Oh, no —exclamó McKenna—. También hemos perdido el filtro.

Volvió a revisar la mochila con la esperanza de haberse confundido. Pero llevaban tan pocas cosas que no había error posible. También se habían olvidado el filtro.

—No te preocupes —dijo Sam, saliendo de debajo de la lona—. En la tienda está tu otra cantimplora. Y tenemos los comprimidos de yodo.

McKenna se levantó y sacudió la tela. A continuación la prendió a la mochila con los cordones elásticos que Sam llevaba en la parte exterior; no tenía sentido mojar la bolsa por dentro. Goterones de agua ruidosos y persistentes resbalaban aún de los árboles, pero, por lo que parecía, el chaparrón había terminado. Reinaba un silencio extraño y las nubes seguían en lo alto, vacías, pero no del todo dispuestas a alejarse flotando.

Sam retrocedió unos pasos y miró alrededor. No se distinguía un camino, solo gruesos árboles a un lado y la pared de roca al otro. Donde debería haber huellas señalando la ruta que habían seguido, todo era barro. La lluvia había arrastrado la primera capa de tierra del bosque y dejado un lienzo blanco a su paso.

—Quizá si nos guiamos por la pared de roca lleguemos a la cresta con vistas al lago —sugirió McKenna. Una vez en la cresta, solo tendrían que seguirla y acabarían llegando al lugar donde habían comido. Tenía sentido.

—Pero dudo que nada allí nos indique que se trata de ese sitio exacto —objetó Sam—. Seguro que la cantimplora ha caído rodando, y nos hemos llevado todo lo demás. Es más lógico cruzar por el bosque, creo yo.

—¿Dónde todo tiene el mismo aspecto idéntico?

Él se volvió a mirarla con los ojos azules entrecerrados y, pensó McKenna, cierta expresión de superioridad. Pese a todo, la tranquilizó que de su rostro emanaran también calma y control. No estaba preocupado.

—Quizá te parezca idéntico a ti —replicó, y echó a andar hacia los árboles. McKenna se quedó esperando un momento. Por encantadora que fuera su espalda, las connotaciones de la imagen no eran buenas. Por suerte, la paz interior no la había abandonado, así que inspiró hondo y se cargó la mochila. No era tan liberador como caminar sin peso, pero, acostumbrada al enorme fardo que solía acarrear, se parecía a no llevar nada.

Sam siguió avanzando, girando la cabeza hacia aquí y hacia allá, escogiendo rutas entre los árboles que parecían cada vez más arbitrarias. Cuando las nubes escamparon por fin y asomó la luz apagada del atardecer, los rayos oblicuos del sol brillaban aún lo suficiente como para secar las prendas de McKenna, gracias a Dios y a los tejidos técnicos. Sam no se las estaba arreglando tan bien; sus prendas de algodón seguían empapadas. Se detuvo en seco junto al tronco de un serbal y alzó la vista hacia las hojas, como intentando desentrañar si era el mismo cuyos frutos habían picoteado un rato atrás.

—Ahí solo hay un árbol —observó McKenna—. El de antes formaba parte de un rodal. Y teníamos vistas del lago, ¿te acuerdas?

—Ya lo sé —replicó Sam—. Estaba pensando si sería buena idea recoger unas cuantas.

A decir verdad, McKenna notaba que su estómago no estaba demasiado fino desde que se comieran las bayas. Puede que no fueran tan venenosas como para que cayeses fulminada al instante de probarlas, pero tampoco tenía claro que pudieran considerarse «comestibles», estrictamente hablando.

—No, gracias —dijo—. No me apetecen. Ahora mismo lo único que quiero es encontrar el claro en el que hemos acampado.

En su mente estaba cobrando forma una imagen del paraje donde habían dejado la tienda y la mochila con casi todo lo que llevaba cargando esos meses, el equipo que se había convertido en una extensión de su cuerpo. La tienda, el saco de dormir, el hornillo, la cartera con el dinero de emergencia. No se había separado tanto tiempo de sus cosas desde aquella primera cena con Brendan en Maine. A pesar de lo natural que le había parecido la primera parte del día, de lo liberador que le había resultado dejarlo todo atrás, en ese momento no se podía creer que se hubiera dejado convencer de separarse de sus cosas. No solo estaba lejos de ellas, sino que no sabía cómo volver a encontrarlas. Los árboles que los rodeaban, incluidos esos estúpidos serbales con sus bayas venenosas, no tenían marcas blancas, nada que los ayudase a recuperar todo lo que necesitaban para sobrevivir.

—No entres en pánico —le dijo Sam, aunque McKenna no había abierto la boca.

—¿Quién entra en pánico?

—Nadie. —Hablaba en un tono demasiado firme, como si le estuviera dando órdenes.

—Vale —respondió ella. Le costó un gran esfuerzo pronunciar las palabras con tranquilidad—. Si no entramos en pánico, ¿qué hacemos?

—Andar. Andar y mirar.

—¿En alguna dirección en particular?

—Por aquí —respondió Sam.

La seguridad con que lo dijo molestó a McKenna, porque sabía que estaba mintiendo. Pese a todo, prefirió callar. Se ajustó las tiras de la mochila por la fuerza de la costumbre y salió tras él.

¿Había pasado una hora? Puede que más. Llevaban tanto rato caminando sin saber por dónde iban que el sofoco del pánico había empezado a apoderarse de ellos. A pesar de eso, McKenna paró para echar mano del forro polar que llevaba en la mochila de Sam.

—¿Quieres tu chaquetón? —le preguntó.

—No, gracias.

Su rostro había adquirido un rictus obstinado, como si no estuviera dispuesto a reconocer, de ninguna manera, que se habían perdido.

—Está bastante seco —insistió McKenna al notar la áspera lana. Las prendas que llevaba Sam todavía parecían húmedas. El aire empezaba a refrescar. Seguro que se estaba helando.

—No, estoy bien. Sigamos andando. Me parece que estamos cerca.

Era una chorrada como una casa. Los bosques de alrededor no se parecían en nada a la zona en la que habían acampado y se habían internado tanto en la fronda que no había nada parecido a un claro por ninguna parte. Aunque de verdad estuvieran cerca, no había absolutamente nada que lo sugiriese.

A esas alturas McKenna ya estaba harta de que Sam fingiera saber lo que se traía entre manos, así que le soltó:

—¿Ah, sí? ¿Y por qué te lo parece?

Sam no respondió. Se limitó a desviarse —al azar, McKenna estaba segura— entre dos árboles de la izquierda. Ella recordó las vistas del lago, franjas y más franjas de cimas y bosque. Ahora estaban envueltos en esas franjas interminables e indiscernibles.

Por fin no pudo contenerse más.

—Lo sabía. Sabía que no teníamos que abandonar el camino.

Pensó que Sam se detendría, se daría la vuelta, discutiría. Por ejemplo, podía señalar que no parecía que McKenna lo supiera cuando había salido corriendo tras él para cotorrear sobre Walden o durante su euforia anarquista de la noche anterior. No lo había señalado durante el pícnic ni mientras hablaban de bajar al lago, ni cuando estaba desnuda y libre debajo de él y del cielo azul. Pero no lo hizo. Siguió caminando.

McKenna estaba descubriendo que, a medida que su pánico aumentaba, más le costaba dejar de hablar.

—Pronto anochecerá. Nos vamos a congelar aquí fuera. Estamos caminando en círculos. Apenas nos queda comida. No hay señales. ¿Sabes en qué se parecen todas las historias trágicas que he leído sobre el Sendero de los Apalaches? En todos los casos, los senderistas abandonaron el camino.

No fue eso lo que dijo exactamente; no en ese orden, en cualquier caso. Había otras frases que entrelazaban los pensamientos. Nunca había sido de esas personas que parlotean cuando se ponen nerviosas, pero ahora que había empezado no podía parar. Tenía la sensación de que si cortaba el flujo de las palabras, si se callaba (como los músculos crispados de la espalda de Sam le pedían que hiciera), todas esas frases mudarían de la teoría a la realidad. Ya no estaría hablando de la posibilidad de un desastre. Lo estaría viviendo en carne propia.

—Está oscureciendo —observó McKenna de nuevo—. Dentro de nada será de noche y nosotros seguimos aquí, a la intemperie, casi sin provisiones y con una sola cantimplora...

—Cállate —le espetó Sam finalmente. Se detuvo en seco y se volvió. Le latía una vena en la frente que ella nunca había visto, azul y furiosa.

—¡No! —gritó McKenna—. No me voy a callar. Estoy muerta de miedo. ¡Podríamos morir en este bosque, Sam!

—¿Tan deprisa pasas de un extremo al otro? ¿O estás a salvo y feliz o al borde de la muerte?

—Me parece que no lo pillas. Esto es peligroso. Estamos en plena naturaleza, a merced de los animales salvajes y de los elementos y no tenemos nada, nos hemos alejado de todo lo que nos...

—¿De todo lo que nos qué? ¿Sabes cuándo me alejé yo de todo? Hace exactamente seis meses. Hace exactamente toda mi puñetera vida. ¿Te preocupa perderte? ¿Te preocupa pasar frío? ¿Hambre? ¿Qué será de ti dentro de un minuto? Bienvenida a mi mundo, princesa.

McKenna tragó saliva al pensar en los largos meses que Sam llevaba recorriendo el sendero solo, sin dinero ni ninguno de los recursos con los que ella contaba. Por no mencionar todos los años conviviendo con un padre alcohólico e imprevisible. Alargó la mano para tranquilizarlo, pero él estaba demasiado alterado. Dio media vuelta apartando el brazo de McKenna y siguió andando.

No durante mucho rato. Si la discusión había llegado demasiado lejos, también el día estaba demasiado avanzado. Poco después, Sam tuvo que reconocer su derrota, se recostó contra un árbol y se dejó caer hacia el suelo, que seguía mojado. McKenna se descargó la mochila. Había suficiente espacio despejado en la tierra para extender la lona. Le tendió a Sam su chaquetón y ella se encasquetó el gorro, dando gracias por haberlo llevado. Ojalá tuviera otro para él. Por más enfadados que estuvieran, se acurrucaron juntos con los cuerpos muy pegados. Era la única manera que tenían de conservar el calor.

Capítulo 17

Sam no podía dormir y no solo porque estuviera muerto de frío. Se había librado de la camiseta mojada y había usado el chaquetón de lana para envolver su cuerpo y el de McKenna. Ella dormía sobre su pecho, si bien antes de cerrar los ojos estaba demasiado enfadada y ni siquiera lo miró. Tenía la frente fría, pero al introducir la mano por debajo de su camiseta para comprobar su temperatura corporal, notó caliente la piel de su espalda. Dormía como un tronco. Quizá fuera una consecuencia natural de haberse criado en un hogar en el que se sentía a salvo. Había aprendido a dormir bien. O tal vez se debiera a que tenía la conciencia tranquila. No como Sam.

Él tenía la culpa de que se encontraran en esa situación, ya lo sabía. Se había desviado del sendero y había arrastrado a McKenna con él, aunque ella le había advertido que no era buena idea. La había tratado como a una niñata repelente. Le había tomado el pelo y la había pinchado para que hiciera algo que había puesto en peligro sus vidas.

Lo había visto en sus ojos, algo parecido al pánico, aunque en el fondo ella no creía que pudieran morir allí. ¿Por qué iba a creer en algo así, en su propia mortalidad? McKenna no solo vivía en un mundo que Sam no era capaz ni de imaginar, con redes de seguridad tejidas de dinero y amor. También había seguido siempre planes trazados a conciencia. Para ella, el peligro no existía. Solo era algo abstracto que tenías que evitar, no una realidad.

Y, sin embargo, lo cierto era que en esa época del año, con tan poca comida y seguramente sin agua (a menos que encontraran agua clara, puesto que habían perdido el filtro y les quedaba una cantidad limitada de pastillas de yodo), tendrían que volver al camino o podían morir; por deshidratación, inanición, frío.

Corrían peligro de muerte.

A Sam no le importaba demasiado y desde luego le daría igual de estar solo. Pero no podía soportar la idea de arrastrar a McKenna con él.

Con sumo cuidado, retiró el brazo de debajo de su cuerpo y la tendió sobre la lona. El sol alboreaba entre las copas de los árboles. Puede que no tuviera previsto ir a la universidad, pero sí había estudiado literatura inglesa en el instituto, había leído sobre los dedos rosados del alba y nunca la metáfora le había parecido más acertada que esa mañana. Los nudosos haces de luz rosa le habrían parecido hermosos si no hubiera tenido tanto miedo. ¿Dónde estaban los espíritus que cuidaban de los viajeros cuando los necesitabas?

Buscó en la mochila el sedal y un par de tiras de cecina. Si encontraba un arroyo, quizá pudiera pescar unas cuantas truchas para desayunar. De paso mantendría los ojos abiertos por si veía un camino de vuelta al sendero. Sería preferible perder todas las cosas a deambular en círculo buscándolas. Extrajo el cuchillo del bolsillo delantero de la mochila. No era pintura blanca, pero serviría para grabar muescas en los árboles que funcionaran como señales.

En la tienda, dentro de la gigantesca mochila roja de McKenna, había bolígrafos y un diario encuadernado en piel en el que, por lo que sabía, ella apenas había escrito cuatro rayas. Pero no habían cogido esas cosas. De modo que Sam echó mano de un palo y escribió un mensaje en la tierra, a la derecha de la cabeza de McKenna, con letras grandes para que las viera tan pronto como abriera los ojos: HE IDO A PESCAR. ESPÉRAME AQUÍ.

Dejó la mochila, la comida, el agua. A unos pocos pasos de distancia, grabó la primera muesca en un árbol. Tal vez no se hubiera dado por vencido, porque el hecho de ponerse en marcha con la esperanza de despertar a McKenna con una ristra de pescados frescos le arrancó una sonrisa. «Eh, Mack —le diría—. He encontrado el camino de vuelta a la tienda. Pero antes voy a preparar el desayuno».

La expresión de alivio que imaginó en su semblante le prestó fuerzas de sobra para seguir avanzando.

McKenna despertó sobresaltada una hora más tarde. Miró al frente, luego alrededor. No volvió la vista a la tierra que tenía al lado.

—¿Sam? —gritó.

Los árboles respondieron con silencio absoluto. Ni viento, ni los restos de la lluvia, ni siquiera el maldito rascador. Hasta los pájaros eran tan listos como para evitar esa parte del bosque. Se puso de pie y de dos patadas apartó la lona, que medio tapó, medió borró la nota de Sam en la tierra.

—¿Sam? ¡¡¡Sam!!! ¡Serás idiota!

Si una chica llama a su novio en mitad bosque y nadie la oye, ¿es una imbécil integral? ¿Es una loca rematada, una boba sin remedio, por haber escuchado hasta la última de las palabras que ha pronunciado?

McKenna se acuclilló en la lona y se sujetó la cabeza entre las manos. El mes de junio pasado, sentada en el centro estudiantil del Whitworth College, se había convencido a sí misma de que podía recorrer el Sendero de los Apalaches en solitario. Y lo había logrado hasta llegar a Nueva Inglaterra. A partir de ahí había caminado en compañía de Sam. Juntos habían subido y bajado montañas. Una travesía en pareja: algo socialmente más aceptado que ver a una chica caminando sola. Sin embargo, para McKenna, el camino con Sam era el menos transitado.

Y mira a dónde la había llevado.

Apartó las manos y sacudió la cabeza, con fuerza. Entrar en pánico no ayudaría. Caer en la desesperación no ayudaría. Su estómago ya había superado la fase de los gruñidos; ahora tenía calambres de hambre. Menos mal que, antes de ejecutar su famoso truco de desaparición, Sam le había dejado la mochila y los víveres que quedaban. Mientras revisaba la mochila, empezó a preocuparse por él. No se había llevado nada de comida ni la cantimplora. Se preguntó si las prendas del día anterior se le habrían secado.

McKenna inspiró hondo y cerró los ojos. Aunque se hubieran ido a dormir de morros, no debía sacar conclusiones precipitadas. Había dejado sus cosas, ¿cierto? Incluida la cantimplora. No podía estar tan enfadado como para emprender una misión suicida. Quizá, si se sentaba a esperar, aparecería en cualquier momento por detrás de los árboles.

Echó mano del paquete de salmón seco y se comió dos trozos, aunque podría haber devorado todo lo que quedaba tranquilamente, a pesar de ese sabor a pescado tan intenso. Bebió unos cuantos sorbos de agua, con tiento, porque a saber cuánto tiempo tardaría en encontrar agua.

Tras dar cuenta de la comida suficiente como para advertir que tenía un hambre de lobo, se tendió sobre la lona, cerró los ojos y esperó.

Y esperó. Y esperó. Y luego siguió esperando.

No podía soportarlo. El sol ascendía por el cielo y ella no podía hacer lo único que siempre la ayudaba a sentirse mejor: moverse.

Las horas pasaban y no parecía que Sam fuese a volver. Puede que se hubiera perdido. Puede que la hubiera abandonado. En cualquier caso, no podía quedarse allí sentada durante el resto de su vida, o el resto de su vida se acortaría de manera considerable.

Mientras recogía sus cosas, se obligó a dejar atrás el miedo para reunir determinación. «Volveré a ver a mi familia. Regresaré al sendero y caminaré el resto del trayecto hasta Georgia».

En la franja de tierra más ancha que vio en dirección a los árboles, lo más parecido a una senda, McKenna distinguió las huellas de Sam. Empezó a seguirlas hasta que, en cierto punto, dejó de verlas. No desaparecieron, solo costaba ubicarlas entre una confusa mezcolanza de rastros. Durante un instante, la variedad de huellas la tranquilizó —debía de ser una parte del bosque que otras personas habían transitado—, hasta que comprendió que seguramente Sam y ella habían dejado esos rastros el día anterior. Debieron de caminar en círculos, como los chicos de *El proyecto de la bruja de Blair*. Courtney obligó a McKenna a ver la película, y ella, sublevada ante los descarados intentos de aterrarla, se negó a perder ni un segundo de sueño recordando las exageradas imágenes. En ese instante, cinco años más tarde, tuvo miedo por fin. ¿Qué podía ser más horrible que caminar en círculos por el bosque, atrapada, sin encontrar nunca la salida? Se preguntó si la película transcurría en las Smoky Mountains.

Hizo un descanso y se descolgó la mochila de Sam para tomar un minúsculo sorbo de agua. La pérdida de la otra cantimplora y del filtro era devastadora. Gracias a Dios que llevaba las pastillas de yodo, aunque solo le servirían si encontraba agua. Contar con una única cantimplora implicaba la necesidad de encontrar agua cada vez que bebiera un litro. Recordó el día que había desperdigado todo el equipo sobre la cama de su casa para inspeccionarlo con Lucy. La gigantesca garrafa que llenó y que declaró demasiado pesada para transportarla. Estaba en lo cierto; ni en sueños habría llegado tan lejos con todos esos litros de agua. Sin embargo, en esos instantes, cuando apenas le quedaban unas gotas para mojarse los labios, recordaba con qué alegría había vertido todo ese líquido en la bañera, el chorro y las burbujas que borboteaban bajo el plástico plegable. Vivir en un mundo con un techo sobre la cabeza y siempre a dos pasos de un grifo se le antojaba un lujo de ensueño.

—¡Sam! —gritó a voz en cuello.

El sonido rebotó hacia ella con algo parecido a un eco y el silencio del bosque pesó más que nunca tras un grito tan alto. Nada.

—¡Sam, gilipollas impulsivo! ¿Estás ahí?

De nuevo nada, absolutamente nada, ni siquiera el susurro de los animales detrás de los árboles. Sintió algo muy parecido a la desesperación al pensar en su casa, en su familia. Incluso en Sam. Así que, en vez de eso, decidió pensar en las cosas que había traído, los objetos que había cargado todo ese camino y dejado en la tienda el día anterior. Sus sandalias Keen; la faldita pantalón, estropeada pero todavía mona; la brújula que no había aprendido a utilizar; la guía de aves; los ejemplares de *Walden* y *El hielo en el fin del mundo*. El hornillo y el cazo, además de los guantes, el dinero en efectivo y la Visa, cuyas facturas pagaban sus padres. El material de supervivencia que se había convertido en una extensión de su cuerpo. Se disculpó para sus adentros con todas y cada una de esas cosas y les juró con sombría determinación que las encontraría.

—Brújula, sandalias, libros —murmuraba como una especie de mantra al tiempo que caminaba con furia a ritmo de piloto automático, un pie delante del otro—. Os recuperaré.

Horas más tarde, agotada, con el corazón roto de ver al sol de viaje hacia el otro extremo del mundo, McKenna no sabía si había avanzado algo. Las formas de los árboles y de las ramas, la ausencia de camino, los troncos; todo parecía igual. Cuando conseguía ver algo entre las copas, tan solo atisbaba capas y más capas de montañas exuberantes que habrían sido hermosas de no representar una extensión infinita en la que seguir extraviada.

El claro en el que habían acampado podía estar a pocos pasos o a largos kilómetros de distancia. Si llevara la brújula consigo, sin duda averiguaría cómo usarla. Se la imaginó sobre la palma de la mano, el peso del bonito latón, señalando el rumbo al sendero.

No quería pensar en Sam y sus zapatillas reparadas con cinta de tela, sin agua. ¿Acaso no se lo había buscado él solo?

El único aspecto positivo del día fue el hallazgo de un arroyo. En ese momento, McKenna experimentó algo parecida a alegría, cuando vació lo que le quedaba en la cantimplora y volvió a llenarla. El agua parecía tan pura y estaba tan fría que sintió tentaciones de prescindir de las pastillas de yodo. Pensó que sería un gesto típico de Sam y casi oyó la voz del chico a su lado, burlándose de ella por pensar que valía la pena tomar esas precauciones. «Te vas a morir de sed esperando a que las pastillas hagan efecto».

Vertió los comprimidos en la cantimplora con ademán desafiante y dejó el agua treinta minutos en reposo, dando gracias por la única concesión que había hecho a la tecnología: el reloj. Después bebió a placer y cuando hubo saciado su sed volvió a llenar la cantimplora hasta el borde y añadió dos pastillas más.

Horas más tarde, el sol ya se había hundido tras el horizonte y McKenna se abría paso como podía en la oscuridad. Oyó el canto de un búho a lo lejos y tropezó con la raíz de un árbol. Se ayudó con las manos para no estamparse de bruces y se desolló las palmas. Sentada sobre las rodillas, lo intentó por última vez ese día.

—¡Sam! —chilló—. ¡Sam! ¿Estás ahí?

Con los pájaros retirados durante la noche y los grillos y las ranas ausentes durante el invierno, el bosque respondió con el mismo silencio exasperante. McKenna se bajó el gorro de lana hasta las orejas y buscó el jersey que Sam había dejado en la mochila. Sin molestarse en sacar la lona ni la comida, se obligó a tomar unos tragos de agua antes de cerrar los ojos. El sueño la arrastró a una velocidad sorprendente, tan pronto como la inmensidad de su cansancio físico y mental se apoderó de ella.

Y entonces, desde algún lugar en la distancia, un sonido. Parecía una voz, como de alguien que gritara. McKenna se sentó y prestó oído mientras esperaba volver a oírlo.

—¡Sam! —gritó en dirección a la oscuridad. Y luego, desde el diafragma, con toda la potencia de su voz—: ¡¡¡Sam!!!

Nada. Serían imaginaciones. O el búho. Volvió a acostarse y se hundió en un sueño negro casi antes de tocar la tierra dura y fría.

Doce horas antes, Sam se alejaba tranquilamente del sitio donde McKenna dormía. Cada tres metros más o menos se paraba a marcar un árbol. Era algo que haría McKenna, tomar precauciones. Tardó más de lo que esperaba en encontrar agua; para cuando llegó al torrente, el sol estaba alto en el cielo. Se despojó del chaquetón de lana y se arrodilló para beber recogiendo el líquido con las manos. A continuación, se lavó la cara antes de seguir bebiendo. El agua estaba fría, pura y perfecta. Clavó el cebo al anzuelo y dejó caer el sedal en la corriente. Aunque habría disfrutado con la frescura del arroyo, confiaba también en que sus aguas no fueran demasiado frías para los peces.

Mientras esperaba a que picaran, imaginó a McKenna, que ya debía de estar despierta. Puede que encendiendo una hoguera, confiando en que él llevaría el desayuno. Intentó recordar si se habían llevado cerillas cuando abandonaron la tienda de campaña.

Por fin picó algo, pero al extraerlo descubrió que era una trucha minúscula. De haberlo visto un guardabosques le habría puesto un montón de multas: por pescar fuera de temporada sin licencia y por extraer del agua un pescado inferior al tamaño reglamentario. Y no le habría importado nada, porque el guardabosques podría haberlos llevado de vuelta al camino y Sam, de todos modos, no habría pagado las multas.

El mediodía debía de estar al caer, así que tendrían que conformarse con una trucha raquítica. McKenna llevaba sola demasiado rato; estaría agobiada y preocupada. Sam mató al animal atravesándole el ojo con el cuchillo. Siempre le había parecido mezquino dejar que el pescado se sofocase hasta la muerte, como hacían su padre y su hermano.

El último tronco que había marcado estaba a unos diez pasos de allí. La cuestión era: ¿desde dónde, exactamente, había dado esos pasos? Los árboles que rodeaban el arroyo se parecían más de lo que quería reconocer.

Por allí; ese tulípero, estaba seguro de haber pasado por su lado. Se enganchó el pescado al bolsillo y enfiló hacia el árbol. Pasados tres o cuatro troncos más, tenía que haber un magnolio. Estaba seguro de haberlo marcado también.

El tiempo pasaba y Sam avanzaba de árbol en árbol. ¡Allí! Estaba seguro de haber dejado una muesca en ese roble, un trozo de corteza recién arrancada que dejaba a la vista la madera blanca de debajo. Por desgracia, cuando caminó en la dirección que creía haber tomado, fijándose en la posición del cielo, comprendió que la marca debía de ser natural, obra de una ardilla o de un pájaro carpintero. Debería haber pensado una manera especial de marcar los árboles, algo que delatara con claridad el origen humano de las muescas.

—¿McKenna? —gritó con la esperanza de estar más cerca de lo que pensaba. La única respuesta que oyó fue un murmullo, algún roedor pequeño que había salido corriendo. Hacía frío, pero Sam se enjugó la capa de sudor pegajoso que tenía en la frente. Debería haber tomado otro trago del torrente. Al avistar una zona de violetas comestibles, devoró un puñado y se guardó unas cuantas más para dárselas a McKenna junto con el pescado. No sería un desayuno por todo lo alto, pero al menos supondría una comida (con proteínas incluidas) que les permitiría seguir avanzando hasta que encontraran la tienda.

Se preguntó cuánto tiempo lo esperaría en aquel afloramiento rocoso. Sentarse a esperar no era su especialidad. No tardaría mucho en concluir que Sam se había perdido y salir a buscarlo.

Después de seguir dando vueltas durante lo que le parecieron unas cuantas horas, renunció al plan de encontrar el camino de regreso al afloramiento de rocas. Era imposible que McKenna siguiera allí. A esas alturas ya habría emprendido su operación de rescate. Imaginarlo le arrancó una pequeña sonrisa. Haría lo que sin duda debía de estar haciendo ella: tratar de encontrar el camino a la tienda y al cerco de la hoguera. O bien se encontrarían allí o bien se tropezarían por el camino.

Virando en la dirección correcta, estaba seguro, se puso en marcha. Le sabía mal que McKenna tuviera que cargar la mochila y también le gustaría no haber perdido la segunda cantimplora.

De vez en cuando, gritaba «¡Mack!», pero era tan deprimente no obtener respuesta que, pasado un rato, dejó de hacerlo. Encontró un serbal y tomó unos puñados de bayas que, junto con las flores, solo sirvieron para acentuar la sensación de hambre. De no haber comido nada, su cuerpo habría entrado en ese estado en el que ya no espera nada, con el que estaba muy familiarizado a esas alturas. Pero las escasas hierbas habían insinuado a su estómago una posibilidad de alimento sin llegar a satisfacerla. A pesar de todo, no quería dar cuenta del pescado, que reservaba para McKenna, y en cualquier caso no tenía nada con lo que hacer fuego. Así que siguió picoteando bayas, que además a ella no le gustaban, estaba seguro. Luego continuó andando. Encontraría a McKenna avanzada la tarde y cenarían el pescado juntos.

El sonido viaja de manera extraña en el bosque a causa de las paredes de roca y de las distintas alturas de los árboles. Sam creyó oír la voz de McKenna, pero, cuando gritó, no obtuvo respuesta. O bien el viento arrastraba los sonidos en un sentido y no a la inversa o deseaba tanto oír su voz que los sentidos lo engañaban.

Para cuando el sol insinuaba la caída de la tarde, el pescado empezaba a oler mal. Sam se sentó en un tronco caído y levantó el anzuelo para examinarlo. Estaba mareado de deshidratación. El hambre había alcanzado ese punto soportable en que el cuerpo suprime la sensación, pero sabía que le costaría mucho seguir adelante si no consumía alguna que otra caloría. Todo eso no tornaba más apetecible la perspectiva de zamparse una trucha cruda, pero echó mano del cuchillo de todos modos y fue cortando laminillas de carne y tragándoselas como si fueran pastillas, sin masticar, solo para aportar proteínas a su cuerpo. Justo enfrente de donde estaba sentado, vio un pequeño anillo de setas que brotaban del suelo, con el sombrero de color crema salpicado de motas marrones. Pensó que debían de ser setas parasol. Los sombreros eran algo pequeños, pero tal vez se debiese a la altitud. Tiró lo que le quedaba de ese pescado crudo y medio rancio y arrancó un puñado de setas. Solamente tomó un par, suficiente para seguir andando.

Cosa de media hora más tarde, mientras intentaba recordar qué había comido, advirtió que las conexiones de su cerebro fallaban. Los árboles empezaron a multiplicarse.

—¿Quién cojones ha puesto tantos árboles en este bosque? —preguntó a gritos, y luego se rio a carcajadas. Intentó recostarse contra un tronco, pero descubrió que estaba en el único sitio libre de troncos en kilómetros a la redonda. Trastabilló y cayó de lado. Cuando se estampó contra el suelo, oyó con suma claridad esa vez:

—¡Sam, gilipollas impulsivo!

Sabía que estaba tan colocado como para que la voz de McKenna fuera una alucinación. Pero dudaba que se hubiera inventado eso de «gilipollas impulsivo».

—Mack —gritó. Sin embargo, la voz que surgió de su garganta deshidratada fue poco más que un quejido. Se le revolvieron las tripas. De sopetón, no tenía claro que pudiera ponerse en pie. Cuando volvió a abrir la boca, en vez del nombre de McKenna, brotó un vómito abundante. Se puso a cuatro patas, entre arcadas, hasta que su estómago se vació por completo. A continuación, se arrastró unos metros y se desplomó de bruces en la tierra.

El tiempo había dado un extraño resbalón. Sam no tenía ni idea de cuánto llevaba allí tirado. Que hubiera vomitado era en parte bueno y en parte malo, porque se había quitado de encima el veneno, pero también nutrientes y fluidos. Se sentía seco como una piedra. Estaba agotado y hundido. Tenía que levantarse.

Puede que las setas hubieran abandonado su cuerpo, pero no su cerebro. El sol crecía y menguaba a través de los árboles. Se imaginó que se burlaba de él. Qué chiste más gracioso.

Por primera vez en su vida había encontrado a alguien a quien le importaba de veras, y él se las había arreglado para jorobarlo todo a base de bien. Si McKenna estuviera allí, le señalaría lo bien que se las habían arreglado esos meses en el camino y el modo en que se había ido todo a paseo tan pronto como lo habían abandonado. Pero no fue McKenna, sino el sol el que se lanzó a regañarlo.

—Te creías invencible —le dijo—. Pensabas que las reglas no iban contigo. Te creías más listo que el resto del puñetero mundo.

—Lo siento —susurró Sam y, cuando se desmayó, tuvo la sensación de que se hundía y la tierra se cerraba sobre él cubriéndolo para siempre.

Más tarde —no sabía cuánto tiempo había pasado—, Sam abrió los ojos. La luz era más suave y tenía la mente más clara. Dedicó un momento a mirar los árboles, deslumbrado y aliviado de seguir vivo, y luego desalentado de pensar todo lo que tendría que hacer para seguir así. Estaba agotado.

Se levantó a pesar de todo e hizo lo único que se le ocurrió: echar a andar. Se planteó si volver a gritar el nombre de McKenna, pero al recordar el hilo de voz que había surgido de su garganta la última vez, decidió guardar las energías para cuando supiera que podía oírlo.

Estaba en las últimas. Y, sin embargo, su cuerpo se movía, haciendo lo mismo que había hecho a lo largo de los últimos meses: avanzar. Pensó que, si el corazón dejara de latirle en ese mismo instante, su cuerpo seguiría caminando, un pie delante del otro, hasta que se le pudriera la carne y se le cayera a tiras mientras su esqueleto proseguía su marcha interminable.

«Por Dios —pensó—. Te estás convirtiendo en una de tus malditas historias de fantasmas».

Atento al cielo del ocaso y a la caída de la temperatura, aguardó hasta el último momento para enfundarse el chaquetón de lana que llevaba atado a la cintura y abrochárselo hasta la barbilla. Ojalá hubiera aceptado la oferta de McKenna de comprarle un gorro. Por no hablar de las botas; la cinta de tela ondeaba a cada paso. Deseó un montón de cosas, ninguna de las cuales le ayudaría cuando cayera la noche.

—¡Mack! —gritó finalmente. La voz de McKenna sería lo único que podría impulsarlo a seguir avanzando. El cielo estaba negro como la boca del lobo y no había casas ni una maldita luz eléctrica en ninguna parte para alumbrarse. Notó que se hundía hacia la tierra otra vez. Se acostaría para echar una cabezadita rápida y, con un poco de suerte, no moriría de congelación.

Y entonces volvió a oír la voz.

—¡Sam! ¿Estás ahí?

Se puso en pie a toda prisa. Mierda. McKenna tenía que volver a gritar. ¿No se daba cuenta? Una vez para que la oyera. Otra para que supiera de dónde venía la voz.

—¡Mack! —gritó—. Mack, ¿eres tú?

Nadie respondió. Avanzó unos pocos pasos en la oscuridad con la intención de volver a gritar, pero antes de que pudiera hacer acopio de fuerzas para hablar, se estaba precipitando hacia abajo. Así que, en lugar de decir «Mack», emitió una especie de grito al tiempo que notaba el roce de las rocas y las raíces en su espalda. No pudo calcular la profundidad de la caída.

Aterrizó con un horrible chasquido, el mismo que habría emitido una rama al quebrarse, solo que en este caso la ruptura se produjo en el interior de su cuerpo, en la zona del tobillo.

McKenna debió de oírlo.

—¡Sam! —En esta ocasión el grito resonó alto y claro.

—Mack —la llamó él en un tono lastimero. Podría haber chillado tal vez, si se lo hubiera propuesto, pero no quería atraerla y hacerla caer por el mismo barranco. «Quédate donde estás, Mack —pensó—. No pongas en peligro tu vida para dar conmigo. Estoy muy bien aquí».

Como si la hubiera invocado, una manada de coyotes respondió en alguna parte del bosque, aullidos que conversaban y se elevaban a la luna. McKenna los oiría y pensaría que había imaginado la voz de Sam, que estaba cansada y que sus sentidos la engañaban.

Y entonces el dolor abandonó el tobillo para proyectársele a todo el cuerpo, se apoderó de todo su ser y no dejó cabida a ningún otro pensamiento o preocupación. Por segunda vez en aquel día largo y horrible, Sam se desmayó.

Capítulo 18

McKenna despertó flotando sobre un lago claro e inmenso. Su primera impresión al abrir los ojos fue que estaba a punto de precipitarse del cielo al agua.

Se incorporó y gateó hacia atrás. En la oscuridad tanto de la noche cerrada como de su propio agotamiento, había decidido por lo visto dormir justo en el borde de un precipicio. Se había encasquetado el gorro y enfundado el jersey de Sam en el filo de un escarpado despeñadero de roca sedimentaria, una caída de trescientos metros que iba a parar al agua. La mochila de Sam estaba también en el borde, ya sobresaliendo una pizca, como si se dispusiera a saltar. Habría sido una maravilla despertar ante esas vistas panorámicas de no ser porque acababa de deducir que había dormido toda la noche al filo de un abismo, literalmente. Quizá se hubiera tendido a unos pasos de allí y hubiera rodado dormida (no se podía creer que no hubiera notado el inmenso socavón, por agotada que estuviera). De no haber despertado en ese momento exacto, tal vez se hubiera dado la vuelta definitiva.

¿Qué habría sentido si hubiera despertado en el aire? ¿Cayendo y cayendo a plomo hacia el agua gélida del fondo?

Seguramente habría sido muy parecido a lo que había experimentado el día anterior. La seguridad, funesta y aterradora, de que iba a morir con toda probabilidad.

El día acababa de clarear y una neblina húmeda lo cubría todo. Notaba la nariz y las mejillas frías y entumecidas, veía su aliento condensado. Ciñéndose el jersey de Sam, se preguntó cómo se las estaría arreglando él sin la prenda. Al menos se había llevado el chaquetón de lana. Imaginó las orejas de Sam enrojecidas, quizá incluso congeladas por los bordes.

No, estaba dramatizando. Hacía frío en las montañas, sin duda, pero las temperaturas no eran gélidas. Por extrema que fuera la situación, tenían suerte en algunos aspectos. Pocas semanas más tarde los podría haber sorprendido una ventisca en lugar de un chaparrón. Tal vez no hubieran tenido ninguna posibilidad allí fuera, a merced de los elementos, sin contar siquiera con el cuerpo del otro al que aferrarse.

Su propia supervivencia dependía en parte de que afrontara esa realidad, los aspectos afortunados, de que identificara aquello que la ayudaría a seguir adelante. Por ejemplo, el lago. ¿Acaso no era un punto de referencia? Dos días atrás, Sam y ella habían comido delante de esa masa de agua. Puede que no llevara consigo la brújula ni supiera usarla. Pero si McKenna estaba de cara al lago, estaba segura de que habían llegado allí por la derecha. ¿O lo habrían visto desde el otro lado?

No tenía manera de saber si estaba sentada cerca del saliente en el que habían compartido la comida. El perímetro podía abarcar varios kilómetros. Tomó un sorbo de agua y decidió guardar la poca comida que le quedaba. Su estómago había dejado de quejarse y comer solo serviría para empeorar las cosas. Lo último que necesitaba era que un pequeño bocado le desatara antojos absurdos, fantasías de hamburguesas con queso y tortitas, montañas de espaguetis y botellas de Coca-Cola fría.

Se despojó del jersey, que llevaba encima del forro polar, y lo guardó en la mochila. La posibilidad, muy real, de que Sam estuviera muerto la inundó como una ola, tan impactante que ni siquiera fue capaz de sentir miedo.

«¿Qué debería hacer?», se preguntó mientras echaba a andar por el camino que creía que habían seguido para llegar al lago. ¿Buscar a Sam? ¿O intentar llegar a la tienda y pedir ayuda desde allí? Aunque diera con la tienda no confiaba en ser capaz de encontrar el camino de vuelta al sendero. Y en el caso de que lo lograse, podían pasar horas antes de que se cruzara con alguien o consiguiera llegar al puesto de socorro más cercano, teniendo en cuenta su estado.

Escuchó mentalmente el crac de su teléfono cuando había caído por el terraplén. Qué idiota había sido al no comprar otro. Por otro lado, mirando las densas capas de árboles y cumbres, comprendió que había muchas posibilidades de que estuviera en uno de los pocos lugares que quedaban en el mundo sin cobertura. La verdadera idiotez había sido abandonar el sendero.

McKenna siguió andando. La caminata no se parecía a la travesía por la ruta marcada, donde sabías los kilómetros que llevabas recorridos y te dirigías a un destino concreto. Otro arranque de furia hacia Sam la inundó, pero cedió al instante cuando topó con una vista maravillosa, un arroyo. Tal vez el mismo que había cruzado el día anterior. O quizá aquel en el que Sam y ella se habían detenido de camino hacia allí. La uniformidad del bosque dificultaba infinitamente la orientación. Pero se recordó su plan, reconocer las bendiciones cuando aparecieran. Bebió de un trago el resto del agua y se arrodilló para rellenar la cantimplora, a la que añadió dos comprimidos de yodo antes de cerrar el tapón.

—Sam —gritó, solo por hacerlo, sin apenas alzar la voz. Lo había llamado tantas veces el día anterior sin resultado que no creía que siguiera allí siquiera. La idea cruzó su mente por primera vez: tal vez no se hubiera perdido. Quizá había encontrado el camino a la tienda y la estaba esperando allí. O había llegado al campamento, cogido lo que necesitaba y regresado al sendero.

McKenna desechó esos amargos pensamientos tan pronto como los formuló. Puede que Sam fuera un chico problemático, claro que sí. Pero sabía que no se había enamorado de un producto de su fantasía. La persona con la que había pasado los últimos meses nunca la habría abandonado de un modo tan cruel. Porque la quería. Estaba segura.

—¡Mack!

Lo había oído. No «tal vez», como el día anterior. Acababa de oírlo, una voz que gritaba su nombre.

—¡Sam! —chilló—. ¿Sam?

—¡Mack! —repitió la voz. Sonaba alta y forzada, un intento desesperado, un último resto de energía—. ¡Mack!

Todo su cansancio desapareció. Corrió hacia el sonido.

—¡Sam!

—¡Mack!

—¡Sam!

—¡Mack!

McKenna fue a parar al borde de una aguda pendiente, una pared de roca de tres metros que a la luz del día no les habría supuesto la menor dificultad.

En el fondo, en una postura lamentable, yacía Sam.

La madre de McKenna siempre decía que su hija nunca se asustaba. Pero siendo sincera consigo misma, aquel día con

Courtney en el centro estudiantil, cuando decidió tantos meses atrás emprender la travesía sola, tuvo miedo. Se asustó asimismo cuando supo que se estaba enamorando de Sam. Y tenía miedo desde que se había perdido en plena naturaleza, al comprender que podían morir si no encontraban el camino de vuelta. Jamás en toda su vida se había asustado tanto como el día anterior, cuando se despertó y descubrió que Sam no estaba.

Sin embargo, nada de todo eso podía compararse con lo que estaba sintiendo en ese momento al ver a Sam al fondo del barranco. Estaba pálido y tembloroso. Tenía los labios exangües y agrietados, sembrados de llagas rojas que empezaban a insinuarse. Parecía haber perdido diez kilos desde la última vez que lo había visto, hacía solo treinta y seis horas. Temió que pudiera morir ahí mismo, ante sus ojos.

Debía de haber dado un traspié en la oscuridad. Tenía que llegar a él. Se inclinó hacia delante y dejó caer la mochila antes de bajar de espaldas, con sumo cuidado, buscando apoyo con los pies y las manos.

—Eso ha sido alucinante —dijo Sam, afónico, cuando McKenna llegó a su lado.

Ella se tragó el miedo —el terror, en realidad— porque no les iba a servir de nada. Cubrió la cabeza de Sam con su gorro y le acercó la cantimplora a los labios. El chico bebió con un ansia nunca vista, tomando unos tragos tan largos que temió que vaciara la cantimplora entera o que bebiera demasiado y vomitara. Con suavidad, se la apartó de los labios. Notó el tufo agrio del vómito que desprendía. Le posó la mano en la mejilla. Parecía hielo al tacto.

—Sam —le dijo—, ¿se puede saber qué ha pasado?

—Fui a buscar comida. ¿No viste mi nota?

—¿Tu nota? ¿Cómo me ibas a dejar una nota?

—La escribí en la tierra. A tu derecha, a la altura de tu cabeza. Para que fuera imposible que no la vieras.

Tiritaba con violencia y le castañeteaban los dientes, como si el sol cada vez más intenso de la mañana no lograse calentarlo. McKenna se despojó del forro polar. El monitor del club excursionista siempre decía que el único modo de hacer entrar en calor a alguien que sufre hipotermia es aplicarle piel contra piel. Su cuerpo era lo más cálido que había por allí. Pero le rompía el corazón tener que desnudarlo antes de que su propia temperatura le hiciera efecto.

—Oye —le dijo—. Te voy a quitar la ropa.

—¿De verdad te parece el mejor momento?

—Muy gracioso. —Le desató los cordones de aquellas zapatillas destrozadas y retiró la cinta de tela y lo que quedaba de lona. Los pies descalzos de Sam estaban tan sembrados de llagas, capas y capas de heridas, que se preguntó cómo se las arreglaba para andar—. Cuando hayas entrado en calor, pensaremos la manera de sacarte de aquí. Sam… Madre mía.

Le sostuvo el tobillo, de tantos colores que no podía contarlos y tres veces más grueso de lo que sería normal; ni siquiera se veía la protuberancia del hueso.

—Me parece que está roto —dijo él con un hilo de voz.

McKenna hurgó en el interior de su mochila —la mochila de Sam, en realidad— lamentando no llevar consigo una de las compresas de hielo instantáneo que ahora aguardaban inservibles en la tienda. Estaba segura de haber traído ibuprofeno. Cuando lo encontró, extrajo dos comprimidos y se los puso a Sam en la boca junto con el agua suficiente para que se los pudiera tragar. Él bebió nuevamente con avidez, desesperado, como si fuera a morir en caso de no ingerir tanta agua como su cuerpo admitiese. McKenna se preguntó si habría bebido algo desde la última vez que lo vio.

Pero las preguntas podían esperar. Lo más urgente era que entrase en calor. Lo despojó del resto de la ropa y lo tapó con el jersey y los dos forros polares. A continuación lo cubrió con la lona, se desnudó a su vez y se acurrucó debajo con él, pegando su piel —la temperatura exacta a la que debía estar un cuerpo— a la de él. Sam tiritaba. McKenna notaba el castañeteo de sus dientes en el cuello, cada vez más violento según su temperatura ascendía. Lo rodeó con los brazos y lo estrechó contra ella con toda su alma.

Por desesperada que estuviera, seguía dando gracias por todos los pequeños golpes de suerte. Había conseguido conservar el calor la noche anterior y se lo había podido transmitir a Sam. Alrededor de media hora más tarde, notó que el cuerpo de él se relajaba y empezaba a caldearse. El cielo brillaba despejado y azul en lo alto, sin nubes, sin amenaza de lluvia.

Había encontrado a Sam. Estaba vivo y ella también lo estaba. No solo eso, sino que no se había marchado sin ella. Al menos, no adrede.

Le costaba calcular el tiempo transcurrido. Suficiente para que sol ascendiera y sus rayos le calentaran la coronilla; le retiró el gorro a Sam para que él también lo notara. El chico yacía inmóvil en ese momento, ya atenuados sus temblores. Tenía los ojos cerrados y McKenna no podía distinguir si dormía, si se deleitaba en la sensación de calidez o si intentaba desconectar del tremendo dolor que debía de provocarle ese tobillo destrozado. Un poquitín de color había regresado a su rostro. Todavía estaba pálido, pero su piel parecía hidratada de nuevo, como si las capas de hielo se hubieran derretido. Le pegó la mano a la mejilla e imaginó que notaba el latido de la sangre bajo la palma, el pulso en las venas. Lo besó y, cuando las pestañas de Sam se despegaron, McKenna pudo ver aquel estallido de color, azul claro pero intenso, más brillante que el azul del cielo.

—Hola —le dijo.

—Hola.

Y entonces él la besó. Sus labios seguían resecos, pero ya curados, y McKenna sintió una chispa de esperanza. Estaban fuertes tras tantos meses en el camino. Y eran jóvenes. Sus tejidos se regeneraban con rapidez. Se recuperaban. Todas y cada una de las partes de Sam sanarían, igual que lo hacían sus labios. Pegaron los cuerpos con fuerza en busca de calor y consuelo. Pero también de amor.

—Te quiero —le dijo McKenna.

—Yo también te quiero. Lo siento. Fue la gilipollez más grande que he hecho en mi vida, eso de marcharme así. Y he hecho un montón de gilipolleces.

—No. No pasa nada. Fuiste a buscar comida. No pensabas como es debido. Tenías buena intención.

—Sí, claro, buenas intenciones. Eso significa que vamos de camino al infierno, ¿no?

La sensación agradable que se había ido acumulando de manera lenta pero segura en el pecho de McKenna se heló un instante. Pasado un momento recuperó el ánimo.

—Sam, no es momento de ser pesimistas. El pesimismo nos podría haber conducido a la muerte.

—No soy pesimista —replicó él—. Soy realista.

—Un realista solo es un pesimista que cree tener razón.

—¿Quién lo dijo?

—Yo. Acabo de decirlo.

—Ya, bueno. —Sam esbozó un rictus de dolor, como si hubiera hecho un mal gesto. McKenna no se había roto un hueso en toda su vida, de modo que no podía imaginar hasta qué punto debía de dolerle el tobillo—. Es una respuesta muy inteligente por tu parte, pero eso no significa que no estemos jodidos.

McKenna salió de debajo de la lona y volvió a ponerse las prendas, todas menos el forro polar, que guardó en la mochila. Sam también se incorporó. Ella rompió la pernera derecha del pantalón para que le cupiera el tobillo hinchado y se lo enfundó. Una vez que los dos estuvieron vestidos, McKenna devolvió el gorro a la cabeza del chico.

—Mi padre siempre dice que lo más importante es abrigar la cabeza —comentó.

—¿Sabes qué? Mi padre también lo decía.

Ella se sentó a su lado y le ofreció un sorbo de agua. Ese último comentario era lo más parecido a unas palabras amables que le había oído pronunciar sobre su padre.

—No siempre era tan malo —continuó Sam como si le hubiera leído el pensamiento—. ¿Te acuerdas que te conté que mi madre nos llevaba de acampada? Pues al principio, cuando éramos niños, mi padre nos llevaba también. O sea, acampábamos en familia. ¿Eso que te decía siempre de todas las cosas que había aprendido en los *boy scouts*? Pues nunca fui *boy scout*, Mack. Mi padre me las enseñó.

Su rostro exhibía una expresión distinta, más vulnerable. McKenna le posó una mano en el hombro para que se tranquilizara.

—Sam —le pidió—, dejemos las confesiones para más tarde, ¿vale? Ya compartiremos confidencias cuando estemos en el hospital y te hayan atiborrado de analgésicos. Cuando lleves un yeso en el tobillo, estemos bajo techo y tengamos ochenta años más por delante.

Estuvo a punto de añadir: «No te comportes como si estuvieras en tu lecho de muerte. Porque no permitiré que lo sea».

—Mack —dijo él—, ¿nunca has pensado en preguntarme qué fue de mi madre?

—Esperaba que tú me lo contaras.

—Estaba limpiando la casa de una señora. Lo hacía de vez en cuando si le salía algún trabajo. Y encontró un montón de pastillas en un armarito; ansiolíticos. Valium, Diazepam y Trankimazin. Se las llevó a la cocina, se sirvió un vaso de agua y se las tragó de la primera a la última. Tiró los envases a la basura y enjuagó el vaso. Siempre era muy cuidadosa con esos detalles. No le gustaba dar trabajo a los demás. Luego salió de esa casa, supongo que para que nadie la encontrara a tiempo de salvarla. Se internó en el bosque y se tumbó debajo de un raigón del Canadá. Y supongo que se le pasó la ansiedad.

La mano de McKenna todavía le aferraba el hombro.

—Yo tenía catorce años —terminó Sam.

Ella se acostó a su lado y tendió la lona de nuevo sobre los dos. No dijo nada; todo lo que se le ocurría le parecía demasiado trillado, demasiado parecido a las típicas frases que decía la gente. Así que se limitó a abrazarlo.

Al cabo de un rato habló por fin.

—Sam, te diré que lamento lo que le pasó a tu madre cuando sepa que estamos a salvo. Por ahora, no más confesiones. No gastemos energía en nada que no sea salir de aquí.

—No podemos salir de aquí. Yo no. Casi no me puedo mover y desde luego no puedo andar. Y no voy a arrastrarte al pozo conmigo.

—Bueno, pues tendrás que esforzarte más. Porque no me voy a marchar sin ti.

—No debería haber gritado tu nombre —dijo Sam—. Estaba delirando a lo bestia. De no ser por eso no te habría llamado.

—Bueno, pues me alegro de que deliraras —replicó McKenna. Apartó la lona—. Vamos a salir andando del bosque, los dos.

Sam se sentó. Desplazó las piernas con cuidado, de nuevo con un rictus de dolor. Cruzando los dedos para que no le revolviera el estómago, McKenna le hizo tragar otro ibuprofeno. Buscó unos palos y, usando grandes cantidades de la cinta de tela de Sam, confeccionó una muleta rudimentaria. Se repartieron los últimos restos del horrible salmón seco, tomaron unos tragos más de agua y se pusieron en pie.

—Primero te ayudaré a salir del barranco —decidió McKenna—. Y luego bajaré a buscar la mochila.

—Esto me revienta, Mack —le dijo Sam—. Quiero ser yo el que te ayude.

—¿Preferirías que me hubiera roto yo el tobillo?

—No —admitió—. Aunque tendrás que reconocer que a mí me sería más fácil cargar contigo. —McKenna frunció el ceño y le obligó a que le pasara el brazo por los hombros. A él casi se le escapó la risa—. No digo que no seas una supermujer. Has demostrado de sobra que lo eres. Pero dudo mucho que puedas sacarme de aquí a caballito.

Tenía razón. Tan pronto como probó a soportar el mínimo peso que Sam descargó sobre ella, se dio cuenta de que no podía ayudarlo. Sería capaz de ofrecerle apoyo si estuvieran caminando, pero no podía ayudarlo a escalar un barranco.

—Mira —propuso—. Tendrás que hacerlo sin usar el tobillo malo. Yo subiré detrás de ti para sujetarte cuando lo necesites.

Ascendieron despacio, McKenna justo detrás de Sam; en dos ocasiones, el chico resbaló e instintivamente usó las dos piernas para afianzarse, gritando de dolor. Pero por fin consiguieron salir de la pequeña quebrada. Se detuvieron al llegar arriba, resollando, y cada uno tomó un minúsculo sorbo de agua para poder continuar. A continuación, McKenna se arrastró de nuevo hacia abajo para recoger la mochila.

—Solo voy a ser un estorbo —le dijo Sam cuando volvió.

—Para ya.

—Conmigo no tienes ninguna posibilidad de salir de aquí. Lo que equivale a empujarte a la muerte.

—Cállate.

—Pero…

—Que te calles. Tú has sido el que me ha dejado sola todas las veces. Y ahora quieres que te deje yo.

—Mack, yo…

—No. Estamos juntos en esto. Pase lo que pase, seguiremos juntos. Nunca más me voy a separar de ti. ¿Entendido?

—Entendido —respondió Sam, aunque no parecía nada conforme.

—Voy a buscar un bastón. Si te apoyas en mí con un brazo y en el bastón con la otra mano, podrás caminar sin descargar peso en el tobillo.

—Y eso nos obligará a avanzar a paso de tortuga.

—Solo si lo afrontas con esa actitud.

McKenna intentaba adoptar el tono severo que su entrenadora de atletismo empleaba cuando se daban por vencidas. Pero si la voz de Sam, que intentaba mostrarse sarcástico y realista, albergaba un matiz de derrota, también la suya delataba el pánico creciente que la embargaba.

Y la desesperanza.

El día anterior tenía un objetivo: encontrar a Sam. Una vez alcanzado, su siguiente meta había sido conseguir que entrara en calor y luego sacarlo de la zanja.

El próximo objetivo se le antojaba imposible. No habían hecho nada más que caminar en círculos cuando los dos aún podían andar. Estando Sam malherido y los dos muertos de hambre, algo tan sencillo como encontrar agua sería todo un desafío; mejor ni plantearse lo que implicaba tratar de llegar al sendero.

Y lo peor de todo: nadie los estaba buscando, porque nadie sabía que se habían extraviado. Nadie llegaría a saber que se habían perdido, no durante cosa de un mes como poco, cuando no la vieran aparecer en Georgia. E incluso entonces… ¿Cómo iba a deducir alguien por dónde habían abandonado camino? Walden la había visto internarse en el bosque, pero estaba segura de que no se había quedado a comprobar si volvía a salir. Además, a esas alturas, ya no tenía nada claro que no hubiera imaginado el encuentro. McKenna no firmaba en los registros de la ruta. Y en ese mismo instante desesperado era muy posible que Courtney les estuviera enviando a sus padres un mensaje risueño, diciendo que todo iba fenomenal. Puede que siguieran recibiendo mensajes mientras su cadáver se pudría, mientras el sol y la lluvia devoraban su carne y sus huesos, hasta que las primeras nieves cubrieran sus restos.

En cuanto a Sam… Llevaba desaparecido desde la primavera pasada y nadie lo había buscado todavía.

—Eh —le dijo él. Debía de haberse percatado de que no estaba buscando un bastón. Se había quedado plantada en el sitio, inmóvil.

—¿Sí?

—Vine a estos bosques porque así lo quise. Para no darme cuenta, cuando muriera, de que no había vivido.

McKenna lo miró de hito en hito. Era una cita de Thoreau, la versión que Sam recordaba de las primeras frases de *Walden*. Por más que la conmoviera, no quería llorar.

—¿Es así? —quiso saber Sam.

—Más o menos.

McKenna se acordó del libro, de las palabras que lo habían desencadenado todo y que ahora la esperaban en la tienda de campaña. Junto a «Su cuento favorito», que hablaba de John Smith, que había sobrevivido, y del hombre que no consiguió salvar a su amada moribunda.

—Dime las palabras exactas —le pidió Sam en un tono lento y persuasivo. McKenna entendió lo que pretendía, que no era seguir vivo, sino asegurarse de que ella sobreviviera.

—Lo haré —dijo—. Cuando encontremos el libro. Te lo leeré.

—¿Prometido?

—Prometido.

Y McKenna deambuló por las inmediaciones buscando un palo lo bastante largo para que Sam se pudiera apoyar y tan grueso que soportara su peso, asegurándose todo el tiempo de no alejarse demasiado para no perderlo de vista.

En Abelard, Connecticut, su madre conocía mejor el paradero de McKenna de lo que ella intuía. Desde que se había enterado de que viajaba sola, ya no esperaba los extractos bancarios de la tarjeta de crédito, sino que se conectaba cada noche después de cenar para revisar los pagos. Los cargos se convirtieron en sus señales de humo particulares. Gracias a ellos, sabía que McKenna había gastado treinta dólares en una tienda de ultramarinos. Cuarenta en un restaurante. Cincuenta en alguna tienda llamada Turn the Page. Cuando Quinn veía los pagos, buscaba la ciudad en Google Maps y ampliaba y ampliaba la imagen como si pudiera agrandarla hasta dar con el lugar exacto en el que se encontraba su hija y verla caminando por la acera. En sus clases peroraba con vehemencia contra la

Agencia de Seguridad Nacional y la tecnología de drones, pero últimamente pensaba que enviaría encantada un ejército de vehículos aéreos para seguir a su hija, monitorearla y asegurarse de que estuviera a salvo.

A menudo se sorprendía analizando los cargos con Jerry.

—Cuarenta dólares es mucho para gastar en una sola comida —decía—. Puede que haya trabado amistad con alguien. Es posible que no esté sola.

—Es posible —decía Jerry. Había adoptado una exasperante actitud zen al respecto y se negaba a preocuparse. O, cuando menos, se negaba a reconocer que estaba preocupado.

Quinn, por su parte, estaba más preocupada que nunca. No había llegado ningún cargo desde hacía más de una semana, no desde que McKenna sacara doscientos dólares en metálico en alguna ciudad pequeña de Carolina del Norte.

—No significa nada —respondió Jerry cuando ella no pudo seguir callada más tiempo—. Cuando yo estaba en el camino, doscientos dólares me habrían durado todo el verano.

—Sí, cielo. Pero eso fue hace treinta años.

Si volvía a mencionarle su propia travesía, lo mataría.

—Mira —dijo el padre de McKenna—. Es una chica lista. Con recursos. Y es adulta. Tendremos que confiar en que será capaz de cuidar de sí misma.

Capítulo 19

A más de mil seiscientos kilómetros de su hogar, la noche había caído. En una rama baja, a medio metro de donde McKenna se había detenido en seco, unos ojos reflejaban la poca luz que ofrecían las estrellas. Sam trastabilló contra ella, musitando, como si se hubiera dormido de pie. Se las habían apañado para caminar todo el día, McKenna sujetando a Sam, que cojeaba apoyando la otra parte del cuerpo en el bastón. Cargar con la mitad del peso de Sam más la mochila llevaba a McKenna a echar de menos la relativa comodidad de su gigantesca mochila roja llena al máximo de su capacidad.

Moverse resultaba incomodísimo, con toda esa presión sobre los músculos y los huesos. Por si fuera poco, no sabía si de verdad iban a alguna parte o si estaban acaso más cerca de cruzarse con alguien. Era consciente de que lo más inteligente cuando te pierdes es sentarte en un sitio y esperar a que te encuentren. Sin embargo, como nadie sabía que se habían perdido, hacer eso equivaldría a esperar a la muerte. Al mismo tiempo, para cuando oscureció, McKenna se sentía como si de verdad caminaran en dirección a la muerte, siempre adelante hasta que ambos se desplomaran como despojos exangües.

No compartió con Sam esos pensamientos, pero notaba su resignación por el modo de recostarse sobre ella. Ya se había dado por vencido. Solamente seguía adelante por McKenna. Y ahora avanzaban a oscuras.

—Ojalá encontráramos el lago aquel —dijo ella. Entonces temió que hubiera sonado a acusación, ya que fue la llamada de Sam la que la había alejado del agua.

Él llevaba horas sin pronunciar palabra, desde que habían llenado la cantimplora en una charca lodosa por la mañana, así que siguió hablando. Tenían que confiar en que los comprimidos de yodo purificarían el limo y la porquería, pero de todos modos bebían lo menos posible. McKenna había avanzado todo ese rato convencida de que estaban retrocediendo hacia el lago. Sin embargo, de ser así, ya habrían llegado.

En la oscuridad, no estaba segura de nada. Los ojos brillantes que la observaban podían pertenecer a un búho o a un lince. Avanzó un paso y oyó un gruñido quedo, una advertencia educada.

«¿Qué hacéis aquí? Estáis invadiendo mi territorio», gruñó el animal. Estaba claro que no era un búho.

McKenna aferró a Sam con más fuerza y, dando media vuelta, se abrió paso entre los árboles en sentido contrario. Comprendía que tendrían que parar pronto o se arriesgaba a romperse también un tobillo. «O algo peor», pensó al recordar lo cerca que había dormido del precipicio que bajaba hacia el lago. Pero al menos quería encontrar un claro, un saliente o una zona mullida donde extender la lona. Una barrera entre Sam y la tierra fría lo protegería de otro episodio de hipotermia.

—Este sería el momento ideal para tus historias de fantasmas —comentó McKenna. No esperaba que le respondiera. De hecho, no estaba segura de que volviera a hablar alguna vez.

Sin embargo, Sam habló. O más bien emitió un gruñido, como si llevara años sin articular palabras y no unas cuantas horas.

—Mira —dijo.

McKenna se detuvo. Sus ojos ya deberían haberse acostumbrado a la oscuridad, pero estaba agotada. Solamente veía un borrón de ramas, sombras y hojas. Si vivía para salir de allí, jamás en la vida compraría otro ambientador con aroma de pino.

No era un grupo de árboles bajos, sino una casa de troncos construida contra una pared de roca con el tejado cubierto de hierba. Por un instante, McKenna albergó la esperanza de que estuviera habitada, de que su morador pudiera ayudarlos.

Posó la mano en la cintura de Sam para asegurarse de que podía mantener el equilibrio y, adelantándose, asomó la cabeza por la entrada.

—¿Hola? —gritó, aunque ya veía que estaba vacía.

Se recostó contra la pared de la cabaña. La madera estaba fría y dura al tacto, como si llevara miles de años petrificada.

—Los nunnehis —dijo Sam, esta vez con voz más clara—. Esta casa debe de ser suya.

—Imposible —replicó ella—. Los nunnehis no existen, ¿recuerdas?

No obstante, la construcción parecía la mar de real. McKenna dejó la mochila en el suelo y volvió atrás para ayudar a Sam a cruzar la entrada. A lo lejos, los coyotes, que ya habían dado comienzo a su juerga nocturna, ladraban y aullaban en las inmediaciones de alguna masa de agua que ellos dos no habían sido capaces de encontrar. Mientras Sam se sentaba contra una esquina, McKenna extendió la lona.

El chico profirió un gemido grave y ella buscó el ibuprofeno por la mochila. Agitó el frasco; no quedaban demasiadas pastillas. Aun así, le dio dos, con la esperanza de que le paliaran el dolor lo suficiente para que pudiera dormir. Cuando le retiró las zapatillas, no intentó examinarle el tobillo. Lo notaba tenso al tacto y más hinchado que por la mañana.

—Es como si el lince de antes nos hubiera enviado hacia aquí —dijo McKenna.

—¿Qué lince?

Sam no debía de haberlo visto y ella no le había dicho nada. Tenía la mente nublada de puro cansancio. Por un momento, tuvo la sensación de que la cabaña no era más que un producto de su imaginación, que en realidad seguían tambaleándose por el bosque. O quizá yacieran en el fondo de un barranco, inconscientes. Puede que ya estuvieran muertos y lo que estaba viviendo no fuera sino un último resto de actividad eléctrica en su cerebro, un instante final ya sin actividad cardiaca.

Palpó de nuevo la fría pared para volver a la realidad y enseguida presionó el pecho de Sam con la mano. Su corazón latía con fuerza a causa del cansancio y quizá también de la emoción de haber descubierto ese sitio. Era real. Estaban vivos.

Bebió un trago de agua turbia y le tendió la cantimplora a Sam. Él tomó un sorbo cauto. Quizá fuera preferible que el agua estuviera tan mala y lodosa, porque eso les impedía beber sin control como les habría gustado. Sus ojos se habían adaptado lo suficiente a la escasa luz como para ver los labios de Sam, que estaban igual de resecos y agrietados que los suyos. A pesar de llevar todo el día renqueando y trastabillando, ninguno de los dos había hecho pis, ni una vez. Ni siquiera después de haber parado sentía ella la necesidad. La deshidratación iba haciendo mella en ellos y sus cuerpos retenían hasta la última gota de humedad.

Sam se arrastró hacia la lona. McKenna sabía que debería ayudarlo, pero estaba demasiado cansada. Temió quedarse dormida allí mismo, contra la fría pared. Le dolían partes del cuerpo que ni sabía que existían y le hizo falta hasta la última gota de voluntad que poseía para no terminarse ella el ibuprofeno.

—Sam, tienes que comer algo.

Sacó de la mochila lo último que les quedaba, una barrita energética que partió por la mitad, luego en cuartos y por fin en octavos. Se llevó un trocito a la boca y le tendió otro a Sam. Él mascullaba algo, quizá ya dormido. Se acercó gateando y le puso la comida en la boca. Mientras el chico masticaba, gracias a Dios, le puso la mano en la frente. La notó caliente y sudorosa.

Se tendió a su lado y dobló la parte sobrante de la lona para taparse con ella y tapar también a Sam. El diminuto bocado solo sirvió para despabilar a su estómago, que se retorció de hambre suplicando más. Se incorporó y bebió otro sorbo de agua. Tuvo que obligarse a dejarla o no quedaría nada para el día siguiente. Cuando la había purificado, solo le restaban cinco comprimidos de yodo, pero el agua estaba tan turbia que había usado dos. Si se limitaba a uno a partir de ese momento, les quedarían tres cantimploras. Eso suponiendo que tuvieran la suerte de encontrar un arroyo o algo similar.

—No creo que quienquiera que construyó este sitio lo hiciera lejos del agua, ¿verdad? —observó, pensando en voz alta.

Sam hizo un movimiento involuntario, un espasmo doloroso.

—Los espíritus no necesitan agua —dijo con voz ronca.

McKenna cerró los ojos al tiempo que se ordenaba no discutir. Imaginó a Sam y a su hermano en el bosque, escuchando las historias de fantasmas que les contaba su madre con los ojos abiertos como platos.

Es divertido pasar miedo cuando sabes que estás a salvo.

Los nunnehis. Ayudaban a los viajeros que se perdían. «Si pensáis aparecer —les pidió a los seres en silencio—, ahora sería el momento ideal».

Le dolían los huesos. Cerró los ojos y prestó oído a los coyotes mientras trataba de escuchar la música del agua tras los aullidos. Los animales bailaban y jugaban detrás de sus párpados mientras una estrepitosa cascada caía a su alrededor. Solo que la cascada no era para humanos. Era exclusivamente para coyotes, linces y osos.

Haces de luz se filtraron en la cabaña demasiado pronto. McKenna despertó con el corazón encogido de miedo ante la perspectiva de tener por delante otro día más que no sabía si superaría. Lo primero que hizo fue alargar la mano para tocar a Sam y asegurarse de que seguía respirando. No tenía ni idea de cómo lo mantendría con vida hasta el ocaso siguiente.

¿De verdad solo hacía cuatro días que habían abandonado el sendero? Se sentía como si hubieran pasado mil años.

Se sentó. Pisadas, claras y definidas. El sonido de un ser que se aproximaba. Puede que fuera un senderista, con iPhone y GPS. ¿O un guarda forestal? Embargada por la emoción, apartó la lona a un lado e intentó fisgar por las rendijas que quedaban entre las ramas petrificadas. Igual que le había brincado, el corazón se le encogió cuando oyó un olisqueo que obviamente no era humano. Lo que sea que estuviera allí fuera, jadeaba, resoplaba y husmeaba para orientarse a través del olfato.

—Oh, no —susurró, y al momento se mordió la lengua. Una persona tal vez no percibiera esos decibelios, pero un animal seguramente sí. Un oso podría haber olido la barrita de chocolate y mantequilla de cacahuete que descansaba expuesta al otro extremo de la cabaña. McKenna pensó en lanzar los trocitos a través de la entrada para que pudiera cogerlos y alejarse tranquilamente.

Sin embargo, era el último alimento que les quedaba y no lo repartiría de buen grado con ningún animal que no fuera un oso. De ser un coyote, seguramente podría asustarlo usando el bastón de Sam. Incluso si tuviera que vérselas con el lince de la noche anterior (aunque si se trataba del lince, seguramente tenía la rabia, porque no salían a la luz del día), McKenna pensaba que tendría valor para plantarle cara.

Avanzó a gatas hacia la puerta. El animal se estaba acercando, sus jadeos y resuellos se dejaban oír cada vez más cerca. Aferró el bastón de Sam, pero no tuvo ocasión de decidir si blandirlo como un garrote por encima de la cabeza o empuñarlo al costado como una lanza para clavarlo. En un abrir y cerrar de ojos, el animal estaba en la cabaña con ellos: una cabeza peluda de color marrón, relucientes colmillos blancos, enormes ojos castaños y la sonrisa bobalicona de un perro.

—¡Hank! —chilló McKenna antes de echarle los brazos al cuello.

Sam observó a McKenna a través de sus ojos amodorrados. Cualquiera pensaría que un servicio de asistencia en carretera había enviado el perro pertrechado con un móvil, una garrafa de agua y una comida de cinco platos. Ese estúpido chucho, con una garrapata abotargada debajo del ojo, no solo no podía hacer nada por ellos, sino que seguramente esperaba recibir una lata de alimento para perros y unas lonchas de cecina.

El mero hecho de pensar en comida —la que fuera— habría atormentado a Sam de no ser porque el tobillo le latía con un dolor intenso que se le proyectaba a todo el cuerpo.

—Eh —dijo casi sin reconocer su propia voz—, Mack, ¿queda ibuprofeno?

Ella se despegó del perro, pero solo una pizca, dejando las manos en su lomo como si pudiera volatilizarse si lo soltaba.

—¿Te duele mucho? —le preguntó.

—Muchísimo —reconoció él.

McKenna sacó el medicamento. Cuando las pastillas resonaron, miró a Sam. Él guardó silencio. Ya sabía que se estaban quedando sin nada y McKenna no se lo podía ocultar, aunque quisiera. Ojalá no tuviera la sensación de que debía protegerlo.

—Toma —le dijo a la vez que le ponía una pastilla y media en la mano en lugar de dos.

El perro se había quedado en la entrada agitando la cola torcida. Tenía el hocico mojado e incluso le goteaba todavía.

—Mack —dijo Sam a la vez que apuntaba al animal con la barbilla—, mira a Hank. Diría que acaba de beber agua.

McKenna observó al perro. La cabaña era tan pequeña que apenas tuvo que alargar la mano para tocarle el morro.

—Hank —le ordenó como si fuera Lassie—, ¿dónde está el agua? Hank, llévame al agua.

El animal se limitó a mirarla, medio sonriendo, moviendo la cola y esperando a que le diera de comer.

—Tiene que estar cerca —dedujo Sam—. Podrías echar un vistazo por los alrededores. —La vio titubear, como si no quisiera dejarlo solo—. Tengo mucha sed, Mack. No puedo seguir bebiendo el barro ese. No puedo, de verdad.

Esa expresión que ya conocía bien asomó al semblante de McKenna. Determinación. Como si estuviera en la línea de salida de una carrera escolar. Sam deseó poder cerrar los ojos y enviarla hacia atrás en el tiempo, agachada con los pies en los tacos y mil ojos pendientes de ella, sana y salva.

—Vale —aceptó—. Voy a echar un vistazo. Pero no iré a ninguna parte que me obligue a perder de vista la cabaña.

—Muy bien —respondió él.

Cuando McKenna salió volvió a tumbarse, resollando y lamentando no haberle pedido un sorbo del agua que quedaba. De lo único que se alegraba Sam a esas alturas era de ser el único que parecía saber que estaban condenados.

McKenna no tardó demasiado en regresar con la cantimplora limpia y llena de un agua clara. Sam advirtió que solamente añadía un comprimido de yodo. También esas pastillas se les estaban acabando, cómo no.

—Toma —le dijo. Separó otra porción minúscula de barrita energética y se la tendió. Él la aceptó, aunque a esas alturas no había demasiada diferencia entre racionar una cantidad de alimento minúscula o dar cuenta de lo poco que tenían. Una parte de Sam prefería no comer ni beber, rendirse, acabar de una vez. Dejar de caminar, dejar de intentarlo, dejarlo todo. Se tragó el bocado acartonado y se tumbó otra vez. De refilón veía a McKenna, que controlaba el reloj mientras esperaba a que el agua se potabilizara. Sam debió de dormirse, porque no tuvo la sensación de que hubiera pasado media hora antes de que ella le sujetase la nuca y le acercase la cantimplora a los labios.

Conocía su rostro tan bien... Más incluso que el sendero, ese paisaje en el que llevaba viviendo tanto tiempo porque, a diferencia del camino, la cara de McKenna no cambiaba. Su dulzura, sus pecas, sus ojos azules siempre estaban ahí, solo las expresiones variaban. En ese momento exhibía una que Sam nunca le había visto, un nuevo tipo de preocupación. Le leyó los pensamientos, que giraban en torno a la necesidad de ponerse en marcha, de aprovechar la luz del sol.

Llevaba tanto tiempo levantándose por la mañana para dejar kilómetros atrás que aún no había comprendido que ya no tenía sentido. Por fin habían llegado a un pequeño rincón donde tumbarse a descansar.

Descansar y esperar el final. Quizá se sintieran en paz cuando llegara el momento.

—¿Sam? —dijo McKenna. Tras ella el perro ladró. La garrapata había desaparecido de debajo de su ojo. McKenna siempre cuidando de todo el mundo.

—Mack —respondió él, y se desmayó.

Vio luz al otro lado de los párpados. Un resplandor se abría paso a través de ese mundo de dolor. Una voz. La reconoció.

—¿Sam?

Quiso sacar la mano de debajo de la lona, cerrarla en torno a los dedos de McKenna, notar sus huesos. Pero no podía moverse. El dolor en el tobillo se había extendido por todo su cuerpo y le comprimía todos y cada uno de los órganos. Su respiración se había convertido en una serie de resuellos roncos.

—¿Sam?

Más palabras después de su nombre. Palabras esperanzadas, apremiantes. No quería reconocer lo que ya sabía: Sam no podía dar ni un paso más.

—Mack —consiguió resollar—. Si quieres andar, tendrás que dejarme aquí.

—Ni hablar.

Era lo último que haría en su vida, así que Sam hizo acopio de las pocas fuerzas que le quedaban. Se apoyó en los codos, la miró y se concentró en adoptar una expresión muy grave, un tono de voz terminante. Tenía que convencerla o McKenna se sentaría con él a esperar el final.

—Escúchame —le dijo—. Este sitio, esta cabaña. Quienquiera que la construyó pretendía que fuera un punto de referencia, ¿no? Los guardabosques la conocerán. Si consigues llegar al camino, no será como antes. Podrás decirles dónde estoy. Podrás enviarlos a buscarme.

No la convenció. Pero al mismo tiempo vio algo más, el desasosiego, la necesidad de salir de allí, de ponerse en movimiento.

—Yo no puedo andar —continuó Sam—. Y tú no puedes cargar conmigo. Si no consigues ayuda, voy a morir aquí.

Eso fue definitivo. Las palabras mágicas. Ella asintió. Sam suspiró y volvió a tenderse sintiéndose como si acabara de correr una maratón con el tobillo roto. McKenna le tendió el agua y los últimos restos de la barrita energética. Sam tomó un sorbo y dijo:

—No. Tómate tú eso. Vas a necesitar energías.

Algo se había apoderado de ella. Se lo comió sin protestar y dijo:

—Es posible que Hank conozca la salida. Quizá si lo sigo…

Sam se rio. Menuda vida había llevado esa chica y qué optimismo inagotable le había proporcionado.

—Sí —dijo—. Es posible.

—Tómate tú el agua —sugirió McKenna—. Quiero decir, bebe mucho. A saber cuánto tardaré en regresar con más.

Obediente, Sam dejó que le acercara la cantimplora a los labios. Bebió todo lo que pudo. A continuación se acostó y la oyó reunir las cosas que necesitaba. Notó sus labios en la frente y se alegró de que no le dijera «Te quiero». Habría sonado demasiado a despedida.

Tendido en la lona, escuchó los sonidos de la partida, la voz queda de McKenna hablándole a ese estúpido animal como si la entendiera.

El cuerpo de Sam se estremeció.

Brotó de él como una fuente, hasta la última gota del agua que había conseguido ingerir. Cuando terminó de vomitar, empleó los últimos restos de energía que le quedaban para rodar al otro lado de la cabaña.

—Buen viaje, Mack —dijo.

O puede que solo lo pensara. El tiempo empezó a desdibujarse, a flotar a la deriva, como una especie de oscuridad que lo absorbía y lo soltaba. Cada vez le costaba más saber o sentir nada.

Capítulo 20

A McKenna le parecía imposible que hubieran caminado tanto trecho.

Puede que solo fueran el cansancio y el hambre, sobrevivir varios días con algo que en total equivaldría a una comida minúscula. Pero estaba convencida de que, si alguien hubiera estado observando su avance del lago a la cabaña, habría visto que Sam y ella caminaban en círculos, recorriendo los mismos senderos, las mismas corrientes.

Al parecer Hank sabía adónde iba mientras se deslizaba entre los árboles con decisión. En ocasiones, McKenna tenía que ponerse de lado o descolgarse la mochila del todo para seguirlo.

—Hank —lo llamó al tiempo que volvía a cargarse la mochila a la espalda tras abrirse paso entre dos retorcidos abedules. Observó el despliegue de troncos que tenía delante. No lo veía por ninguna parte—. ¡Hank!

Crujidos y el sonido de un galope hacia ella. El animal se sentó delante de McKenna mirándola y sacudiendo la cola. Ella se arrodilló y lo acarició con toda su alma. El perro le lamió la cara. Se cuestionó, por enésima vez ese día, hasta qué punto era inteligente seguir a un perro asilvestrado que seguramente se marcharía tan pronto como comprendiera que no tenía más comida para darle.

—Si se me ocurriera alguna otra cosa —le aseguró al perro—, la haría.

Hank husmeó la mochila, como pidiendo un bocado. Ella negó con la cabeza.

—Ahí no hay nada —le dijo, y volvió a acariciarlo con la esperanza de que el afecto bastara para mantenerlo a su lado. Se levantó y volvió a echarse la mochila a la espalda. Hank brincó hacia el bosque y ella hizo lo posible por seguirlo de cerca.

Cuesta arriba. Estaba segura de que no habían bajado por una pendiente tan inclinada. Al mismo tiempo no estaba segura de nada. McKenna jamás en toda su vida había pasado hambre. Bueno, eso no era verdad. En cierta ocasión, Courtney y ella hicieron juntas un horrible ayuno consistente en no ingerir nada más que un brebaje a base de vinagre y zumo de limón durante días. Fue espantoso, pero tenía una nevera en el cuarto contiguo, un supermercado a la vuelta de la esquina, un restaurante un poco más abajo. Qué manera de burlarse de la vida le parecía ahora aquella idiotez de ayuno. Si es que tenía la suerte de volver al mundo, nunca más volvería a hacer dieta.

El terreno se niveló y Hank se quedó esperando como si supiera que la asustaba perderlo de vista.

—Gracias —dijo—. Gracias, Hank.

Cuando recuperó el aliento, McKenna avanzó un paso para indicarle que podían continuar. Hank salió disparado. ¿Qué debía de comer el perro cuando ella no lo alimentaba? ¿Ardillas y conejos? Si cazaba alguno, pensó ¿se lo traería? ¿Y tendría ella la sangre fría de arrancar un trozo de carne cruda y tragársela? En las circunstancias en las que estaba le parecía que sí. Sus ojos escudriñaban el terreno según caminaba, en busca de algo, cualquier cosa, que pudiera pasar por alimento. Lo único que vio fue alguna que otra seta reseca. Tal vez en algún momento tuviera que arriesgarse. Pero todavía no estaba tan desesperada.

En el cielo, una nube se desplazó hasta tapar el sol. El propio astro ya había comenzado su avance hacia el otro lado del mundo. Otro día dedicado a caminar, a moverse, sin llegar a ninguna parte. Y luego vendría otra noche de agazaparse hasta que el agotamiento superase al terror. ¿Tendría que seguir así hasta la muerte?

Allá, en la cabaña, ¿Sam habría muerto?

Un sollozo le ascendió por la garganta. No podía ni planteárselo. Estaba agotada. Y hambrienta. Hank ladró por detrás de unos árboles. McKenna trastabilló hacia delante. Y ahí estaba.

El campamento. Hank se sentó junto a la tienda de McKenna, cuyo sobretecho seguía firme en su lugar. Allí estaba el cerco de piedras con los restos carbonizados de la hoguera que habían encendido. Allí estaba la franja de arena en la que habían extendido los sacos y sobre la cual habían dormido tan tranquilamente, sin imaginar lo que les aguardaba. Tuvo la sensación de que habían transcurrido millones de años desde aquella noche.

—¡Hank! —exclamó McKenna—. Buen chico. Buen chico.

Verdaderamente, nunca se había sentido tan agradecida por nada en toda su vida. Mirando alrededor, se negó a caer en la desesperación por no saber qué camino habían seguido para llegar allí. Todavía no tenía ni idea de cómo regresar al Sendero de los Apalaches.

Pero ya se preocuparía por eso más tarde. En el interior de esa tienda, estaba su mochila roja y la comida que habían dejado atrás para sobrevivir durante los días siguientes. Le temblaban los dedos cuando descorrió como pudo la cremallera de la tienda. Hank se coló de inmediato, directo hacia la mochila, agitando la cola y a punto para devorar la comida que había en el interior. Los dedos de McKenna temblaron de nuevo cuando abrió el enorme fardo y hundió la mano para rescatar una bolsa de plástico llena de barritas de cereales. Desenvolvió una y se la dio a Hank, que se la zampó de dos bocados. Los primeros mordiscos de McKenna fueron igualmente urgentes y voraces. Se tragó los pedazos casi sin masticar, atragantándose con el alimento. A continuación, tomó un sorbo de agua y se tendió en el fresco suelo de nailon. Hank olisqueó la bolsa y ella retiró el envoltorio de otra barra y se la dio. Los sacos de dormir que con tanto descuido había lanzado al interior de la tienda días atrás se le antojaron lechos de plumas. Contempló ese techo que tanto bienestar le inspiraba sin pensar en nada, solo comiendo, nutriéndose, tragando.

Comida. Calorías. La sensación de saciar el hambre, y más que eso, el fin de la inanición. Iba a vivir.

Cerró los ojos. El alivio físico que le proporcionaba la leve distensión de su estómago fue tan intenso que por un momento pensó que se echaría a llorar.

Fuera de la tienda, empezó a sonar un ruido que iba en aumento, distante al principio, vagamente familiar, y luego más nítido por momentos. Su mente tardó unos segundos en identificarlo, en reconocer el lento movimiento de los rotores. McKenna se incorporó cuando el sonido se fue aproximando y acabó siendo tan intenso que Hank entró en la tienda de campaña asustado.

Un helicóptero.

McKenna salió gateando y alzó la vista. Todavía no estaba tan cerca como para que pudiera verlo, pero se aproximaba y volaba bajo, quizá lo suficiente incluso para avistarla allí en el claro, sin árboles que ocultaran las vistas.

El nuevo aporte de calorías se unió a la descarga de adrenalina más potente que McKenna había experimentado jamás. Se puso en pie de un salto y agitó los brazos de lado a lado.

—¡Estoy aquí! —aulló—. ¡Estoy aquí!

No hubo señal alguna de que la hubieran oído. Claro que no, cómo iban a escuchar su voz entre el rugido de los rotores. El helicóptero ya se estaba alejando. McKenna entró en la tienda y echó mano de su mochila para buscar cerillas con frenesí al mismo tiempo que se ordenaba tranquilizarse. Solo así podría concentrarse en lo que debía hacer. El montón de leña que Sam había recogido seguía junto al cerco de piedras. Lo dispuso en forma de tipi a toda velocidad. Y luego, a falta de algo más que prendiera de manera instantánea, echó mano de *El hielo en el fin del mundo*. Arrancando páginas que no pertenecieran a «Su cuento favorito», McKenna rellenó el tipi con los papeles y les prendió fuego. Todavía oía los rotores del helicóptero, su escandaloso latido y zumbido. Viraba en su dirección cuando el pequeño fuego proyectó un minúsculo hilo de humo. El aparato descendió un poco más, pero luego se alejó de nuevo. ¿Estaba buscando algo? ¿La estaba buscando a ella? Saltó nuevamente agitando los brazos.

—¡Estoy aquí! —gritó, porque tenía que decirlo, aunque supiera que no la oían—. ¡¡¡Estoy aquí!!!

Y entonces se sentó. Aunque los tripulantes del helicóptero vieran su hoguera, más y más alta conforme añadía páginas del libro, ¿por qué iban a atribuirla a algo que no fuera un campista desobediente que encendía un fuego para cocinar la cena? ¿Por qué McKenna nunca se había molestado en aprender la sencilla señal (supuso que sería sencilla, si bien ella la desconocía) de SOS? Aunque la vieran, podían interpretar sus saltos y sus señales como la emoción de una cría boba al ver un helicóptero.

Durante un ratito, McKenna se sumió en esos pensamientos desesperanzados y lúgubres. Y luego se puso de pie y agitó los brazos, saltó y gritó hasta que su voz no dio más de sí y la garganta se le irritó y acabó tan destrozada como el resto de su cuerpo. Para entonces, el helicóptero ya se había alejado sin dar muestras de haberla visto y mucho menos de haber identificado que necesitaba ayuda.

Se desplomó en la tierra junto al fuego, jadeando y resollando. No se movió hasta que los movimientos ascendentes y descendentes de su pecho se apaciguaron y una oscuridad salpicada de estrellas se apoderó del cielo. Contempló las mismas vistas que Sam y ella habían disfrutado juntos tan solo unas pocas noches atrás, cuando todavía eran inmortales. Hacía apenas unas horas estaba convencida de que lo único que necesitaba en el mundo era volver a ese claro, a ese campamento. Una vez que encontrara sus cosas, recordaría el camino de vuelta al sendero y pediría ayuda para rescatar a Sam. Todo iría bien.

—¿Hank? —dijo McKenna al recordar de súbito quién había hecho realidad ese deseo.

Nada.

—¿Hank?

Se incorporó. Desde el instante en que había oído los rotores del helicóptero, se había olvidado por completo del perro. Seguramente, sus gritos y carreras lo habían aterrorizado. Se acercó a la tienda y se asomó al interior con la esperanza de que se hubiera refugiado allí. Estaba vacía. El pánico y la tristeza, sus nuevos compañeros inseparables, le atenazaron el pecho.

—Hank —repitió con una voz demasiado destrozada como para gritar. No tenía la menor idea de cómo regresar al sendero. Sam y ella habían caminado horas hasta llegar allí. También se sentía culpable. Qué listo había sido Hank al guiarla hasta el campamento. Imaginó al perro, solo un chucho al fin y al cabo, siguiendo su rastro a través del bosque y luego a lo largo de kilómetros erosionados por la lluvia para dar con ella. ¿Y cómo se lo había agradecido McKenna? Dándole un par de barritas de cereales rancias y matándolo de miedo.

Se acordó entonces de las tres latas de alimento para perros que se había empeñado en cargar a pesar de las protestas de Sam. Se abrían mediante anillas. McKenna extrajo una de la mochila y carraspeó.

—Hank —lo llamó con una voz dulce y aguda—. ¡Ven aquí, Hank!

Arrancó la tapa haciendo tanto ruido como fue capaz. Tal como esperaba, el perro surgió de entre los árboles dando un brinco y, agitando la cola, se detuvo en seco a sus pies, ya todo perdonado. Un sonido cuya existencia McKenna había olvidado por completo, una risa, brotó de sus lastimados pulmones. Se arrodilló y le dio de comer a Hank la carne húmeda extrayéndola de la lata con los dedos y dejando que la lamiera de su mano, puñado a puñado.

Lucy le había contado a McKenna en numerosas ocasiones que el contacto físico con los animales reduce la presión sanguínea. Tendría que decirle a su hermana, si es que volvía a verla algún día, que tenía razón. Por repugnante que pudiera parecer a simple vista, aquel ritual con Hank la tranquilizó y redujo los latidos de su corazón. Cuando hubo terminado, dejó la lata al lado del perro, que se desplomó feliz junto a los restos de la hoguera y procedió a extraer los últimos grumos. Lo único que le apetecía a McKenna era seguir devorando la comida que no precisaba cocinado: el segundo paquete del horrible salmón, las barritas de cereales y la fruta deshidratada.

Sin embargo, sabía que debía reservar esos alimentos para la caminata que le esperaba al día siguiente y puede que al otro. A saber el trecho que acabaría recorriendo, durante cuánto tiempo y cuándo sería la próxima vez que tendría ocasión de hacer fuego. De modo que se obligó a reavivar la hoguera. Preparó un paquete de tallarines Alfredo y se los comió directamente en el humeante cazo, intentando no pensar en Sam tirado en el suelo de la cabaña y deseando de corazón haber podido compartir con él hasta el último bocado. De no ser por su recuerdo, la pasta italiana precocinada habría sido lo más delicioso que había probado jamás.

Cuando terminó, limpió el campamento. Incluso colgó la comida de un árbol, porque no había llegado tan lejos para que un oso amante del chocolate la vapuleara en la tienda de campaña. Lo hizo todo tal y como había venido haciéndolo ese tiempo en el camino. Aferrarse al ritual estricto de proceder como es debido era lo único que aún podía ayudarla a sentirse a salvo.

Atrajo a Hank al interior de la tienda con un trocito de cecina. No quería arriesgarse a despertar por la mañana y descubrir que la había dejado sola. Puede que estuviera agotada y que notara el cuerpo machacado de los pies a la cabeza, pero al menos tenía el estómago lleno. Aunque su ánimo fuera demasiado sombrío para admitirlo, en el fondo del corazón McKenna aún albergaba esperanza.

Sam, en la cabaña, no tenía el estómago lleno. Ni siquiera recordaba la última vez que había hecho pis. Apenas si se acordaba de nada. Había una chica, cuyo rostro flotaba ante el suyo, pero el semblante se transformaba en el de otras personas que había conocido, unas veces hombres, otras mujeres.

Entretanto él fluctuaba entre el sueño y la vigilia. Por momentos estaba seguro de que alguien lo abrazaba, un aroma como a lavanda lo envolvía, una mano le apartaba el pelo de la cara. Su madre debió de abrazarlo así, ¿verdad? Eso era lo que hacían las madres cuando estabas enfermo. O quizá fuera un espíritu que lo cuidaba para devolverle la salud y pronto se levantaría y saldría de allí por su propio pie.

¿Y dónde era «allí»? ¿Era de día o de noche?

Se sumió en un sopor profundo, sin sueños, y cuando abrió los ojos, lo recordó todo. Tenía el cuerpo tan dolorido que deseó que se rompiera como una cáscara en mil pedazos que nadie pudiera encontrar.

Dormir era lo mejor. Lo segundo más agradable era ese espacio intermedio, los distintos rostros, las manos que le acariciaban la cabeza.

Sam no tenía fuerzas para formular la pregunta que le rondaba la mente, ya sin miedo, solo con curiosidad: «¿Es esto lo que se siente cuando te mueres?».

McKenna despertó antes de que alboreara el día. No tenía tiempo de esperar a la salida del sol. Descorrió la cremallera de la tienda de inmediato y Hank escapó brincando. Ella guardó el material en su mochila antes de rellenar la de Sam con las pocas mudas que había llevado, su tienda, la guía de las aves, su saco de dormir. Le habría gustado poder llevar también las cosas del chico. Dejar la mochila allí en el suelo, como quien abandona una parte de su cuerpo, se parecía demasiado a volver a despedirse de él.

Hank esperaba detrás de ella al borde de lo que casi parecía una senda que serpenteaba entre los árboles. El perro agitó la cola. McKenna estaba segura de que Sam y ella no habían accedido al claro por ese lado. Avanzó un breve trecho antes de volver sobre sus pasos intentando recordar si le sonaba la perspectiva, si era esa la primera visión que había tenido del calvero en el que habían plantado la tienda. Cerró los ojos y volvió a abrirlos.

Lo que recordaba de la caminata a esa zona era la espalda de Sam, la línea recta de sus hombros, su sonrisa cuando se volvía a mirarla, la sensación de ilegalidad y la impresión que tenía de estar siendo rescatada de su propia vida. Todo lo cual no le servía de nada en ese momento. En el futuro tendría que acordarse de tomar nota mental de los puntos de referencia, aunque viajara en el asiento del copiloto. Si bien tenía ganas de llorar y prácticamente notaba los lagrimales a punto de entrar en funcionamiento, las lágrimas no acudían a sus ojos. Echó mano de la botella de agua y tomó un trago. Cansado de esperar, Hank dio media vuelta y salió corriendo entre los árboles.

—¡Hank! —lo llamó, convencida de que había tomado un rumbo equivocado. Pero el animal no se caracterizaba por su obediencia. McKenna echó a andar con tanta rapidez como pudo para no perderlo de vista y de inmediato se encontró trepando por una empinada cornisa que no habían recorrido de bajada; se acordaría. Si esa pared de roca sedimentaria hubiera sido un poco más escarpada, habría necesitado equipo de escalada para remontarla.

Mientras trepaba hacia la cima, gotas de sudor le resbalaban por la cara. El perro trotaba delante raudo y despreocupado, casi como si no supiera que lo seguía. McKenna no quería parar a despojarse del forro polar por miedo a perderlo de vista. «Más despacio, Hank».

Estaba decidida a no separarse de él. Solo gracias al perro había encontrado el claro del campamento. Si algo te funciona, se dijo McKenna, cíñete a ello. Se enjugó el sudor de la cara y siguió adelante. El animal se detuvo por fin a beber de un arroyo ancho y caudaloso. La chica se descolgó la mochila y llenó la cantimplora. Le quedaba exactamente un comprimido de yodo y decidió guardarlo para cuando tuviera que recurrir a un agua más dudosa. Allí corría tan brava y parecía tan limpia que se refrescó la cara antes de beber a placer, con los labios en la superficie del río. A continuación llenó la cantimplora y sobornó al perro con la última lata de alimento canino para que descansara un ratito.

La última. La noche anterior había dado cuenta del último paquete de pasta. Se las había arreglado para ingerir los últimos restos del espantoso salmón seco. «Lo último» empezaba a ser la norma; se le acababa el tiempo.

Cuando Hank se terminó la lata, bebió un poco más y se encaminó directo al agua, nadó hasta el centro de la corriente y trepó por el otro lado. Una vez allí, se detuvo y se quedó mirando a McKenna mientras esperaba educado a que lo siguiera.

—Mierda —exclamó ella.

Entró con cautela en la corriente. Los guijarros crujieron bajo sus botas. El agua, tan vivificante y fresca contra la tez, se le antojó fría hasta extremos alarmantes ante la perspectiva de vadearla. Volvió a la orilla y buscó un palo grueso y largo, casi tan alto como su cuerpo. Internándose en la corriente de nuevo, hundió el palo hacia el centro del caudal. El agua le llegaría más o menos hasta la cintura.

Inspiró hondo y avanzó un paso. Antes de que pudiera apoyar el pie en el fondo siquiera, la corriente la empujó y, tirándola de lado, la empapó junto con la mochila. McKenna se incorporó como pudo mientras la corriente la arrastraba río abajo. Se arañó la palma de la mano al tratar de asirse a una roca puntiaguda y solo consiguió que otra piedra afilada le rasgara la piel a través de los pantalones. Hank, a salvo en la orilla, ladró y salió nadando hacia ella.

Transportada por el caudal, McKenna trató de controlar el pánico. Si se ahogaba en ese río, nadie sabría dónde encontrar a Sam, ni siquiera que se había perdido. La mochila le impedía flotar boca arriba en la posición del muerto como necesitaba, pero al pasar junto a una maraña de raíces de árbol consiguió aferrarse y salir del agua. De nuevo en la fría tierra, se tumbó de lado. Plantado a su lado y chorreando por los cuatro costados, Hank se sacudió el agua y volvió a rociarla.

McKenna oyó la voz de Sam en su cabeza: «Eso te pasa por dejar que un perro te haga de sherpa».

—Ya lo sé —dijo ella alzando la vista hacia la cara preocupada y babeante del sabueso—. Es un plan idiota. Pero no tengo otro.

Se despojó del forro polar y lo ató al exterior de la mochila con la esperanza de que se secara al calor del sol. A continuación, siguió al perro durante el resto del día, sin molestarse en parar cuando cayó la noche.

Oscuridad. De nuevo. Otro día viajando, caminando en dirección a ninguna parte. Por lo que ella sabía, Hank podría estar internándola cada vez más en el corazón del bosque. ¿Cuántas noches tendría que pasar allí dentro antes de que la rescataran o de que muriera? Nada en el mundo era capaz de apagar las escasas esperanzas que le quedaban como los últimos rayos de sol en el ocaso.

Había recuperado el saco de dormir, pero estaba empapado. No soportaba la idea de detenerse, de examinar el equipo y las prendas cálidas que habían quedado inservibles. Cuando Hank se negó a dar un paso más y se desplomó sobre un montón de hojas secas, McKenna se enfundó el forro polar —ya seco, gracias a Dios— y se tendió a su lado. Se planteó por un instante si unirse a él sobre las hojas para calentarse, pero entonces se acordó de las serpientes entre las hojas secas. Le habría entrado la risa de no haber estado tan cansada.

Capítulo 21

Risas. Al principio McKenna pensó que las había soñado. Así de profundo era su sueño. Su cuerpo estaba tan sumergido en el cansancio que fue como emerger del fondo de un lago profundo hasta alcanzar la superficie. Cuando por fin consiguió abrir los ojos, en el instante que tardó en recordar dónde estaba, reconoció el sonido y supo que era real.

Gente. Carcajadas. Voces.

—No jodas. Estoy seguro de que lo dejé aquí, en alguna parte. ¿Podrías enfocar la linterna en esta dirección?

A su lado, en el lecho de hojas, Hank emitió un gruñido bajo y amenazador. McKenna habría dado cualquier cosa por poder hacerlo callar. Al mismo tiempo no entendía por qué ella no estaba de pie, tambaleándose hacia las voces y haciéndoles señas. Gente. ¿Acaso eso no significaba que estaba salvada?

Más risas quedas cuando uno de ellos tropezó y soltó un taco. McKenna cayó en la cuenta de que estaba pegada a la tierra, aterrada. Forzó la vista a través de la oscuridad mientras trataba de distinguir a los hombres, evaluarlos. Comprendió que albergaba esperanzas de oír una voz femenina.

Cuando era niña y su familia la llevaba a algún evento atestado como una feria o un museo, su madre se agachaba ante ella para decirle: «Si te pierdes, pídele ayuda a un adulto. Recurre a una mujer con hijos si encuentras alguna. Si no, busca a una señora».

El verano pasado, cuando McKenna llevó a Lucy al parque de atracciones Six Flags, le dijo esas mismas palabras. Lucy puso los ojos en blanco, demasiado mayor para oírlas.

—Eh —dijo uno de los hombres—. Me parece que lo he encontrado.

Eran dos, estaba segura, ambos con un fuerte acento sureño. McKenna sabía que debía ponerse en pie. «Socorro —diría—. Me he perdido. Mi chico está herido».

¿Qué clase de monstruos tendrían que ser para hacerle daño en vez de ayudarla? Tenían linternas, debían de saber cómo llegar a alguna parte. La sacarían del bosque, usarían los móviles para pedir ayuda.

La noche se extendía negra y oscura, sin el menor indicio de que la mañana estuviera cerca. ¿Cuánto tiempo llevaba durmiendo? Para cuando amaneciera, un equipo de guardabosques podría haber salido al rescate de Sam y encontrarlo justo a tiempo.

«Tengo que correr el riesgo —pensó—. Tengo que correr el riesgo por Sam».

Y, sin embargo, su cuerpo se negaba a moverse. Salvo quizá para pegarse a la tierra un poco más, con el fin de ser invisible.

—¿Vas a terminar de contar la historia?

—Ya la he contado. La piba es una rubia tonta. Pero me lo montaría con ella otra vez si pudiera.

—Te lo montarías con cualquier cosa que respire.

Más risas. ¿De verdad el tono era siniestro o lo parecía por el tipo de comentarios que estaban haciendo? Seguramente, no significaban nada. Algunos hombres hablaban así. Sobre todo si no había mujeres presentes. Pero la columna vertebral de McKenna parecía haberse convertido en hielo, su sistema nervioso se había congelado y le impedía moverse. En la mochila que yacía a su lado, enterrados entre un montón de equipo húmedo, estaban el aerosol de pimienta y el silbato. ¿Quién la oiría si tocara el silbato? Nadie que estuviera lo bastante cerca como para acudir corriendo.

—Hostia, Curtis, ¿no puedes darte más prisa con eso?

McKenna se incorporó una pizca sobre los codos para atisbar a través de los árboles que tenía delante. Le llegaba el olor de los cigarrillos y les veía las cabezas cubiertas con gorros de lana. Uno llevaba un rifle al hombro. Algo brilló más allá, cristal y metal, y entonces oyó un burbujeo de líquido en un recipiente. Debía de ser un alambique. Recordó lo que Brendan había comentado en Abelard sobre el peligro que suponían los tíos que ocultaban alambiques en el bosque.

Se pegó al suelo una vez más. Tenía el corazón tan alterado que temió que oyeran los latidos. Hank gruñó también, tendido como ella. McKenna le hizo un gesto firme y frenético con la mano, como si con eso pudiera silenciarlo.

El hecho de que tuvieran un alambique y soltaran tacos no implicaba que fueran peligrosos. Lo más probable era que fueran tipos sureños normales y corrientes, que habían salido a echarse unas risas. No le harían daño. Intentarían ponerla a salvo. Lo considerarían una oportunidad de quedar como héroes.

Por primera vez, McKenna se concedió permiso para preguntarse: ¿qué habría pasado en la carretera Joe Ranger de no haber intervenido Sam cuando aquellos tipos se metieron con ella? Seguramente nada. La habrían molestado un rato, acosado, asustado y luego la habrían dejado en paz. Sucedió a plena luz del día, al fin y al cabo. No fue nada.

Sin embargo, ¿y si hubiera corrido peligro real? ¿No era ese el motivo principal por el que la gente se preocupaba de que McKenna —una chica— viajara sola?

—Dale ya, Jimmy, ponme un poco más de ese matarratas.

Hank gruñó. Aunque también le había gruñido a Sam. El perro no tenía un sexto sentido para los personajes siniestros. No le gustaban los hombres, eso era todo.

Seguro que Sam sabía dónde encontrar un alambique en Virginia Occidental. Podría haber pululado por el bosque en plena noche con un amigo, trastabillando y soltando tacos.

—Curtis, ¿has oído eso? Parecía un perro.

—Espero que no sea un lince.

—Podrías quedarte la piel.

McKenna oyó un chasquido cuando el hombre hizo algo con el rifle. Podía argüir consigo misma todo lo que quisiera, pero ya sabía que no iba a plantarse ante ellos y solicitar ayuda. Por más que las posibilidades de que, en efecto, la ayudasen fueran más altas. Aunque no pedir socorro, no acudir a ellos pudiese significar que nunca encontrasen a Sam ni a ella. No podía arriesgarse.

Era lo bastante fuerte como para tratar de escalar una montaña, fracasar y volver a remontarla al día siguiente. Tan fuerte como para seguir adelante, a pesar del hambre, las heridas y el cansancio durante tantos días y noches como hiciera falta. Era tan fuerte —sabía que lo era, aunque las cosas hubieran tomado otro rumbo— que podía recorrer el Sendero de los Apalaches en solitario, de principio a fin.

Pero no se atrevía a levantarse y enfrentarse a esos dos desconocidos. No podía arriesgarse a acabar allí tirada, hecha trizas.

Por otro lado, tal vez no tuviera elección. Porque se estaban acercando alertados por Hank, cuyos gruñidos habían aumentado de volumen. McKenna sopesó si sería mejor rodar debajo de las hojas —haría demasiado ruido— o deslizarse hacia atrás hasta el segundo rodal de árboles, donde no pudieran verla. Aunque consiguiera ocultarse, tendría que dejar la mochila atrás y sabrían que había estado allí, que seguía en las inmediaciones, en alguna parte.

De sopetón, Hank abandonó las hojas de un brinco y salió corriendo entre los árboles. Plantado ante los dos hombres y ladrando, parecía casi amenazador. McKenna aprovechó la ocasión y rodó de lado para enterrarse bajo las hojas tanto como pudo. La posibilidad de que hubiera serpientes no le preocupaba nada en absoluto.

«Por favor, no le hagáis daño —suplicó en silencio—. Por favor, no le hagáis daño».

Los dos hombres estallaron en carcajadas.

—Con ese abrigo no te harás rico —dijo uno—. Fuera. Vete. ¡Largo!

Casi parecía que estuvieran jugando. Cerró los ojos y pegó la cara contra la tierra. Si fuera de día, ¿tendría otra sensación?

Bang. Sonó un disparo. McKenna se quedó helada esperando un gañido. En vez de eso, oyó a Hank, que se alejaba a la carrera.

Debían de haber disparado al aire para asustarlo. Sin duda habría sido un blanco fácil si hubieran querido descerrajarle un tiro. McKenna permaneció completamente inmóvil.

—Curtis, ¿vienes?

—Espera.

Se acabó. Era su última oportunidad. Podía levantarse. Caminar hacia ellos.

—¡Pon el seguro ahora mismo! No quiero recibir un disparo mientras salimos de aquí.

Las hojas que la cubrían no emitieron el más mínimo susurro. Quizá incluso hubiera dejado de respirar. Curtis y Jimmy se alejaron, pasos de borracho sobre crujientes hojas y ramillas. McKenna aguzó los oídos más que en toda su vida mientras trataba de distinguir qué camino tomaban para alejarse. Debía de estar cerca de una carretera o de una pista, si habían ido allí a correrse una juerga. Por otro lado, era posible que hubieran instalado el alambique en el rincón más remoto posible. Pensó en salir silenciosamente del montón de hojas y seguirlos a distancia. Pero su cuerpo se negaba a moverse.

Se quedó allí hasta el amanecer, cuando Hank, sin tenerlas todas consigo, regresó y la olisqueó a través de las hojas secas. Solo entonces McKenna se incorporó, agarró el morro del perro y le plantó un besito entre los ojos. Hank se retorció para zafarse y retrocedió.

McKenna se puso en pie sacudiéndose las hojas. ¿Había dormido? No estaba segura, así que probablemente sí. Intentó parpadear y descubrió que tenía un ojo casi cerrado de tan hinchado; algún bicho debía de haberla picado durante la noche. Se palpó el párpado con tiento.

—Vale, Hank —dijo—. Debemos de estar cerca, ¿verdad? Vamos a salir de aquí. De hoy no pasa.

El perro agitó la cola. McKenna se agachó para abrir la mochila y todo su cuerpo crujió y protestó. Se sentía como si tuviera cien años. En la bolsa de la comida solamente le quedaban cuatro barritas de cereales. A la mierda. Se zampó dos y le dio una a Hank. Apuró los últimos restos del agua.

—¿Has visto eso, universo? —preguntó McKenna al aire.

Ya no había dudas que valieran. Estaba decidida a reparar su cobardía de la noche anterior plantando cara a su situación. No acumularía provisiones como si fuera a estar vagando por esos bosques varios días. Saldría de allí.

McKenna abandonó del rodal de árboles que la había separado de Curtis y Jimmy. El alambique seguía allí, primitivo y complicado al mismo tiempo. No podía reprocharse el no haberles pedido ayuda. Tampoco podía permitirse pensar en el estado en que debía de encontrarse Sam, ya agotados los analgésicos que tampoco lo ayudaban demasiado y en las garras de la deshidratación y la inanición. Sería su segundo día sin comida ni agua.

Examinó el terreno por si los hombres del día anterior habían dejado alguna huella, pero estaba demasiado seco. Parecía como si alguien hubiera apartado unas ramas a su derecha (¿oeste?, ¿este?, ¿norte?, ¿sur?; había recuperado la brújula junto con la mochila, pero todavía era incapaz de usarla) y Hank echó a andar en esa dirección exacta. Después de abrirse camino entre la maleza los días anteriores, advirtió que el terreno que pisaba casi se asemejaba a un camino. McKenna se dejó llevar por la esperanza cuando descubrió que, cada ochocientos metros más o menos, había una colilla en la tierra. Reprimió una oleada de amor hacia Curtis y Jimmy, aunque si volvieran a aparecer seguramente correría a esconderse de nuevo.

Notaba un dolor palpitante en el ojo. Puede que ese día se sintiera más optimista, pero no había llegado a nada parecido a una masa de agua y la tarde iba avanzando.

«Sísifo —pensó McKenna—. Me he convertido en Sísifo, que tiene que empujar una enorme roca por una ladera empinada solo para verla rodar de nuevo hacia el valle tan pronto como alcanza la cima». Ojalá supiera qué pecado había cometido ella para haber acabado en ese infierno infinito de caminar y buscar sin encontrar nada. Tal vez, en consonancia con la mitología griega, su pecado hubiera sido la soberbia.

Un frufrú de hojas se dejó oír más adelante y McKenna se debatió con un sentimiento que conocía demasiado bien, una mezcla de miedo y esperanza. Cuando el causante, un mapache, deambuló hacia ellos, también experimentó la habitual combinación de alivio y decepción. No era nada que pudiera acabar con sus vidas, pero tampoco algo que fuera a ayudarlos a salir de allí.

Hank reculó unos pasos y gruñó. El mapache respondió con un ruido que literalmente arrancó un bote a McKenna, a pesar del agotamiento y del peso de la mochila. Fue un bramido potente, mucho mayor que la amenaza de Hank, casi como un rugido. Era la clase de grito que podría haber lanzado el oso con el que se topó en el arroyo.

El mapache se incorporó sobre las patas traseras y alargó los brazos, una postura que le dio un alarmante aspecto humano y… raro. Los mapaches eran una molestia habitual en su casa; disfrutaban desbaratando todos los esfuerzos de su padre por cerrar la basura lo más herméticamente posible. Sistemas que arrancaban maldiciones y exclamaciones a los recolectores de basura no lograban disuadir a los mapaches…

No obstante, estos animalillos eran nocturnos. A esas horas, a media tarde, deberían estar recogidos. McKenna no sabía gran cosa de mapaches, aparte del antifaz negro y las diestras patitas. Pero eso lo tenía claro.

Y sabía que no era normal que un mapache amenazase a un perro y a un ser humano. Debería haber salido por piernas.

Pero no huía. De hecho, se acercó aún más sobre sus pies inquietos agitando las manitas como un borracho enfadado.

El mapache tenía la rabia.

«¡No me lo puedo creer!». McKenna habría querido gritarle al cielo y lo habría hecho de no haber temido enardecer aún más a ese adorable animalillo y convertirlo en algo realmente peligroso.

El perro echó las orejas hacia atrás y enseñó los dientes.

—Hank —susurró McKenna con furia. Lo llamó para que volviera a su lado. No tenía modo de saber de dónde procedía Hank ni cuánto tiempo llevaba vagando por ahí, pero estaba segura de que sus vacunas no estaban al día. McKenna no albergaba la menor intención de contagiarse de la rabia tampoco. Reprimió el impulso momentáneo de interponerse entre los dos animales. A sus pies había una piedra redonda, perfecta para lanzarla. Si el mapache no hubiera estado enfermo, habría bastado para ahuyentarlo. Sin embargo, en su estado, solo serviría para que se abalanzara sobre ellos. Algo que, a juzgar por su postura, era exactamente lo que el perro se disponía a hacer; el bueno de Hank, deseoso de protegerla y ajeno al riesgo que corría de sufrir una muerte prematura entre espumarajos.

McKenna retrocedió varios pasos.

—Hank —susurró—. Hank, ven.

El perro se arrastró marcha atrás, con la barriga pegada al suelo, hacia ella. Y el mapache se dejó caer hacia delante, avanzó un paso y volvió a rugir; en esta ocasión, todavía con más potencia de la que esperarías en un oso. McKenna no se quedó a comprobar si arremetía contra ellos. Dio media vuelta y salió disparada entre los árboles.

Esa primera descarga de adrenalina le permitió correr un par de metros, cargada como iba con la mochila, tras lo cual no tuvo más remedio que librarse de ella. Como el sonido de sus pasos ahogaba lo que sea que estuviera pasando a su espalda, tiró la mochila sin saber si Hank y el mapache estaban luchando y siguió corriendo hasta que el perro la adelantó primero zigzagueando ante ella y luego cambiando de dirección.

Lo siguió. Prefirió no pensar en lo mucho que se estaba alejando de los recursos vitales que le ofrecía la mochila. Se limitó a correr detrás de Hank hasta que la noche volvió a caer.

Trastabillando, McKenna se desplomó en el suelo, con los ojos clavados en la tierra. Se tapó la cabeza con las manos.

—Me rindo —exclamó—. Me rindo.

Hank husmeó el camino de vuelta hacia ella. La miró a los ojos, la lamió. McKenna rehusó levantar la cabeza. El perro ladró.

No podía rendirse. Ella era la única oportunidad que tenía Sam. Debía levantarse.

Poniéndose en pie, miró por encima del hombro como si así pudiera calcular la distancia que la separaba de sus pertenencias, al tiempo que intentaba no recordar lo feliz que se había sentido al encontrarlas. Y ahora se enfrentaba a su tercera noche a solas, esta vez sin forro polar, sin saco de dormir, sin comida ni agua.

Hank volvió a ladrar. Dio media vuelta y salió correteando. No tenía sentido parar. Si iba a morir de frío, deshidratación o hambre, lo haría caminando. El perro brincó entre los árboles y McKenna se internó directa en una de las visiones más extrañas de su vida.

Llevaba tantos días, tantas horribles jornadas caminando de una sección de bosque a la siguiente... Pero esta vez, cuando el ocaso la envolvió, las estrellas no aparecieron a través de los árboles, sino en un cielo inmenso e insistente.

«He estado aquí todo este tiempo —le dijo el cielo a McKenna— y también el mundo».

Allí estaba, un trocito de mundo. A través del crepúsculo, con un solo ojo, avistó un claro. Una pequeña cabaña de troncos que echaba humo por la chimenea. Sentado ante ella en una silla Adirondack, había un hombre al que viera una sola vez, aunque lo había oído nombrar muchas más. Un anciano de larga barba, tocado con un sombrero y acompañado de una pequeña cotorra, adivinó McKenna, encaramada a su hombro.

Caminó hacia él agitando los brazos sobre la cabeza, como si tuviera que hacer ese gesto para que la viera.

—¡Walden! —gritó igual que si llevara todo ese tiempo buscándolo a él.

El hombre se quedó mirándola tan plácidamente que McKenna se preguntó asustada si la escena sería un espejismo. Tal vez solo fuera producto de su estado delirante, una alucinación, eso de tener delante una cabaña tan acogedora y a un hombre al que apenas conocía, pero que le inspiraba una confianza absoluta.

Walden se levantó, caminó hacia ella y le posó las manos en los hombros.

—Por el amor de Dios, niña. Ya te dije que no te desviaras del camino.

Tenía la voz ronca, tan áspera y gruñona que la devolvió de golpe a la realidad. Estaba allí. Walden era real. McKenna empezó a parlotear sin ton ni son, sobre lo sucedido a lo largo de los últimos días, pero ante todo sobre Sam.

—Está herido y me vi obligada a dejarlo, no quería, pero no tuve elección porque no puede andar y lo abandoné allí, en un refugio de madera petrificada con hierba en el tejado y no tiene agua, hay que ir a buscarlo...

Walden le pasó el brazo por el hombro y echó a andar hacia su cabaña arrastrándola con él.

—Está anocheciendo —decretó— y tú estás destrozada. No vas a volver al bosque.

McKenna se apartó. Dirigió la vista hacia el paraje irreal que la rodeaba. Hacia esa escena que unos meses atrás se le habría antojado infinitamente rústica y que ahora le parecía una acogedora expresión de la civilización, tan moderna como un centro comercial. Debía llevar a Sam allí con ella.

—Tenemos que volver —insistió. Mientras sus ojos revoloteaban por el claro cayó en la cuenta de que Hank había salido huyendo—. Tenemos que encontrar a Sam.

—Y lo encontraremos —prometió Walden—. Iremos a buscarlo. Conozco el sitio que estás describiendo e informaré a la central de guardabosques. Pero está muy oscuro ahora. Hasta yo me perdería si tratara de dar con él.

McKenna se paró. Una parte de ella estaba desesperada por salir corriendo en busca de Sam y llevarlo derecho a ese calvero. Sin embargo, sabía perfectamente que nunca encontraría el camino de vuelta.

—Vamos —insistió Walden en un tono amable que pilló a McKenna por sorpresa—. Entra.

¿Es posible sentirse derrotada y eufórica al mismo tiempo? No, decidió McKenna. No lo era. Cuando entró con Walden en su casa, la preocupación se impuso sobre el alivio. Se había salvado, eso estaba claro. Pero si no podía rescatar a Sam, su supervivencia derivaría en una vida que se extendería ante ella sabiendo que lo había dejado morir en el bosque.

Capítulo 22

Al rayar el alba, dos guardas forestales se abrieron camino entre la fronda. No había un sendero propiamente dicho, pero ambos conocían bien la zona. No era la primera vez que unos chavales se perdían buscando la cascada o algún otro rastro de los nunnehis. Por lo general, eran críos procedentes de alguna población lo bastante cercana como para ser considerados autóctonos.

—Pensaba que los senderistas de largo recorrido serían más prudentes —dijo Claire. Acababa de graduarse en la Facultad de Purdue de Estudios Forestales y Medioambientales y había empezado a trabajar en el mantenimiento del parque el pasado agosto. Era su primer rescate.

Pete, en cambio, había nacido en Carolina del Norte. Se había criado en las Smoky Mountains; no necesitaba un título rimbombante para saber lo que se cocía en el bosque. Hacía mucho que había perdido la cuenta de la cantidad de idiotas que había rescatado en ese territorio agreste.

—Ninguno es prudente porque todos piensan que lo saben todo —dijo Pete.

Recogía colillas de cigarrillo con un palo puntiagudo y las guardaba en la bolsa que llevaba prendida al cinturón. Lo que más odiaba Pete en el mundo eran los fumadores y su manía de tirar las colillas al suelo sin el menor respeto por la naturaleza. Lo único que podías estar seguro de encontrar hasta en el rincón más recóndito eran colillas. Estaba seguro de que, si alguna vez llegaba a escalar el Everest, alcanzaría la cima, contemplaría las vistas, bajaría los ojos y vería una colilla de cigarrillo a sus pies.

Echó un vistazo a la brújula. Claire empleaba su GPS para ir registrando las coordenadas.

—El chaval estará en las últimas si la cosa es tan dramática como dice la chica —observó Pete.

—Pobrecita. Estaba histérica.

—Es lo que tiene el sentimiento de culpa. Sabe que se portaron como un par de necios.

En el cielo, un helicóptero descendía en picado, también buscando a Sam. Había otros guardabosques, todos técnicos de emergencias médicas como Pete y Claire, registrando distintas partes del bosque. La radio que Pete llevaba prendida al cinturón crepitó. La gente no paraba de informar de haber visto señales de que los dos chavales habían estado por las inmediaciones.

—Hay señales para dar y tomar, si uno de los dos fumaba —gruñó Pete.

Un poco más adelante llegaron a un cerco de piedras junto al cual alguien había dejado plantada una mochila de marco externo.

—Este debe de ser el claro en el que acamparon —comentó Claire.

—Lo dejaron todo muy bien recogido —respondió Pete—. Así da gusto trabajar.

No podían entretenerse. Pete sabía que tardarían horas en llegar a la vieja cabaña cheroqui y nada les garantizaba que el chaval siguiera allí.

—Estoy todo el rato esperando que alguien más informe por radio de que lo han encontrado —dijo Claire tras unas horas de caminata en silencio, concentrados en avanzar a buen paso. Pete notó en el tono de su voz que temía toparse con un cadáver.

—No te preocupes. Nadie se ha muerto por romperse un tobillo. No ha hecho tanto frío como para que muera por congelación. Y si la cronología de la muchacha es correcta, este será su tercer día sin agua. La deshidratación no habrá acabado con él todavía.

Sabía que su voz sonaba hosca, gruñona, aunque intentaba consolarla.

—Pero todo junto… —Claire dejó la frase en suspenso. Se llevó la radio al oído para escuchar la charla de unos guardabosques. Uno de los pilotos de helicóptero creía haber visto algo, pero solo era un ciervo.

—Hay demasiados árboles —dijo Pete—. Es una pérdida de tiempo y de combustible. No van a ver nada.

Claire apuró el paso y lo adelantó. Pete prosiguió la conversación sin ella.

—Es verdad que un oso podría haberlo atacado. Incluso una manada de coyotes, en ese estado. Y supongo que el frío te puede pasar factura estando tan débil y malherido.

En realidad, no pensaba que lo hubiera oído, pero Claire se detuvo. Había palidecido.

Entonces Pete la vio, la cabaña, justo donde esperaba encontrarla. Pues claro que los demás guardabosques con sus helicópteros y sus GPS por satélite no habían sido capaces de dar con ella. Para eso hacía falta alguien que se hubiera criado en los bosques. Estaba seguro de que podría haber encontrado ese sitio con los ojos cerrados.

—Eh —gritó Pete—. ¡Chaval! ¿Estás ahí?

Claire ya había asomado la cabeza por la puerta. Pete le pisaba los talones.

Había una lona tendida en el suelo y un chaquetón negro y rojo. Aparte de eso, la minúscula choza estaba vacía.

Sentada en la mecedora de Walden, McKenna escuchaba la radio obsesivamente. Su párpado seguía hinchado, aunque ya no tan cerrado. Casi deseaba que Walden no la hubiera convencido de que se comiera las tortitas que había preparado; cada vez que una voz crepitaba entre el ruido blanco, temía vomitarlo todo. McKenna se apartó el perfumado pelo de la cara (¿de verdad el anciano usaba champú con aroma de frutas?) y se inclinó hacia delante con la oreja pegada al altavoz.

Resulta que Walden no vivía en el camino. No era un viejo vagabundo rebosante de sabiduría ni un psicópata asesino enloquecido por la pena. Le contó que se reía con ganas cada vez que esas historias llegaban a sus oídos. También le divertía leer las notas que escribía la gente en los registros del camino, párrafos enteros cada vez que creían haber atisbado a Walden. A decir verdad, el hombre no era más que un profesor de literatura inglesa jubilado que vivía en esa cabaña y había recorrido el Sendero de los Apalaches en ambos sentidos más veces de las que podía contar. En los últimos tiempos se quedaba casi siempre en casa.

—Estos viejos huesos ya no son lo que eran —le confesó.

La radio enmudeció un instante. McKenna notó que se trataba de la clase de silencio que precede a una noticia, no sabría decir por qué. Una noticia importante.

Una voz crepitó a través del ruido blanco.

—Hemos encontrado la cabaña. La lona está allí, pero el chico no.

McKenna estaba en pie antes de percatarse siquiera de que se había movido.

—¡Walden! —gritó.

Él ya se había marchado una vez esa mañana para recuperar la mochila de McKenna. La encontró tan deprisa que debería ser él y no todos esos guardabosques el que anduviera por ahí fuera buscando a Sam. Pero el anciano parecía decidido a cuidar de ella, a asegurarse de que no volviera a internarse en el bosque. Ahora estaba en el exterior, haciendo sabe Dios qué, aunque McKenna estaba segura de que no habría ido muy lejos. No quería separarse de la radio, porque tenía que saber qué pasaba con Sam, pero, todavía con más urgencia, necesitaba contárselo a Walden. Y como no regresaba salió corriendo al exterior.

Su aliento y sus palabras brotaron en resuellos breves, casi indescifrables.

—En la radio. Lo he oído. La cabaña está vacía. Han encontrado la cabaña, pero no a Sam.

Walden conservó su expresión impertérrita. McKenna comprendió entonces que seguramente ese no era su verdadero nombre. Sencillamente, lo había llamado así todo el tiempo y él no la había corregido.

—Lamento saberlo —dijo—. Pero es una buena señal que hayan encontrado la cabaña. No puede haber llegado muy lejos. Dentro de nada darán con él.

—Tengo que acercarme a la zona —se desesperó McKenna—. Puedo llamarlo y quizá el perro regrese y me ayude a buscar.

Después de dejarla en la cabaña de Walden, Hank había desaparecido.

—Ya hay perros por ahí fuera rastreando. Perros entrenados. Y helicópteros. Guardas forestales que saben lo que se traen entre manos y le pueden proporcionar atención médica. Tu presencia les estorbaría.

—No me puedo quedar aquí sin hacer nada —insistió ella—. Me estoy volviendo loca.

—Mejor enloquecer que perderte otra vez. ¿Crees que ayudarás a tu novio si los guardabosques tienen que buscar a más de una persona? Tú no tienes el tobillo roto y eso significa que podrías llegar más lejos. Internarte en zonas a las que él ni podría soñar en acceder.

McKenna se sentó en la hierba a los pies de Walden y se tapó la cara con las manos. Sabía que tenía razón. Pero también sabía que no podía quedarse allí esperando noticias. Su cuerpo se estremecía de impotencia e ignorancia.

Por lo visto, el anciano no se hacía cargo de lo mal que estaba.

—Lo que deberías hacer, jovencita, es ir pensando en llamar a tus padres en lugar de estar planeando cómo volver a internarte en el bosque.

De nuevo tuvo la sensación de que se le indigestaban las tortitas. No podía ni pensar en ponerse en contacto con ellos, teniendo en cuenta todo lo que tenía que confesarles.

—Por suerte para ti —dijo Walden, suavizando el tono un poquitín—, no tengo teléfono. Así que tendrás que esperar. Al menos de momento. Toma —le ordenó a la vez que le plantaba una botella de agua debajo de la nariz—. Sigue hidratándote.

Sam estaba convencido de que todo había terminado.

Casi no recordaba cuándo ni por qué se había arrastrado al exterior de la cabaña. Todas las historias que le había contado a McKenna, casi en tono de broma —para divertirla, entretenerla o impresionarla— revoloteaban ahora por su mente y se desplazaban ante sus ojos. Seres feéricos que lo envolvían con los brazos y le hablaban. Uno incluso le acercó un vaso de agua a los labios. Sam habría jurado que la fresca humedad era real hasta que intentó beber y le ascendieron arcadas por la garganta mortalmente seca.

Muerte. Esa era la palabra que había planeado muy cerca todo el tiempo que había pasado entre esas cuatro paredes. Como si otras personas se hubieran arrastrado allí para morir, y ahora fuera su turno. La muerte impregnaba el aire, la olía: su propio cuerpo devorando sus entrañas, consumiendo lo que quedaba de él. Únicamente ansiaba un poco de agua para refrescarlo, para humedecer la sequedad agrietada y dolorosa de sus labios. Ya no notaba el tobillo ni el resto de la pierna.

McKenna le había pedido que esperara en la cabaña. Eso era lo que lo había retenido allí. Esperarla.

En algún momento de la espera comprendes que nadie vendrá. Sam ignoraba en qué instante había llegado a esa conclusión porque había perdido la noción del tiempo. Tal vez McKenna llevara un par de días ausente. Quizá un par de horas. O puede que semanas. Era posible que Sam hubiera pasado en esa cabaña toda la vida o desde que se marchó de Virginia Occidental. ¿Cuándo sucedió? Hacía un millón de vidas o puede que ayer mismo. Quizá hubiera escapado de la casa del hijo de puta de su padre para acceder directo a esa cabaña.

Llevaba allí dentro desde entonces y su mente había inventado la historia de que había caminado hasta Maine y luego había hecho el recorrido otra vez a la inversa. Que había conocido a una chica. Que había alguien ahí fuera, alguien a quien le importaba algo su existencia, buscándolo.

Sam abrió los ojos entre parpadeos. No sabía que los tuviera cerrados. Atisbó una lucecita flotando fuera. Le recordaba a Campanilla. No podía levantarse, pero sí rodar. Podía arrastrarse hacia el sol. No se había percatado del frío que hacía, de que estaba temblando, hasta que se deslizó como una serpiente que sale de su madriguera hacia ese trocito de luz.

Forzó la vista. Vio el bastón que McKenna había improvisado apoyado contra la pared de la cabaña y lo usó para levantarse. Trastabilló unos cuantos pasos antes de caer. Se puso en pie otra vez. Al menos intentaría encontrar agua. Si conseguía beber unos tragos, duraría otro par de días.

Campanilla bailó y revoloteó hacia aquí y hacia allá. Ojalá se estuviera quieta. Ojalá le hablara.

¿Qué daría por escuchar la voz de McKenna en ese momento? Se rio solo de pensarlo. Lo daría todo, si no fuera porque no le quedaba nada. Más que sobrevivir, deseaba saber que ella había encontrado el camino a un sitio seguro. Podía soportar cualquier cosa, congelarse de frío en el bosque y morir de sed, con tal de imaginar a McKenna calentita, limpia y con el estómago lleno. Eso daría. Daría la vida por ella.

Raíces de árbol. Sí, las ponen en el bosque para que los idiotas lisiados tropiecen con ellas. Sam volvió a caerse. No había agua cerca y comprendió que esa vez ya no se levantaría.

No supo cuánto rato había pasado, si horas o días, cuando lo asaltó otro espejismo: voces. Voces desconocidas que gritaban su nombre. Sam no se molestó en responder. Ya tenía suficientes gilipolleces por un día, por una vida: marcharse a rastras de un sitio donde habrían podido encontrarlo para seguir una lucecilla que por supuesto lo había abandonado. Además, aunque hubiera querido responder, no le quedaba voz, tenía las fuerzas agotadas, hasta la última caloría consumida. Ya no podía más.

—Ay, Dios mío —dijo una voz femenina—. Es él.

—¿Respira? —preguntó un hombre.

Sam intentó concentrarse en el rostro que flotaba ante él. Notó dos dedos en el cuello y otra mano en el pecho. Ojos marrones, pelo castaño. Joven, asustada, esperanzada. Puede que realmente estuviera sucediendo. Si la chica fuera el fruto de un delirio, estaba seguro de que habría visto a McKenna.

—Sí —dijo ella. Vestía prendas de color caqui, llevaba una insignia, uniforme de guarda forestal. Eso le empañó la esperanza. Por más que quisiera a McKenna, también podía delirar con una guarda forestal.

Apareció otra persona, un hombre cuyo ceño fruncido tapó el rostro de la joven. El maravilloso sonido de la rosca contra el cuello de una cantimplora. Frío metal en los labios y entonces la vida penetró en su cuerpo cuando ya había renunciado a ella por completo: el agua.

—Despacio —le dijo la chica en tono tranquilizador—. Poco a poco. No bebas demasiada de una vez.

Sam apartó la cabeza. Respiró hondo. Buscó el agua nuevamente. El líquido le resbalaba por los labios resecos, por la garganta. El mundo volvió a definirse. Aquello era real. El hombre había dejado su mochila en el suelo para extraer lo que Sam supuso que debía de ser una camilla plegable. La chica le ofreció otro trago y luego se desplazó hacia sus pies para examinarle el tobillo. Sam hizo una mueca cuando el dolor regresó. El hombre lo tapó con una manta.

—Eres un tonto del culo. ¿Lo sabes? —lo regañó el guarda.

—Ya lo sé —respondió Sam casi sin voz. Y a continuación, ya que no se había sentido tan agradecido en toda su vida (y teniendo en cuenta que tenía, de hecho, vida por delante), añadió—: Gracias. Ya sé que la he liado parda. Pero gracias.

En casa de Walden, McKenna volvía a estar sentada pegada a la radio. Distintas voces crepitaban de vez en cuando a través del aparato solo para lamentarse de que tal o cual ubicación estuviera desierta. En ocasiones, el rugido de los helicópteros prácticamente ahogaba cualquier otro sonido. Hasta que por fin creyó oír una suave voz femenina, casi tan eufórica como habría sonado la misma McKenna, anunciar:

—¡Lo hemos encontrado! Gravemente deshidratado y no del todo lúcido. Tiene el tobillo en mal estado. ¡Pero está vivo!

Coordenadas, más detalles. McKenna se presionó las mejillas con las manos casi sin atreverse a creer que fuera real. Volvió la cabeza. Walden se encontraba allí de pie; por un momento pensó que estaba enfurruñado, pero enseguida comprendió que se trataba de su ceño permanente y que en alguna parte debajo de ese semblante arrugado había movimiento, una sonrisa.

McKenna se levantó.

—¿A dónde lo llevan? ¿Podemos reunirnos con él?

—Es mejor que no estorbemos —dijo Walden—. Iremos al hospital.

Ya tenía las llaves en la mano. McKenna asintió y lo siguió al exterior.

Capítulo 23

Qué sensación tan extraña le provocaban y al mismo tiempo qué normales se le antojaban el zumbido y el resplandor de los fluorescentes. Al fin y al cabo, McKenna había vivido en el mundo civilizado durante casi dieciocho años antes de lanzarse al camino. Mientras estaba en el sendero, regresaba a la civilización con frecuencia y se sentaba bajo luces como esas en los restaurantes, pasaba por debajo cuando compraba en los supermercados. En el tiempo que llevaba viviendo entre los distintos niveles de los montes Apalaches, la civilización y sus luces, coches, aires acondicionados y máquinas se encontraban, si no a tiro de piedra, sí en un lugar localizable, cuyo acceso tan solo requería mirar una guía y caminar el número de kilómetros indicado.

Hasta que abandonó el camino.

Se sentó junto a la cama de Sam en su habitación del hospital, entre los pitidos de las máquinas y el ajetreo que se atisbaba al otro lado de la puerta acristalada. Sam dormía. Llevaba una escayola en el pie que le cubría casi hasta la rodilla y un gotero de suero en la mano para reponer los fluidos que había perdido, además de antibióticos para combatir a la giardiasis, en cuya prueba había dado positivo. Los resultados de McKenna al parásito eran negativos, pero como había bebido agua sin purificar y había estado en contacto tan estrecho con Sam, le administraron el medicamento por precaución. Cuando rellenó la solicitud en la farmacia del hospital, automáticamente tomó nota mental del compartimento de su bolsa estanca que dedicaría al fármaco para protegerlo en caso de lluvia.

No se podía creer que no fuera a volver al sendero. Tenía la sensación de que estar allí, en el mundo civilizado, tan solo era una parada más. No le parecía el final, aunque sus padres ya viajaran a su encuentro y Sam estuviera allí acostado, en una cama de hospital, durmiendo, medicado hasta las cejas y con esa pesada escayola en el tobillo. Sam no iría a ninguna parte en una buena temporada.

Alargó la mano hacia él y le apartó la cortina de cabello rubio de la frente. Estaba pálido, como si le hubieran absorbido hasta la última gota de vitalidad. McKenna repasó el contorno de su cara con la yema del dedo. La primera vez que vio a Sam pensó que era guapísimo, tanto que su belleza la intimidaba. En ese momento, su rostro no la intimidaba. Solo le encogía el corazón con un dolor que la hacía sentir más presente, más humana. No porque su cara fuera hermosa, sino porque era la de Sam.

Sam, la persona que había llegado a conocer tan bien, valiente y vulnerable, a menudo demasiado terco, pero tan inteligente y resiliente, único. Ese chico voluntarioso y capaz de vivir al margen de las reglas de la sociedad, reglas que aprisionaban a todo el mundo en la misma maldita vida.

«Fui a los bosques porque quería vivir a conciencia».

McKenna sintió un montón de emociones distintas allí sentada, entre los pitidos de las máquinas del hospital y el zumbido de los fluorescentes. La emoción más intensa, aparte del amor, fue el alivio. Ver a Sam allí tendido, herido y roto, sí, pero vivo, cuidado y a salvo. Resultaba abrumador. Según los médicos, su cuerpo se repondría en pocos días. El tobillo, como es natural, tardaría más tiempo en curarse. Pero lo haría, Sam sobreviviría y, con un poco de suerte, quizá estuviera mejor que antes. Después de todo lo que había pasado, no solo a lo largo de esos últimos días, sino de toda su vida, Sam merecía brillar.

McKenna había sentido terror, primero de no llegar a encontrar ayuda y luego de que los guardas forestales nunca dieran con él o de que, de hacerlo, lo hallaran muerto. Tenerlo delante y saber por los médicos que se iba a recuperar inundaba a McKenna de un alivio tan urgente y profundo que, si se dejaba llevar por el llanto, no sería capaz de parar en varios días. Produciría tal cantidad de agua salina que bien podrían conectar a Sam directamente a sus lagrimales.

«Fui a los bosques porque quería vivir a conciencia; hacer frente solo a los hechos esenciales de la vida y ver si podía aprender lo que ella tenía que enseñar para no darme cuenta, en el momento de morir, de que no había vivido».

Detrás de los párpados de Sam, actividad y movimiento. Los medicamentos y el cansancio no bastaban para derrotar su sueño REM. McKenna vio los rápidos giros de los ojos cerrados, el aleteo de sus pestañas pálidas. ¿Qué estaba soñando? ¿Soñaba con su padre? ¿Con sus días en el camino? ¿Con ella?

Apartó la mano, se arrellanó en la silla y se frotó las rodillas. Todavía llevaba los pantalones Gramicci que siempre tendrían manchas redondas y oscuras en la zona de las articulaciones después de tantas noches de arrodillarse en la tierra delante de las hogueras que Sam la había animado a encender.

Si McKenna era sincera, entre las distintas emociones que experimentaba había ira. Estaba enfadada con Sam por todos los riesgos que la había animado a correr, en particular por convencerla de que abandonara el sendero, de que se pusiera en un peligro tan grande. No un peligro simulado, sino real. Habían estado cerca de perder la vida. Pero, más que con Sam, estaba enfadada consigo misma por no mantenerse firme, por no escuchar su voz interior. Por mucho que lo amase, por más que —hasta cierto punto— le agradeciese su amistad y todo lo que le había enseñado sobre su vida, le gustaría haber tenido el aplomo suficiente para escucharse a sí misma y no a Sam, pensando que él podía señalarle sus fallos, lo que McKenna necesitaba cambiar. Cuando en realidad no le hacía falta cambiar nada, no porque otra persona así lo decidiera.

«No quería vivir nada que no fuera la vida. Ni tampoco practicar la resignación, a no ser que fuera necesario».

Le dolía la piel de la nuca por una constelación de picaduras de insecto —¿de araña?, ¿de mosquito?— en la que ni siquiera había reparado hasta que llegó al hospital y sus niveles de adrenalina descendieron. El párpado casi había recuperado su tamaño normal. McKenna se rascó las picaduras del cuello tal como su madre le había enseñado hacía un millón de años: alrededor de los picotazos, sin dejar que las uñas rascaran la inflamación.

La idea le provocaba sentimiento de culpa, pero se sentía fuerte. Sam yacía ante ella, roto por la experiencia. Los guardas forestales lo habían encontrado desmayado, delirante, al borde de la muerte. McKenna, en cambio, había salido del bosque por su propio pie. Había escapado ilesa. El único tratamiento que requirió fueron un par de comidas abundantes, un montón de agua y una ronda de antibióticos que seguramente ni siquiera necesitase. Estaba llena de arañazos, magulladuras y picaduras, era cierto. Pero sana, en forma, de una pieza.

En parte, se lo tenía que agradecer a la suerte, McKenna era consciente de ello. Pero el mérito también era suyo. De su fortaleza y perseverancia, de su mente inteligente y sensata. Había conseguido salir del bosque por sí misma. Bueno, con mucha ayuda de Hank, pero también eso fue decisión suya, confiar en ese chucho alocado. Se preguntó por dónde andaría. Esperaba que estuviera a salvo y deseó que hubiera una manera de volver a verlo, de darle las gracias.

McKenna se lo imaginó, no pudo evitarlo. Volver al sendero. Regresar y buscar a Hank. Esta vez, las lágrimas que se le acumulaban en los ojos empezaron a manar profusamente. Intentó reprimirlas para no despertar a Sam y porque no quería que la vieran llorando si alguien entraba. Porque lo cierto era que ese mismo sentimiento que se había apoderado de ella al principio en el monte Katahdin volvía a brotar de su interior. La sensación de un objetivo no cumplido. El sentimiento que le provocaba haber tomado la decisión de conseguir algo y tener que inspirar hondo y dejarlo inacabado.

Ir andando de Maine a Carolina del Norte había sido toda una hazaña. Pero no era lo mismo que recorrer el Sendero de los Apalaches de principio a fin. Llevaba el pasaporte en la mochila, casi completo, pero no del todo. No sería una senderista de largo recorrido. No conseguiría el certificado. Después de lo mucho que se había esforzado, después de todo lo que había pasado, al final había fracasado de un modo tan rotundo como si aquel primer día hubiera decidido renunciar.

McKenna se inclinó hacia delante con la cabeza apoyada en la parte alta de las rodillas y las manos sobre las picaduras de mosquito que le salpicaban la nuca. Notaba un terrible picor en el cuello. Tal vez los médicos (que estaban deseando tratarle algo, lo que fuera) pudieran darle alguna cosa para mitigarlo.

«Quería vivir intensamente y extraer el meollo de la vida, vivir de manera tan dura y espartana como para apartar todo lo que no fuera vida, trazar una línea divisoria, arrinconar la vida y reducirla a sus elementos básicos».

—¿McKenna?

Un voz que procedía de hacía un millón de años y una voz de toda la vida. McKenna no levantó la cabeza, no de inmediato. Quería volver a oírla.

La voz de su madre, que la llamaba como si no estuviera enfadada por lo mal que lo había pasado, solamente muy contenta de verla sana y salva. Había pronunciado su nombre como una pregunta, temerosa de dar nada por sentado.

—¿McKenna?

Ella levantó la cabeza y se puso en pie de un solo movimiento. Las máquinas de Sam seguían emitiendo sus pitidos. Los padres de McKenna estaban en la entrada y la miraban como si fuera un ser extraterrestre y no su propia hija. La miraban como si no estuvieran seguros de tener permiso para cruzar el umbral y tampoco, una vez que reunieran el valor para hacerlo, de si deseaban abrazarla o estrangularla.

McKenna avanzó dos pasos. Sus padres, cuatro. Allí estaban, frente a ella. Habían recorrido una larga distancia y habrían viajado un millón de kilómetros más. Para llevarla de vuelta a casa.

—Lo siento —dijo la chica—. Lo siento mucho.

—McKenna —musitó su madre, y rompió a llorar.

Como cabía esperar, sus padres se decidieron por el abrazo en lugar del estrangulamiento. McKenna nunca había imaginado que notar los brazos de sus padres en torno al cuerpo pudiera sentarle tan bien.

Quinn no conocía el nombre del restaurante y apenas sabía en qué pueblo estaban. Se sentó enfrente de McKenna para empaparse de su imagen. Ella les había pedido que fueran a un restaurante italiano. Sus padres habrían accedido a casi cualquier deseo que hubiera expresado. Cualquier resto de enfado por el engaño, las malas decisiones, todo había quedado eclipsado por el hecho fundamental de que su hija estaba sana y salva.

—Menos mal que no llegamos a enterarnos de que te habías perdido —comentó el padre de McKenna. Ni él ni su mujer habían tocado apenas el plato de pasta, mientras que ella ya había devorado la ensalada, casi toda la cesta de pan de ajo y la mitad del enorme plato de conchas de pasta rellenas—. No habríamos podido soportarlo.

McKenna asintió. Aunque estaba recién duchada, con el pelo limpio y brillante, su atuendo seguía tan raído y manchado como el de una persona sin hogar.

—Lo siento mucho —repitió—. Lamento haberos mentido. Lo único que puedo decir es que la idea de no hacerlo, de no recorrer al camino, me mataba. Era algo que tenía que hacer, como fuera, y no podía dejar que nadie ni nada se interpusiera. ¿Me entendéis?

Su madre se negó a recibir el discurso con un asentimiento. Al mismo tiempo, tuvo que reconocer para sus adentros que las palabras de su hija le provocaban admiración.

Jerry, en cambio, no pudo resistirse a sermonearla.

—Ni siquiera voy a entrar en el tema de la mentira. Pero quiero que medites sobre el peligro que corriste. La primera regla del senderista, en particular si vas solo, es asegurarte de que alguien sepa dónde estás. Ese pequeño ardid que organizaste con Courtney te podría haber costado la vida.

—Papá —respondió McKenna—, ¿te crees que no soy consciente del peligro que corrí? Lo viví en carne propia. Y te aseguro que no quiero volver a pasar por una experiencia como esa. No quiero volver a vivir nada que se le parezca siquiera. He dicho muy en serio que lo lamento. Pero mi sentimiento va mucho más allá de pedir perdón. Detrás hay todo un aprendizaje vital.

Su hija había experimentado un cambio profundo, pensó Quinn. La McKenna que se había despedido de ella en la entrada de casa el pasado mes de junio era una chica valiente. La que ahora tenía delante era toda una mujer. Una persona que se hacía escuchar. Una persona que se hacía respetar.

—Ese chico que iba contigo… —empezó—. Le salvaste la vida.

Quinn se moría por formular un millón de preguntas más sobre el muchacho; de dónde había salido, quién era. Sin embargo, en lugar de preguntar, esperaría a que McKenna se lo contara cuando lo juzgara oportuno.

Ella asintió a la vez que tomaba otro bocado.

—Estoy orgullosa de ti, cielo. —Avisó al camarero con un gesto de la mano para poder pedirle más pan de ajo. Le sorprendía lo sabrosa que estaba la comida en ese restaurante—. Y estoy deseando llevarte a casa.

McKenna dejó el tenedor sobre la mesa. Puede que fuera una mujer nueva, pero una expresión que su madre conocía bien asomó a sus ojos. La misma tenacidad y negativa a tener miedo que la había caracterizado desde que era una niña pequeña. Quinn sabía exactamente lo que McKenna estaba a punto de decir e intentó canalizar la valentía de su hija de tal modo que pudiera asimilarla y aceptarla, porque ya lo sabía: no podría opinar al respecto.

—No voy a ir a casa —dijo—. Voy a volver al sendero. Tengo que terminar.

Capítulo 24

Pasadas unas horas, McKenna estaba sentada en el centro de negocios del hotel. Sus padres le habían reservado una habitación contigua a la de ellos. Esperó a que se despidieran con un abrazo y un beso de buenas noches para bajar a mirar los correos y los mensajes de Facebook que se le habían ido acumulando a lo largo de esos meses. Después de cenar, sus padres le habían dado la mala noticia sobre Buddy y McKenna todavía tenía los ojos enrojecidos de tanto llorar. Pensaba en lo vacía que estaría la casa sin él. Qué mal lo habría pasado Lucy, y encima sin tener allí a su hermana. Entendía que sus padres no la hubieran traído con ellos, pero estaba deseando abrazar a su hermana pequeña.

¿Acaso había algo más duro que despedirte de un ser amado?

Bajando por la larga lista de correos electrónicos, McKenna encontró un remitente desconocido, cuyo asunto decía: «Foto en el puente». Pasados unos pocos segundos, la imagen de un tiempo y un lugar completamente distintos ocupó la pantalla. McKenna y Sam, posando en el puente que conducía a Virginia Occidental.

Sus ojos recayeron de manera automática en él, en su rostro y su sonrisa. La luz era perfecta, clara y brillante, sin sombras. McKenna ya se imaginaba la foto enmarcada en su habitación, expuesta donde siempre pudiera verla.

Despegó los ojos del rostro de Sam para mirar el suyo propio. Una chica pecosa, sonriente y feliz. Enamorada. McKenna seguía igual de enamorada en ese momento mientras contemplaba la foto, más que nunca. Estaba segura de que, aunque llegara a cumplir cien años, nunca podría contemplar esa fotografía sin sentir la misma calidez expansiva, la misma atracción irresistible hacia él, hacia Sam. Casi tenía ganas de decirlo en voz alta allí mismo, aunque tuviera al recepcionista del hotel a pocos metros de distancia.

«Te quiero, Sam».

Pero no lo hizo.

Nuevas lágrimas se unieron a las derramadas por Buddy. Sam yacía en una cama de hospital, pensando que no tenía adónde ir. Sin embargo, un destino lo estaba esperando.

Después de decirles a sus padres que no volvería a casa (se quedó estupefacta al descubrir que apenas si protestaron), añadió también que no iría a Ithaca después de Navidad. Porque conocía a alguien interesado en los pájaros que podía ser de gran ayuda y que estaría disponible mucho antes de las fiestas. Siempre y cuando a Al Hill no le importase trabajar con alguien que necesitaba muletas para caminar.

McKenna notó en la expresión de su padre hasta qué punto estaba orgulloso de ella por renunciar a ese empleo. Por todo.

A veces, las cosas no salen como esperábamos. A la chica de esa foto, radiante, inocente y enamorada, McKenna podría haberle dicho un par de cosas sobre defender la propia postura y confiar en su criterio. Y, pese a todo, sabía que esa chica habría entendido lo que se disponía a hacer. McKenna tenía que terminar lo que había empezado. Y entonces podría volver a casa y trabajar de camarera hasta que llegara el momento de partir a la universidad al otoño siguiente.

En cuando a Sam..., tendría que encontrar su manera de salir del bosque. Ella podía darle el primer empujón, nada más.

McKenna sabía lo que debía hacer a continuación y sería todavía más complicado que rescatarlos a los dos como había hecho.

Por la mañana, McKenna y su madre fueron a comprar algunas prendas de ropa y a remplazar el iPhone roto. A continuación se dirigieron al hospital. De momento, sus padres no le habían hecho demasiadas preguntas sobre Sam. Aparentemente, se daban más o menos por satisfechos con su lacónica explicación: «Un amigo que conocí en el camino». Lo cual era cierto, pero no se acercaba ni remotamente a la realidad.

—Yo te espero aquí abajo —le dijo su madre en el vestíbulo del hospital al tiempo que echaba mano del móvil y se instalaba en una silla.

Al llegar a la habitación de Sam, McKenna se detuvo en la entrada. Advirtió que el chico ya no llevaba conectada la vía. A su lado, había una bandeja con los restos del desayuno, esperando a que la retiraran. Sentada junto a la cabecera de su cama, una mujer con aspecto de funcionaria le mostraba documentos con un sujetapapeles. McKenna miró a Sam, que parecía escuchar solo a medias. Lo vio asentir y estampar unas cuantas firmas donde la mujer le indicaba. A pesar de la abundante pelusa que le cubría la mandíbula (lo más parecido a una barba que McKenna le había visto), tenía un aspecto sorprendentemente infantil allí sentado, con la bata de hospital medio desatada a la espalda y asintiendo obediente a lo que le decía la mujer.

Pasados unos minutos, la funcionaria se levantó, le propinó a Sam unas palmaditas en el hombro y se marchó pasando junto a McKenna como si no la viera.

Ella entró en la habitación. Era la primera vez que lo veía consciente, despierto e incorporado desde que lo dejara en la cabaña. Su decisión no flaqueó, pero se le anudó la garganta cuando los ojos entrecerrados de Sam se agrandaron al verla.

Esto, pensó McKenna, es el amor. Dos personas cuyos espacios interiores se expanden de felicidad cuando posan los ojos en el otro.

—Eh —dijo Sam. Ella esperaba escuchar una voz ronca, débil, pero él habló con un tono absolutamente normal, como si volviera a ser el Sam de siempre—. Mack, ¡cuánto me alegro de verte! No me dejan tomar café.

McKenna sonrió. Se sentó en la cama, a su lado, y Sam la rodeó con los brazos. Ella lo abrazó a su vez, con la cara pegada a su cuello, aferrándolo con fuerza, pero también cuidadosamente. Al cabo de un ratito se separó y le tomó la mano. Todavía llevaba una gasa en el dorso, con una manchita de sangre en el centro allí donde antes llevara la vía conectada.

—No te voy a traer un café —dijo—, pero me alegro mucho de verte tan despierto y sonrosado.

—Sonrosado —repitió Sam sonriendo—. Es la primera vez que alguien se refiere a mí con esa palabra. ¿Qué te ha pasado en el ojo?

McKenna se palpó el párpado. No se había percatado de que la hinchazón fuera visible todavía.

—Me picó un bicho —dijo—. Está mucho mejor. ¿Quién era esa mujer?

—Una trabajadora de la administración del hospital. He tenido que apuntarme a Medicaid. Ellos pagarán esto. Las instalaciones de lujo.

Hizo un gesto con la mano ilesa hacia la habitación, que era en verdad muy bonita. Individual, con un televisor de pantalla plana y un ventanal desde el cual se avistaban a lo lejos las montañas que los habían tomado como rehenes.

—Pues es fantástico —respondió McKenna. No se le había ocurrido preguntarse cómo pagaría Sam todo aquello. Qué protegida había estado toda su vida, al margen del mundo y de esa clase de detalles.

—Ser pobre como una rata tiene sus ventajas —bromeó Sam.

—No, no las tiene —replicó ella cortante—. Los dos sabemos que no.

La sonrisa de Sam se esfumó. No se esperaba que empezara tan pronto a hablar en serio. Se preguntó qué pensaba él, qué rumbo imaginaba que tomarían las cosas a partir de ese momento. McKenna cogió la bolsa de la tienda REI que había traído y la dejó sobre la cama.

—¿Te acuerdas de la promesa que te hice? ¿Decirte cuánto lamentaba lo de tu madre cuando estuviéramos en el hospital y te hubieran escayolado el tobillo?

Sam asintió.

—Pues lo lamento —prosiguió McKenna—. Lo lamento muchísimo, Sam. Por tu pérdida, por tu madre. Por todo lo que has tenido que pasar. Merecías algo mejor.

—Gracias —respondió él. Su voz era difícil de interpretar. Su rostro permaneció impávido.

—Te hemos comprado ropa —le dijo—. Vaqueros, camisetas y sudaderas. Y unas zapatillas nuevas. Me parece que son de tu talla.

Sam miró la bolsa parpadeando. McKenna recordó todas las veces que había intentado comprarle algo en el camino y la negativa de él a aceptarlo. «Mala suerte —pensó—. Tendrás que aceptar ayuda te guste o no».

—No hace falta —respondió él al cabo de un momento—. O sea, es muy amable por tu parte, pero no lo necesito.

—¿Ah, no? ¿Vas a salir del hospital vestido con esa bata?

Las prendas que Sam llevaba puestas cuando lo encontraron se caían a pedazos. McKenna supuso que el personal del hospital las habría tirado a la basura y, por lo que ella sabía, nadie había recogido su mochila. En cuanto a sus deportivas, a esas alturas ya eran 80 por ciento cinta de tela.

Sam se encogió de hombros. Alargó la mano hacia las asas de la bolsa.

—Gracias —dijo por fin.

—Dáselas a mi madre —fue la respuesta de McKenna.

—¿Sí? ¿La voy a conocer?

—¿Quieres conocerla?

McKenna no tenía muy claro por qué tenía la impresión de que estaban discutiendo. Puede que Sam hubiera intuido lo que tenía pensado decirle.

—Oye… —continuó ella—. Sam, en serio, ¿qué tienes pensado? ¿Qué vas a hacer? ¿A dónde vas a ir?

—Acabo de despertarme hace nada —objetó él.

—Ya, pero no van a dejar que te quedes aquí para siempre. Ya te han quitado la vía, estás rehidratado. ¿Qué te han dicho? ¿Hasta cuándo quieren que sigas ingresado?

—No lo sé —dijo él—. Un par de días más.

—¿Y entonces qué?

—Pues... supongo que no puedo volver al sendero.

Hizo un gesto hacia el tobillo.

—No. Supongo que no.

Sam no la miraba. Sus ojos seguían clavados en la bolsa llena de prendas de vestir, que todavía no había abierto para saber qué había escogido McKenna. Por fin dijo:

—¿Qué vas a hacer tú?

—Yo voy a terminar el sendero. Mis padres me llevarán mañana al punto de arranque.

Sam recostó la cabeza en la almohada y cerró los ojos. Por un segundo, McKenna tuvo la sensación de que estaba a punto de ver lágrimas deslizándose entre sus pestañas. Pero sus ojos siguieron secos. Se llevó la mano, la que McKenna no sostenía, a la cabeza y se sujetó la coronilla. Nudillos grandes y fuertes, agrietados y enrojecidos. Ella se inclinó para besarlos y volvió a sentarse.

—Sam, escucha. —McKenna le contó su plan a toda prisa, su idea de que viajara a Ithaca para trabajar con Al Hill—. Tiene un alojamiento para ti, un apartamento encima del garaje. Es parte del sueldo. Yo me iba a alojar allí.

Él seguía sin abrir los ojos.

—¿Y cómo se supone que voy a llegar hasta allí? —preguntó.

—Mi padre te comprará un billete de avión. Ya le devolverás el dinero cuando puedas. De tu sueldo, ya sabes.

—Hala —dijo Sam—. Has pensado en todo.

—No —respondió McKenna. Y a continuación, porque su negativa no había sonado del todo sincera—: Solo es una sugerencia. Nadie te está diciendo lo que debes hacer. Intentamos ofrecerte oportunidades.

Sam abrió los ojos, de un azul imposible.

—Intentamos —observó—. Qué gracioso. Todavía recuerdo cuando «nosotros» éramos tú y yo.

Cuando McKenna respiró, el aire se le antojó húmedo y tembloroso. No le sorprendió.

—Escúchame —le pidió Sam—. Antes de que digas lo que estás a punto de decir, escúchame. Porque necesito decirlo y necesito ser el primero en hacerlo.

McKenna asintió y entrelazó las manos. Tenía dos sentimientos encontrados. Quería marcharse, salir de esa habitación, acabar con la parte difícil. Y quería quedarse allí mismo, junto a Sam, para siempre.

—Gracias —empezó él—. Gracias, McKenna, por salvarme la vida. Y perdóname, perdona por haber estado a punto de… —Tuvo que interrumpirse y al momento recuperó la compostura—. Por habernos puesto en un peligro tan grande a los dos. Tú tenías razón y yo estaba equivocado. Si te hubiera escuchado, no estaríamos aquí, en el hospital. No te tendría delante a punto de romper conmigo.

Le pareció una palabra tan extraña, «romper». McKenna nunca había asignado términos convencionales al vínculo que la unía a Sam, palabras como «novio», «novia» o «relación». Y desde luego no «romper».

—Pero eso no es lo que importa ahora —prosiguió antes de que ella pusiera objeciones—. Eso de romper, quiero decir. No me quejo. Estoy agradecido, ¿me oyes? Tan agradecido que no sé cómo expresarlo con palabras.

Guardó silencio. McKenna lo conocía lo bastante bien como para saber que se moría por decir «te quiero, Mack». Pero no lo hizo, porque no se lo quería poner a ella todavía más difícil. Una explosión de su propio amor le ascendió por dentro. No se molestó en reprimirla.

—Lo que importa —dijo McKenna— es que debes aceptar el empleo. El préstamo. ¿De acuerdo? Si de verdad… me lo agradeces, tienes que hacerlo por mí, como gesto de agradecimiento.

—No me siento como si diera las gracias. Me siento como si aceptara todavía más cosas de ti. Como si te dejara seguir haciéndome favores, por mí, cuando ya has hecho todo lo que se puede hacer.

McKenna se inclinó hacia delante y, apoyando las manos en la cama, a su lado, las unió como si rogara, algo que, en cierto sentido, estaba haciendo.

—Sam —insistió—, a veces la gente necesita que le echen una mano. ¿Y sabes qué? No pasa nada. Si ahora puedo volver al camino, si iré a la universidad el próximo mes de septiembre, es porque los demás, mis padres, llevan ayudándome toda la vida. Y a ti te ha faltado eso. Has sobrevivido y te has convertido en la persona que eres, un chico increíble, a pesar de todas esas manos que intentaban detenerte y aplastarte. Así que, por favor, acepta esta que te tendemos. Porque te lo mereces, Sam.

Lo miró a la cara para tratar de descifrar sus pensamientos. Deseaba que accediera más de lo que había deseado nada en toda su vida. En su semblante solo había palidez y una expresión impávida, ninguna respuesta que ella pudiera descifrar.

Cuando Sam habló, lo hizo con voz clara, sosegada y tranquila.

—Supongo que no querrías venir a Ithaca a pasar el invierno —dijo— cuando termines el camino. Venir a vivir conmigo.

Cuando McKenna tragó saliva, notó la garganta seca y sensible.

—No me dejarían —dijo—. Mis padres, quiero decir. Y Al no lo permitiría si a ellos no les pareciera bien.

Temerosa de estar poniéndole en bandeja una excusa para rechazar el trabajo, añadió:

—De todas formas, tengo que trabajar en el restaurante. Le prometí a mi padre que le devolvería lo que he gastado durante la travesía. Y en otoño me marcharé a Oregón. Solo tenemos dieciocho años. Y tú tienes que encontrar la manera de terminar el instituto y luego matricularte en la universidad. Eres listísimo, Sam.

—Y qué pasa con todos esos «te quiero» —replicó él en tono monocorde.

—Por eso exactamente estoy haciendo esto —respondió McKenna. Habló en un tono tan quedo que por un instante no tuvo claro si él la habría oído. Pero le notó un gesto casi imperceptible, un leve movimiento de la mandíbula, como si estuviera pensando en asentir—. No estoy diciendo que no volvamos a vernos —prosiguió—, porque espero que sí, Sam. Lo deseo con toda mi alma.

Él empezó a negar con la cabeza, pero cambió de idea y asintió al mismo tiempo que la miraba con suma atención. A continuación, posó la mano encima de las de McKenna y su palma envolvió sin dificultad la envergadura de los dos puños unidos.

Ella hizo de tripas corazón. No podría seguir hablando mucho más. En parte, le decepcionaba que Sam no opusiera más resistencia a terminar lo suyo. Por otro lado, entendía el motivo. Así que siguió adelante y pronunció las últimas palabras.

—Es demasiado pronto para planificar nuestras vidas en torno al otro.

Sam estaba decidido, desde el instante en que McKenna había entrado, a que ella no notase hasta qué punto se sentía débil, inestable. Quería aparentar que seguía siendo el mismo, el chico que era antes de convencerla de que abandonaran el camino. Antes de que su decisión hubiera estado a punto de acabar con la vida de ambos. Quería presentarse ante ella como el capitán John Smith, alguien capaz de sobrevivir, alguien que podía rescatarla, en lugar de una persona que precisaba ser rescatada.

Y eso resulta un tanto complicado cuando estás sentado en una cama de hospital enfundado en una bata que se ata por la espalda.

Por si fuera poco, allí estaba ella, ofreciéndole una nueva vida en bandeja de plata. Sam ni siquiera estaba seguro de haber visto nunca una bandeja de plata. Seguro que en casa de McKenna las tenían a montones. Pero no podía permitirse pensar así, caer en la misma actitud reactiva y despectiva que había usado para guardar la distancia con ella durante tanto tiempo. Lo único que deseaba en ese momento era atraerla hacia él.

Y allí estaba McKenna, diciéndole con toda la tranquilidad del mundo que su propia vida la estaba esperando.

Sam le tomó las dos manos, un puño minúsculo entre su palma, y se las acercó a los labios. Las besó. ¿Cómo era posible que todavía tuviera las manos tan suaves al tacto después de todo lo que les había pasado?

Lo que más deseaba era convencerla para que cambiara de idea. Sabía que no le costaría demasiado. Sabía que ella lo amaba, muchísimo. Lo llevaba escrito en la cara. Lo demostraba todo lo que había hecho por él: buscarle un trabajo y un destino. No solo salvarlo de su patética vida, sino hacer lo posible para que fuera un poco menos patética.

Gracias a ella, por fin tenía un sitio al que ir. Le habría gustado que ese sitio fuera a su lado. Pero entendía que no pudiera ser así. Al menos de momento.

—Eh —dijo McKenna—. La vida es muy larga. Vete a saber lo que pasará más adelante.

—Sí —dijo Sam. Soltó una risita, esperando que no sonara amarga—. Estaremos en contacto. Seremos amigos por Facebook.

—Sam.

—O puede que sea el primer repetidor que consigue una beca para entrar en Reed.

—No me extrañaría nada —dijo McKenna—. Y me encantaría.

—Oregón. Allí hay un montón de senderos por los que perderse.

—Y caminos que seguir.

—Es verdad —dijo Sam—. La próxima vez nos quedaremos juntos en el camino.

Después de tanto fantasear con que debía cuidar de ella, rescatarla, había sido McKenna la que lo había rescatado a él. Así pues, si para compensarla tenía que dejarla marchar, lo sobrellevaría. No era el momento de mostrar debilidad. Al fin y al cabo, ¿no era eso lo que él siempre había querido, saber que McKenna podría alejarse de él en caso de ser necesario? Porque la amaba. Alguien, en alguna parte, debía de haber hecho algo bien. Porque Sam sabía lo que tenía que hacer por una persona que amaba.

—Gracias, Mack —le dijo.

—De nada, Sam.

Y se besaron, sin tocar el cuerpo del otro, en un esfuerzo coordinado por reducir esa despedida únicamente a los labios. Solo después del beso, le pasó McKenna la mano por la cabeza al apartarle el cabello de la frente. Sam se preguntó si llegaría a contemplar algún otro rostro a lo largo de su vida tan hermoso o tan importante.

—Te quiero —le dijo ella.

—Yo también te quiero.

Y, sin embargo, la dejó cruzar la puerta.

Sam esperó a que los pasos ligeros de McKenna se perdieran pasillo abajo, a que las puertas del otro extremo oscilaran con suavidad al abrirse y luego al cerrarse. Y entonces hizo algo que llevaba un millón de años sin hacer, desde la muerte de su madre: lloró.

Le sentó bien. Fue desintoxicante, sanador y muy sincero. Como si esas lágrimas llevaran esperando años, una eternidad, toda una vida. Lo único tan doloroso como para liberarlas acababa de suceder. Una cosa más que tendría que agradecerle a McKenna si alguna vez volvía a verla.

Capítulo 25

Una mañana fría y despejada en las Smoky Mountains, después de tres días de duchas y comidas regulares, McKenna volvió al Sendero de los Apalaches. Era el primer día de noviembre y llevaba el teléfono consigo, la batería cargada y el dispositivo protegido por una funda externa. La mochila pesaba un poquitín más que de costumbre, ahora que había añadido prendas cálidas y una abundante provisión de alimentos. Sus padres la llevaron en un coche de alquiler al punto de arranque del trecho y se despidieron de ella con un abrazo. No le advirtieron que tuviera cuidado o que fuera sensata. Se limitaron a decirle «adiós», «diviértete» y «nos vemos dentro de unas semanas, pero nos enviarás un mensaje esta noche, ¿de acuerdo?».

—De acuerdo —prometió McKenna.

Se encaminó al sendero sin volverse a mirar si seguían allí para verla alejarse. Se limitó a caminar. Un pie delante del otro. Las montañas se erguían en silencio a lo lejos. No eran crueles ni insensibles. Sencillamente estaban allí.

Volvió a recorrer el tramo en el que se había cruzado con Walden. Justo allí estaban los dos árboles entre los cuales primero Sam y luego ella habían abandonado el camino.

Después de tantos días no había nada especial que señalase ese punto; las hojas otoñales tapaban cualquier huella que pudieran haber dejado y no vio ramas quebradas. McKenna no se quedó a contemplarlo. Se limitó a pasar de largo, pendiente de la marca blanca del abedul cuatro pasos más allá.

Caminó. Se sentía muchísimo más fuerte que aquel día, no tanto tiempo atrás, en que trató de escalar el Katahdin. Y al mismo tiempo sabía que extraía las fuerzas de la misma fuente que entonces, una que manaba de lo más profundo de su ser, y que esa fuente no haría sino crecer, siempre y cuando fuera lo bastante lista para escuchar la voz interior del saber que brotaba de ella.

Tenía suerte.

De su mochila colgaban el silbato y el aerosol de pimienta. También la bonita brújula de latón que Walden le había enseñado a usar. A partir de ese momento sabría siempre qué rumbo tomaba sin necesidad de batería ni de antenas de telefonía.

Veinticuatro kilómetros, un ritmo excelente, sobre todo para ser el primer día después de su regreso. McKenna experimentó el habitual alivio eufórico al despojarse de la mochila. Instaló la tienda, se enfundó su nuevo pantalón de chándal térmico, el viejo gorro de lana y el forro polar. Llevaba otra de estas prendas de repuesto, por si el frío se tornaba gélido durante las próximas semanas. De momento no la necesitaba, a pesar del sol poniente y de la altitud.

Mientras esperaba a que el agua hirviera en el hornillo, abrió un paquete de fideos al estilo tailandés y preparó unas cuantas zanahorias *baby*. Antes de abalanzarse sobre la comida, echó mano del teléfono para escribir un mensaje a sus padres diciéndoles que estaba bien, los kilómetros que había caminado y dónde había acampado. Había prometido hacerlo cada noche. Era lo justo.

Al día siguiente llevarían a Sam al aeropuerto. «Cuidad bien a Sam», les escribió a sus padres, aunque ya sabía que lo harían. La idea de que el chico estuviera con su familia le anudó la garganta y le arrancó algunas lágrimas.

Sin embargo, no tuvo demasiado tiempo para llorar, porque justo en ese momento oyó un frufrú procedente del bosque y una bola de pelo jadeante se abrió paso entre las hojas... Ante ella, babeando y agitando la cola, tenía, nada más y nada menos, que al mismísimo Hank. McKenna le echó los brazos al cuello.

—¡Hank! —exclamó—. Gracias. Gracias por salvarnos la vida.

Él respondió con más sacudidas de cola antes de lamerle la cara y sentarse a su lado para compartir las zanahorias.

El agua ya estaba hirviendo. McKenna añadió la pasta deshidratada. El sol se ocultó del todo y ella, estremeciéndose, se pegó un poco más a Hank.

—Escúchame bien —le dijo—. Esta noche vas a dormir en mi tienda. ¿Lo has entendido? Y no quiero que te vuelvas a marchar corriendo.

Hank agitó la cola, feliz de escuchar la voz de McKenna y de contar con su ración de fideos tailandeses, media porción exacta, servida en su propio cuenco.

Qué agradable era estar sola. Y al mismo tiempo qué bien sentaba tener compañía. En el interior de la tienda, Hank se instaló a sus pies. McKenna se acurrucó en el saco de dormir mientras el vaho de su aliento se condensaba ya en el techo rojo. Le dolían los hombros. Le dolían las piernas. Le dolía todo el cuerpo. Notaba cómo su interior empezaba a recogerse, a entrar en estado de descanso para poder despertar por la mañana y empezar de nuevo.

No tenía ninguna duda. A esas alturas, McKenna ya lo sabía con absoluta certeza: sería una de esas personas de cada cuatro que consiguen su propósito de recorrer el sendero de principio a fin.

Hank dormía cada noche en la tienda de McKenna. Recorrió a su lado todo el camino hasta Georgia, hasta el último hito del Sendero de los Apalaches. McKenna tuvo que ascender al monte Springer para llegar y allí, en la cima, firmó el primer registro de caminantes de su viaje y el que marcaba el final del recorrido en el extremo sur.

—Lo he conseguido —escribió McKenna al mismo tiempo que le leía a Hank las palabras en voz alta—. He caminado hasta el último kilómetro del Sendero de los Apalaches.

En el registro añadió la fecha en la que había empezado y consultó en el teléfono la del último día. A continuación, volvió a bajar acompañada de Hank. El perro la estaba esperando incluso cuando salió del Hiker Hostel de Dahlonega, donde le estamparon el último sello del pasaporte, sentado tranquilamente como un animal no solo amaestrado, sino bien entrenado.

—Lo he conseguido, Hank —le dijo—. ¿Te lo puedes creer?

Ya les había enviado un mensaje a sus padres para avisarles de que volvería en coche en lugar de regresar en avión. Y eso requería buscar una agencia de alquiler de automóviles. De camino tendría que encontrar un veterinario que pudiera vacunar al perro. Y también comprar una hamburguesa con queso para los dos —se moría de hambre—, por no hablar de lo mucho que precisaba una ducha. Y seguramente necesitaría una correa y un collar. Al fin y al cabo, habían regresado a la civilización.

Antes de todo eso, McKenna se sentó y rodeó al perro con el brazo. Sus padres estarían entusiasmados de saber que la caminata había concluido. Lo había logrado, había llegado al final sana y salva, y se sentía más fuerte que nunca en toda su vida.

La energía que la invadía solo de pensar en ello habría bastado para que se echara la mochila a la espalda y se pusiera en camino otra vez de regreso a Maine.

De momento, sin embargo, la caminata había llegado a su fin. Había demostrado poseer la energía necesaria para superarla, para sobrevivir. Era oficialmente una senderista de largo recorrido. Solo le quedaba averiguar si era tan fuerte como para sobrevivir y prosperar en el mundo real.

—Estoy segura de que sí, Hank —dijo.

El perro ladeó la cabeza. Y McKenna oyó una voz en su mente, tan clara como si hablara a su lado. Una voz burlona, rebosante de humor, una pizca de chulería y, por encima de todo, amor. «Sabes que sí, Mack», le dijo.

McKenna se sostuvo de nuevo sobre sus pies fatigados, recogió la mochila del suelo y echó a andar hacia el resto de su vida.

Nota de la autora

La travesía de McKenna por el Sendero de los Apalaches pertenece a la ficción. Si el libro te ha inspirado para recorrer algún trecho del sendero, por favor emplea una guía oficial como *The Appalachian Trail Thru-Hiker's Companion,* de Robert Sylvester, o *The A. T. Guide* (de norte a sur), de David Awol Miller. Encontrarás más información en la página web de la Appalachian Trail Conservacy, www.appalachiantrail.org.

¡Te deseo un viaje feliz y seguro!

Agradecimientos

Gracias a Peter Steinberg por facilitarme esta oportunidad. Trabajar con Pete Harris y Claire Abramowitz ha sido más divertido de lo que nadie merece y les agradezco infinitamente que hayan confiado en mí para la realización de este proyecto. Gracias, Shauna Rossano, por tu excelencia y tu paciencia; eres la editora más inteligente y encantadora del mundo. Y mi agradecimiento a Jen Besser y a todo el equipo de Penguin Young Readers Group.